Gerlinde Friewald

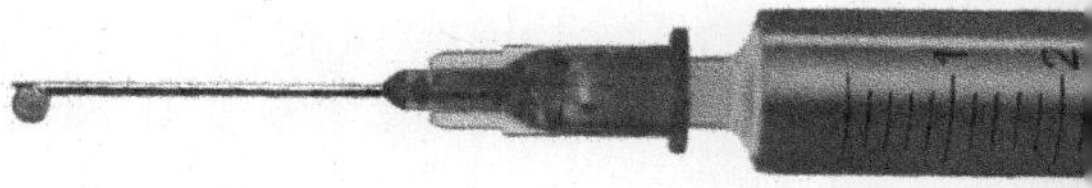

FALTENFREI

EIN MÖDLING-KRIMI

Mit einem Nachwort
von Max Edelbacher

SUTTON KRiMI

ÜBER DIE AUTORIN

Gerlinde Friewald erblickte 1969 in Mödling das Licht der Welt. Sie war viele Jahre im PR- und Werbebereich tätig. Seit 2009 konzentriert sie sich ganz aufs Schreiben und präsentiert mit »Faltenfrei« den ersten Fall ihres charmanten Ermittlers Nick Stein.

Sutton Verlag GmbH
Hochheimer Straße 59
99094 Erfurt
Verlagsrepräsentanz Österreich
Obkirchergasse 21/7 | 1190 Wien
www.suttonverlag.at
www.sutton-belletristik.de

978-3-95400-214-6

Lektorat: Manfred Sommer, München
Gestaltung und Satz: Sutton Verlag
Druck: CPI books GmbH, Leck

1

Zärtlich strich er ihr über das Haar und lächelte versonnen. »Susi, meine geliebte Susi.« Seine Finger berührten behutsam ihre Wange, folgten der Linie des Halses und verharrten auf ihrer Brust. Mit langsamen, kreisenden Bewegungen begann er sie zu streicheln, wobei er sich über sie beugte. Endlich fanden seine Lippen die ihren. »Susi«, wiederholte er ihren Namen.

Seine Stimme war so unendlich sanft und liebevoll, dass Susanne ein wohliger Schauer über den Rücken lief. »Nicki, oh Nicki. Du weißt nicht, wie lange ich mir das schon wünsche.« Ihre Worte waren kaum mehr als ein Hauch.

Er antwortete nicht, doch der glückliche Ausdruck auf seinem ebenmäßigen, ihr so vertrauten Antlitz besagte alles. Seine Hand verließ ihre Brust und strich über ihren Bauch, blieb dort einen Moment lang liegen und glitt tiefer.

Erstaunt stellte sie fest, dass es ihr nicht unangenehm war, wenn er ihren Körper erforschte. Er durfte sie sehen, ihre Rundungen berühren, sie endlich so lieben, wie sie es sich immer erträumt hatte. Ab nun würde er sich auch nie wieder über sie lustig machen, nie wieder gemeinsam mit den anderen im Chor die schrecklichen Worte hinter ihr herrufen: Rippel – Trippel – Trappel – Kugelrund. Rippel – Trippel – Trappel – Kugelrund.

Hier stimmt etwas nicht!, fuhr es ihr plötzlich brutal durch den Kopf und das Gefühl, Nickis Hand auf ihrer Haut zu spüren, verblasste mit einem Mal. *Nein!,* schrie es in ihr auf. Er durfte nicht aufhören, sollte sie bitte – bitte – bitte wieder und immer wieder küssen, genau, wie er es eben getan hatte. Sie wollte sich nicht von diesem wunderbaren Traum lösen und in die Welt zurückkehren, die für sie so schwer zu bewältigen war und ihr stets viel Kummer bereitete.

Es dauerte eine ganze Weile, bis sie sich mit einer ungeahnten Kraftanstrengung überwinden konnte, die Lider zu heben. Grelles Licht überflutete ihre Pupillen. Rasch presste sie die Augen wieder zusammen. Warum fiel ihr diese kleine Bewegung dermaßen schwer? Und warum konnte sie sich nicht konzentrieren? Ihre Gedanken lagen wie unter einer Schneelawine begraben. Panik kroch in ihr hoch und sie versuchte krampfhaft, die Situation zu erfassen. Was sollte dieses gleißende Licht über ihr? Wo befand sie sich überhaupt? Und warum schaffte sie es nicht, Nick, ihre unerfüllte Jugendliebe, aus ihrem Leben zu verbannen?

Mit einer automatischen Geste zogen sich ihre Brauen zusammen.

Komm schon! Denk nach! Wo bist du? Hol dir ein Bild, mit dem du arbeiten kannst. Du weißt doch, wie das funktioniert. Du schaffst es!

Oh ja, sie wusste es genau. Man hatte es ihr in der Therapie beigebracht und mit der Zeit war sie sogar eine Meisterin darin geworden. Es war lange her, doch hatte sie nichts davon vergessen. Wieder versuchte sie, sich zu konzentrieren. Vor ihrem inneren Auge erschien allmählich das Bild einer Stadt im Nebel.

Ich stehe auf einem erhöhten Aussichtspunkt und schaue in Richtung Norden auf die Stadt. Ich sehe! Ich sehe …

… Wien. Die von wenigen Hochhäusern gekennzeichnete Skyline, schemenhafte Gebäude, rauchende Schornsteine, zur Linken die sanften Hügel der Weinberge. Im Hintergrund, wegen des Nebels nicht sichtbar, doch sehr wohl in ihrer Vorstellung vorhanden: die Weite des Burgenlands, der Neusiedlersee, das Leithagebirge.

Ich sehe!

Tief sog sie die Luft in ihre Lungen und stieß sie mit einem kräftigen Ruck wieder aus. *Schleier, heb dich! Nebel, verschwinde!*, formte sie die auswendig gelernten Worte in ihren Gedanken und wie durch Zauberhand begann sich der Nebel tatsächlich zu lichten. Die Gebäude traten hervor, das Gebirge erhob sich. Nach und nach wurde alles klarer. Noch einmal atmete sie tief durch und wagte endlich, die Augen erneut zu öffnen.

Zuerst war es nur ein winziger Spalt, durch den die Helligkeit, nun dosiert, auf ihre Pupillen traf. Ihre Lider flatterten. Sie wartete, bis sie sich an das weiße Licht gewöhnt hatte, dann schlug sie die Augen ganz auf. Als Erstes erkannte sie eine Lampe auf einem Schwenkarm genau oberhalb ihres Kopfs. Ihr Blick wanderte nach links. Eine weiße Wand mit einem Regal aus dunklem Holz, auf dem unzählige Bücher säuberlich aufgereiht standen, drei Fotos von auffallend schönen Frauen, daneben einige gerahmte Schriftstücke, die sie aus der Entfernung nicht entziffern konnte. Sie schwenkte nach rechts. Ihre Augen brannten, trotzdem empfing ihr Gehirn klare Signale: wieder eine weiße Wand und davor ein Aluminiumschrank mit Glastüren. In den Fächern befanden sich diverse Gegenstände, die sie nicht genau ausmachen konnte. Das gesamte Mobiliar wirkte elegant, allerdings auch klinisch und nüchtern.

Schleier, heb dich! Nebel, verschwinde!

Ihre Schläfen pochten.

Schleier, heb dich! Nebel, verschwinde!

Angsterfüllt ließ sie ihre Pupillen auf der Suche nach einem Anhaltspunkt weiter kreisen. Noch immer war sie nicht ganz bei Sinnen, erfasste ihr Umfeld nur konfus, wie die Teile eines Puzzles, die jemand achtlos ausgeleert hatte.

Zögerlich blickte sie an sich hinab. Sie lag flach auf einer Liege ausgestreckt. Ihre Arme waren in einem Winkel von neunzig Grad gebogen und ruhten auf einem Gestell. Lederne Schlaufen fixierten ihre Gelenke. Ihre entblößten Beine standen seitlich von ihrem Körper ab. Wie in einem gynäkologischen Stuhl steckten sie angehoben in einer Vorrichtung aus Metall und waren ebenfalls mit Lederriemen befestigt. Und zwischen ihnen stand – ein Mann! Susanne erkannte ein weißes Hemd, unter dessen Kragen eine blaue Krawatte lose herabhing. Sie folgte dem Verlauf der Krawatte. Unter den Enden des Hemds blitzte Haut hervor. Seine Hüften waren nackt. Nackt!

Mit seltsam entrückter Miene stierte der Mann zur Decke, sein Becken bewegte sich rhythmisch vor und zurück, wobei er seine Finger in ihre gefühllosen Schenkel krallte.

Ein eiskalter Schauer durchlief ihren Leib. Einem ersten Instinkt folgend, wollte sie aufschreien, um Hilfe rufen, doch drang kein Laut über ihre Lippen. Ihre Furcht ignorierend, betrachtete sie sein Gesicht. Sie kannte ihn. Aber es war nicht dieses verzerrte, ekstatische Antlitz, das sie in ihrem Gehirn gespeichert hatte. In ihrer Erinnerung war es freundlich und warmherzig. Sie verband es mit einem Gefühl von Vertrauen, Sicherheit – und Hoffnung! Einer sehnsüchtigen, verzweifelten Hoffnung.

Jemand im Raum hustete. Nicht dieser Mann, eine zweite Person.

Schleier, heb dich! Nebel, verschwinde! Helft mir! So helft mir doch endlich!

Verzweifelt kniff sie abermals die Augen zusammen.

Hör auf zu betteln! Niemand wird dir helfen. Weißt du denn nicht, was gerade mit dir geschieht?!

Da hoben sich die letzten Nebelschwaden, lösten sich wie der Morgendunst eines herbstlichen Walds schlagartig in nichts auf und offenbarten ihr die furchtbare Wahrheit. Sie erstarrte. Solange es ihre Lungen gestatteten, wagte sie nicht zu atmen und wünschte sich in einem neuerlichen Anflug von Panik wieder in die blasse Welt der Unwissenheit zurück.

Warum habe ich kein Gefühl in den Beinen? Warum spüre ich ihn nicht? Ich sehe doch, was er tut! Weiß, was er mit mir anstellt! Hilfe! Hilfe! Er vergewaltigt mich!

Das Verlangen, sich endlich aufzubäumen, an ihren Fesseln zu zerren und so laut wie möglich zu schreien, überschwemmte sie unvermittelt und war kaum kontrollierbar. Dessen ungeachtet blieb sie bewegungslos liegen und überwand den schier übermächtigen Drang.

Verhalt dich ruhig! Und denk nach, denk nach! Du weißt genau, was passiert, wenn er sieht, dass du wach bist.

Vorsichtig versuchte sie, ihre linke Hand zu bewegen, doch die Manschette saß fest am Gelenk. Sie probierte es mit der rechten Hand, aber auch diese war festgezurrt. Langsam drückte sie die Gelenke mit konstanter Kraftanstrengung nach oben; vielleicht konnte sie die Fesseln auf diese Weise unauffällig lockern. Wie Eisenzangen umklammerten die Riemen jedoch ihre Arme und verschoben sich keinen Millimeter. Als ihre Muskeln zu schmerzen begannen, legte sie eine Pause ein. Erneut versuchte sie es. Ohne Erfolg.

Was würde passieren, wenn ich meine Knie mit einem Ruck zusammenpresse? Meine Beine sind zwar dick, aber in den Schenkeln steckt erstaunlich viel Kraft. Ich habe nicht umsonst tagein, tagaus trainiert.

Die nüchterne Antwort folgte umgehend.

Das habe ich dir doch gesagt: Er würde wissen, dass du wach bist. Meinst du, dass er vor dir auf die Knie fällt, sich entschuldigt und dich bittet, den Mund zu halten?

Etwas in ihr schrie auf.

Aber er würde aufhören! Endlich damit aufhören! Egal, was danach passiert, einen endlosen Augenblick lang hätte ich Ruhe.

Ein fremdartiges Hitzegefühl durchströmte ihren Körper und mit einem Mal orientierte sich ihr gesamtes Denken an diesem kläglichen Hoffnungsschimmer.

Aufhören! Aufhören! Aufhören!

Tief atmete sie ein und gab die Luft mit einem markerschütternden Schrei wieder von sich. Unter Aufbietung ihrer gesamten Kraft presste sie die Knie zusammen, doch hatte sie dabei, noch immer bewusstseinsumnebelt, nicht an die Fußfesseln gedacht. Verzweifelt riss sie an ihnen, aber auch diese saßen fest, sodass sie es gerade schaffte, seinen Körper zu berühren.

Trotzdem stöhnte er auf und so, als hätte sie ihn tatsächlich verletzt, fiel er nach vorn und sackte auf ihr zusammen. Unversehens war sein Gesicht dem ihren zum Greifen nah.

Sie starrte ihn an, sah seine überraschte Miene und für den Bruchteil einer Sekunde war sie glücklich und unendlich dankbar, dass ihre Qual ein Ende hatte. Sie konnte nicht sehen, wie jemand hinter ihr die Hände erhob und mit voller Wucht einen Gegenstand auf ihren Kopf herabsausen ließ. Alles um sie herum wurde schwarz.

2

»Er war ein Punker und er lebte in der großen Stadt, es war in Wien, war Vienna, wo er alles tat. Er hatte Schulden, denn er trank, doch ihn liebten …«

Bereits bei »Vienna« war Nick hellwach und aufnahmebereit, allerdings benötigte er eine Weile, bis er in der Dunkelheit den Ton seines Handys lokalisiert hatte. Er kletterte aus dem Bett und zog es aus der Tasche seiner auf dem Boden liegenden Hose. Das Display flammte auf und Nick drückte die *Annahme*-Taste. »Ja?! Stein.«

»Entschuldigen Sie die nächtliche Störung, Doktor Stein, Code einhundertsieben«, vermeldete eine leicht schleppende Frauenstimme.

Code einhundertsieben – ein Mordfall! Nick seufzte. »Geben Sie mir die Adresse.«

Sie hüstelte und erwiderte stereotyp: »Ort: Mödling, Straße: Brühlerstraße Nummer neunzehn. Genügt Ihnen diese Information oder wünschen Sie weitere Details?«

»Ja.«

»Sie meinen … ich verstehe nicht?«, erkundigte sich die Stimme mit einem Anflug von Missmut.

»Ja, bitte geben Sie mir weitere Details«, setzte er, umgänglicher, nach. Ihm lag nichts daran, die Nerven dieser armen Nachtdienst-Seele zu strapazieren.

»Die Hausnummer neunzehn ist die Adresse eines Lokals oder Veranstaltungsorts, wie ich am Bildschirm sehe, Name: Kursalon. Den Einhundertsiebener finden Sie laut Angaben am hinteren Ende des rechts an das Gebäude grenzenden

Parkplatzes«, erklärte sie, wieder ganz in die monotone Sprachmelodie verfallend.

»Sagen Sie den Leuten vor Ort, ich bin in einer Stunde bei ihnen.« Er beendete das Gespräch.

Nackt, das Handy fest umklammert, blieb er einen Moment lang bewegungslos inmitten des fremden Schlafzimmers stehen und versuchte sich zu orientieren. Dabei warf er einen Blick auf das Bett, in dem sich jemand regte. Schemenhaft kam ein Kopf zum Vorschein.

»Warum schaltest du mitten in der Nacht das Radio ein?«, murmelte die Frau verschlafen.

Rasch ließ Nick den gestrigen Abend Revue passieren; ein versonnenes Lächeln umspielte seine Lippen. »Das war nur mein Handy. ›Amadeus‹ von Falco ist mein Klingelton«, flüsterte er und beschloss, sich bei Gelegenheit eine neutrale Melodie zuzulegen.

Aus dem Bett kam als Antwort ein undefinierbares Grunzen.

»Ich muss weg. Wo ist das Bad?«, fragte er.

»Die nächste Tür rechts. Wieso musst du weg?«, nuschelte sie unter einem langen Gähnen.

»Meine Arbeit. Ich ruf dich später an und erkläre dir alles, okay?«

»Hast du denn überhaupt meine Telefonnummer?«

»Du hast mir in der Bar deine Karte gegeben.«

Wieder ertönte eine Art Grunzen.

Mittlerweile hatte Nick seine Kleidungsstücke eingesammelt. Leise durchquerte er den Raum und zog die Schlafzimmertür geräuschlos hinter sich ins Schloss.

Das Badezimmer war klein, aber sauber und ordentlich aufgeräumt; keine Haare im Waschbecken, keine Schimmelspuren in den Ecken. Er atmete auf und schnappte sich eines der auf einem offenen Regal gestapelten rosafarbenen Handtücher. Das folgende Prozedere war ihm mit der Zeit in Fleisch und Blut übergegangen: Nicht länger als eine Minute lauwarm duschen, damit die verschlafenen Glieder in Schwung kamen, dabei das Haar mit den Händen und Wasser in Form bringen, danach Zähne putzen, zur Not, wenn er, so wie jetzt, keine Zahnbürste zur Verfügung hatte, mit dem Zeigefinger und einer doppelten Portion Zahnpasta, ankleiden – fertig. Er fasste in die Innentasche seines Sakkos und griff nach dem Schlüsselbund, dem Portemonnaie sowie der Polizeimarke. Perfekt.

Eilig verließ er die Wohnung, ignorierte den Fahrstuhl und öffnete die Tür zum Treppenhaus. Während er die ersten Stufen nahm, drückte er auf seinem Handy die Kurzwahltaste eins.

Samantha Smith meldete sich nach dem ersten Läuten. »Chief!« Sie stockte und schien zu lauschen. »You're not at home! Da sind fremde Geräusche im Hintergrund. Wo bist du?« Ihr weicher britischer Akzent konnte nicht über den beißenden Hohn in ihren Worten hinwegtäuschen.

»Ich werde dich für den Contest zur neugierigsten Sekretärin der Welt nominieren«, konterte Nick. »Bist du schon im Bild?«

»Yep. Ich habe soeben den Anruf erhalten und bin bereit. Soll ich ins Büro fahren?«

»Nein. Bleib vorerst auf Abruf zu Hause. Sollte ich dich vorzeitig brauchen, melde ich mich.« Er wusste, dass sie rund um die Uhr für ihn zur Verfügung stand.

»Wo bist du?«, wiederholte sie ungerührt.

»Das geht dich nichts an.«

»Hat es gar mit diesen drei Ladys aus der Bar zu tun?!«

Nick ächzte. »Kannst du dich an die sportliche Blondine erinnern?«, gestand er.

»Die sich mit dem verräterischen Augenzwinkern als ›die schöne Bella, weil doppelt hält besser‹ vorgestellt hat?«, spöttelte Samantha.

»Genau die! Im Übrigen heißt sie mit vollem Namen Isabella. Warum bist du auch so schnell verschwunden, Sam?! Du hättest auf mich aufpassen sollen.«

»Auf dich kann niemand aufpassen! Wenn du dich nicht änderst, wirst du in ferner Zukunft als old dodderer auf einer Frau liegend sterben. Das prophezeie ich dir. Hättest du dir einfach noch einen Whisky bestellt und wärst dann nach Hause gefahren!«

Bei der Erinnerung an den zwölf Jahre alten Single Malt und den starken Mokka, den er dazu getrunken hatte, verzog sich sein Mund auch jetzt noch genießerisch. Wie er diese Kombination mochte! Der säuerliche Geschmack, den der Mokka auf der Zunge hinterließ, harmonierte in unvergleichlicher Weise mit der Schärfe des Whiskys. Aber nicht nur der Gedanke an das Whisky-Aroma brachte ihn zum Lächeln. »Ich denke, Isabella ist eine wirklich nette Frau. Vielleicht –«

Mit einem derben Lacher unterbrach Samantha ihn. »Du kennst sie überhaupt nicht und außerdem war sie betrunken. Lass ein paar Wochen ins Land gehen, schieb hundert Nummern mit ihr, dann sprechen wir weiter.«

»Du bist ordinär.«

»Das nehme ich als Kompliment. Thank you.« Ohne ein weiteres Wort legte sie auf.

Nick steckte das Handy weg und holte im selben Atemzug seinen Autoschlüssel aus der Tasche. Sein schwarzer Range Rover parkte auf der gegenüberliegenden Straßenseite. Er überquerte zügig die leere Fahrbahn und lauschte dem Klicken des sich entsperrenden Wagens. Voller Tatendrang öffnete er die Autotür, sprang auf den Fahrersitz, drückte den Startknopf und stellte den Schalthebel auf *Drive*. Mit einem Blick in den Rückspiegel fuhr er los. Seine Augen wanderten zur Uhranzeige. Von dem Anruf aus der Zentrale bis jetzt waren knapp zwanzig

Minuten vergangen. Bis nach Mödling benötigte er um diese nachtschlafende Zeit noch einmal so lange. Er lag gut im Rennen, zwar nicht sein Rekord, aber zufriedenstellend.

Tatsächlich war auf den Straßen kaum Verkehr und die wenigen Nachtschwärmer oder Frühaufsteher, die ebenfalls unterwegs waren, wichen aus, wenn sie ihn im Rückspiegel näher kommen sahen. Nach zehn Minuten passierte er die Stadtgrenze Mödling und bog kurze Zeit später auf den Parkplatz neben dem Kursalon ein.

Er hatte sein Ziel erreicht.

Laternen säumten den Parkplatz, deshalb fiel ihm auch sofort der silberfarbene Porsche Cayenne Turbo mit dem Kennzeichen »W DOC 1« auf, der ohne Rücksicht auf Bodenmarkierungen in Poleposition parkte. »Verdammt!«, entfuhr es Nick und eine eigentümliche Mixtur aus Erleichterung, Enttäuschung und Widerwillen überkam ihn. So war es immer, wenn er mit dem Besitzer dieses Autos zusammenarbeitete: Doktor Robert Hofer, Facharzt für Rechtsmedizin, einer der unsympathischsten, eitelsten und arrogantesten Menschen, die er jemals kennengelernt hatte – dabei mit Abstand der Beste seines Fachs.

Zwei Drittel des Parkplatzes waren weitläufig mit einem Polizeiband abgesperrt. Starke Scheinwerfer, die alles in ihrer Umgebung in eine – wie Nick es gern nannte – Operationsraum-Atmosphäre tauchten, standen überall herum, wobei ihr Fokus auf eine aus seiner Position noch nicht einzusehende Stelle im Hintergrund ausgerichtet war. Doch er wusste auch so, worauf die grellen Lichter zeigten. Genau dort verlief das Bett des Mödlingbachs.

Mit einer schwungvollen Bewegung hob er das Absperrband hoch und schlüpfte hindurch. Unwillkürlich wurde er langsamer und sondierte die Lage. Ein paar Gestalten schwirrten in den Lichtkegeln der Lampen hin und her, zwei Personen knieten auf dem Boden. Auf der kleinen Holzbrücke, die den Parkplatz mit der Bachpromenade verband, lehnten drei Polizisten am Geländer und gafften in die Tiefe. Nick blieb stehen, holte tief Luft und blickte zu dem Aquädukt hoch, das den Parkplatz der Länge nach in zwei Hälften teilte. Das Bauwerk wirkte selbst heute noch mächtig und einschüchternd auf ihn; erstaunlich gut konnte er sich daran erinnern, wie er als kleiner Junge Angst gehabt hatte, ein Ziegel könnte sich lösen und auf ihn herabdonnern. Kopfschüttelnd riss er sich aus der Momentaufnahme seiner Vergangenheit los und setzte sich wieder in Bewegung.

Als er in den ersten Lichtkegel trat, wandten die drei Uniformierten wie auf Befehl ihre Köpfe und ließen von der Stelle ab, die sie fixiert hatten. Mit schnellen Schritten näherten sie sich ihm. Nick ließ es auf kein zeitraubendes Frage-Antwort-Spiel ankommen, sondern zog seine Dienstmarke hervor und setzte ein gewinnendes Lächeln auf. »Wie ich sehe, haben Sie alles im Griff. Setzen Sie mich bitte über die Fakten in Kenntnis.«

Der kleinste der drei Männer trat einen Schritt vor und präsentierte eine durchaus überzeugende Pistolero-Miene. »Sie sind …?« Seine Worte klangen wie Pistolenschüsse.

Unvermittelt drängte sich Nick ein verräterisches Grinsen auf. Diesem Mann reichte eine schnöde Polizeimarke, die man ihm vor die Nase hielt, keineswegs, er wollte auf Nummer sicher gehen. Prinzipiell respektierte Nick diese Einstellung. Die grimmig zusammengezogenen Augenbrauen, die zum Zücken der Waffe bereiten Arme, leicht angewinkelt, und dazu die Ausdrucksweise waren aber doch einen Tick zu viel.

»Nick Stein«, erwiderte er nichtsdestoweniger betont freundlich.

Augenblicklich glättete sich die Stirn des Angesprochenen. Verlegen räusperte er sich. »Ah, Doktor Stein! Wir … ja, wir haben Sie nicht so rasch erwartet.« Dienstbeflissen fuhr er fort: »Das Opfer liegt unten am Bachufer. Rein äußerlich sind keine größeren Verletzungen zu erkennen. Trotzdem: Ein schrecklicher Anblick, ich muss Sie warnen!«

»Sie waren da unten?«, fragte Nick. Selbstverständlich kannte er die Antwort, doch wollte er sich das kleine Spielchen nicht entgehen lassen. Ein Dämpfer konnte diesem Reserve-Django nicht schaden.

»N-Nein. Aber man kann von hier oben alles recht gut sehen. Es sind ja nur ein paar Meter«, entgegnete der Polizist und strich sich mit einer nervösen Geste über das Kinn.

Nick warf einen Blick auf seine beiden Kollegen. Während der Ältere gelangweilt wirkte und keinerlei Gefühlsregungen zeigte, tat sich der andere sichtlich schwer, ernst zu bleiben. Seine Mundwinkel zuckten. – Das war sein Mann!

In nächster Zeit würde Nick erfahrungsgemäß ständig mit den hiesigen Beamten zu tun haben. Neben dem Leiter des Reviers, den er nehmen musste, wie er war, benötigte er ein oder zwei verlässliche Ansprechpartner, an die er sich immer wenden konnte und die er bei Bedarf sogar eigens für sich abstellen ließ.

»Wie heißen Sie?«, sprach Nick diesen dritten Polizisten direkt an.

»Peter Westernschmidt.« Kurz und bündig, ohne Anzeichen von Ergebenheit.

Zufrieden streckte ihm Nick die Hand entgegen, blieb jedoch so weit auf Distanz, dass sich der Polizist mit mindestens einem Schritt auf ihn zubewegen musste. Als Peter Westernschmidt seine Hand ergriff, zog ihn Nick mit einer unauffälligen Bewegung noch ein Stück zu sich heran und isolierte ihn auf diese Weise von seinen Kollegen.

»Um ein Uhr dreißig erhielten wir den Anruf eines Mannes«, begann Peter Westernschmidt spontan seinen Bericht. Und als

Nick ihn mit einer einladenden Geste aufforderte, fortzufahren, legte er sofort nach: »Er hätte mit seiner Freundin einen Spaziergang unternommen, sich für ein paar Minuten auf der Brücke aufgehalten und dabei die Leiche entdeckt.«

Nick schaute zum Himmel empor. Beinahe Vollmond, keine Wolken. Die Sicht war fraglos ausreichend. »Haben Sie das Paar gesehen, Herr Westernschmidt?«

»Ja. Sie befinden sich auf dem Revier und werden gerade von einer Kollegin befragt. Er ist etwa zwanzig Jahre alt und dem Mädchen fehlt noch einiges auf die achtzehn. Wenn Sie mich fragen, wollten die beiden alles denkbar andere als einen Spaziergang unternehmen.«

Nick unterdrückte ein wissendes Lächeln. Der Wald hinter der Brücke war schon in seiner Jugend ein beliebter Ort für mehr oder weniger romantische Schäferstündchen gewesen. »Können Sie mir etwas über das Opfer sagen?«

»Wie mein Kollege bereits erwähnte, weist sie, zumindest aus der Entfernung, keine sichtbaren, größeren Verletzungen auf. Ein paar Kratzer, zerfetzte Kleidung, sonst konnten wir nichts feststellen. Sie liegt mit dem Bauch nach unten. Kopf und Gesicht befinden sich teilweise unter Wasser. Noch wurden keine persönlichen Gegenstände gefunden. Das ist einstweilen leider alles.«

»Eine Frau also.«

Der Polizist nickte und deutete in Richtung Brücke. »Kommen Sie.«

Gemeinsam betraten sie den Übergang und blickten auf das Flussbett hinab. Das Bild, das sich Nick bot, war natürlich nichts für empfindsame Seelen, doch hatte er in der Vergangenheit weitaus schlimmere Tatorte gesehen.

Wie von Peter Westernschmidt angekündigt, lag die Frau mit dem Bauch nach unten schräg zum Bachverlauf. Ihre Beine hatten sich in einem Busch verfangen und wirkten seltsam verdreht. Der Kopf war etwa zur Hälfte im Wasser verschwunden, wobei ihre langen blonden Haare in wellenförmigen Bewegungen der Strömung folgten; ein sanft anmutendes Detail, das in groteskem Gegensatz zur tragischen Wirklichkeit stand. Das weiße Licht der Scheinwerfer ließ den femininen, rundlichen Körper wie eine überdimensionierte Puppe erscheinen, die ein Kind achtlos zur Seite geworfen hatte und deren Glieder an einem Stein zerbrochen waren. Konzentriert versuchte Nick, weitere Einzelheiten auszumachen, doch auch er war nicht imstande, aus der Entfernung explizite Spuren von Gewalteinwirkung festzustellen. Aber das musste noch lange nichts bedeuten. Unter all dem Schmutz, der auf dem Körper klebte, konnte sich leicht ein Einschussloch oder ein Messereinstich verbergen.

Neben der Leiche kniete ein Mann: Doktor Robert Hofer. Nick beugte sich über das Geländer. »Robert, alter Freund!« Niemand, auch nicht der Angesprochene selbst, bemerkte den unterschwelligen Zynismus.

Der Arzt hob den Kopf und anschließend die Hand zum Gruß. »Nick Stein! Zieh dir etwas Hübsches über und komm zu mir herunter.«

»Ich bin sofort bei dir«, antwortete Nick. »Ich brauche einen Schutzanzug«, wandte er sich wie selbstverständlich an Peter Westernschmidt.

Der Polizist tippte mit dem Zeigefinger an seine Kappe und entfernte sich, ohne ein weiteres Wort zu verlieren. Es dauerte nicht lange und er kehrte mit einem Mitarbeiter der Spurensuche im Schlepptau zurück.

»Nick, schön, dich zu sehen, seit unserem letzten Zusammentreffen sind Wochen vergangen«, rief der Spurensucher bereits aus einiger Entfernung. Als er vor Nick zum Stehen kam, hielt er ihm einen weißen Anzug sowie Überzieher für die Schuhe entgegen. »Hier, dein Ganzkörperkondom.«

»Hallo, Freddy! Ja, es muss mindestens fünf oder sechs Wochen her sein. Ich dachte schon, du hast einen besseren Job gefunden; vielleicht einen Bestseller zum Thema Fingerabdrücke geschrieben – oder gar eine Ode über die Unendlichkeit der DNS.« Nick zwinkerte und deutete ein ironisches Lächeln an. Er mochte diesen besonnenen Mann mit seinem trockenen Humor, von dem er wusste, dass er ein leidenschaftlicher Verfasser lyrischer Texte war. Im Gegensatz zu Doktor Robert Hofer arbeitete er mit dem Spurenermittler sehr gern zusammen. Nicht nur, weil Freddy ebenfalls einer der Besten seines Fachs war.

»Nichts dergleichen. Flitterwochen auf den Malediven. Ein wahrgewordener Traum! Die Sonne scheint ohne Unterlass und der Sandstrand hat die Farbe einer Piña colada, dazu das türkisfarbene Meer.« Er schloss genießerisch die Augen. »Aber ich muss dich enttäuschen, Nick, für dich ist dieser wunderbare Ort definitiv kein geeignetes Urlaubsziel. In deinem Fall würde es sich wohl eher um einen wahrgewordenen Albtraum handeln. Nick Stein, gefangen auf einer winzig kleinen Insel, umgeben von zwanzig verliebten Paaren.« Der Spurenermittler lachte. »Und du müsstest mit der einen Frau auskommen, die du mitgenommen hast.«

Nick hob die Arme. »Du sagst es! Sollte ich allerdings einmal die Richtige finden, werde ich den Namen dieser Malediven-Insel von dir einfordern.«

»Tu das. Die Malediven könnten allerdings bis dahin im Meer versunken sein«, entgegnete Freddy und drückte Nick endgültig die Kleidung in die Hand. »Rein in das Ding! Und ruinier mir da unten nichts, wir sind noch lange nicht fertig. Wie du weißt, geht es für uns erst richtig los, wenn die Leiche abtransportiert worden ist.«

Nick verdrehte die Augen und schlüpfte in das Gewand. »Habt ihr schon etwas Verwertbares gefunden?«, erkundigte er sich nebenbei.

Der Spurenermittler verzog sein Gesicht zu einer unzufriedenen Grimasse. »Bis jetzt Fehlanzeige bei Fußspuren und Reifenabdrücken. Keine Handtasche, kein Handy, kein Ausweis. Wir werden das Gebiet natürlich großräumig absuchen, aber ich muss dir nicht erklären, wie rasch sich die Chance verringert, etwas zu entdecken, wenn es sich nicht in unmittelbarer Nähe befindet.«

»Ja, leider. Das rote Notizbuch mit dem Namen des Mörders hinter dem Haus der Großcousine unter einem Stein gibt es nur im Kino«, erwiderte Nick und gab einen höhnischen Lacher von sich.

Freddy stimmte in das Gelächter ein und entfernte sich winkend. Kurz blickte ihm Nick hinterher, bevor er sich wieder seiner Arbeit zuwandte. Vom Brückengeländer aus konnte er gut in beide Richtungen sehen. Ein Stück stromaufwärts führte ein unbeleuchteter Spazierweg zum Bachbett hinunter.

»Sie brauchen eine Taschenlampe. Sonst brechen Sie sich mit Ihren schicken Schuhen beim Runtergehen noch ein Bein«, bemerkte Peter Westernschmidt, der Nick die ganze Zeit über aufmerksam beobachtet hatte, und marschierte sogleich los. Nur einen Augenblick später kehrte er zurück und übergab Nick eine Taschenlampe. »Aus dem Polizeiauto. Der schnellste und einfachste Weg.«

Nick dankte ihm mit einem flüchtigen Nicken und setzte sich sofort in Bewegung. Wegen des ersten Herbstlaubs, das bereits von den Bäumen fiel, war der Abgang feucht und rutschig. Mit seinen wahrhaftig nicht gerade geländegängigen Hugo-Boss-Schnürschuhen aus Kalbsleder kam er nur mühsam voran. Vorsichtig setzte er einen Fuß vor den anderen, bis er endlich das Ufer erreichte. Er bewegte sich unter der Brücke hindurch und streifte sich wenige Meter vor dem Tatort den Fußschutz über. Achtsam machte er die letzten Schritte. An seinem Ziel angelangt, legte er die Taschenlampe zur Seite und kniete sich neben dem Rechtsmediziner hin. »Berichte!«

»Sie ist tot.« Der Arzt grinste.

Nick seufzte. »Robert! Es ist drei Uhr nachts. Nerv mich nicht mit solchen Sprüchen. Hast du etwas Interessantes für mich oder nicht?«

»Ist ja gut, ich verstehe dich. Aber du musst dich wegen eines kleinen Scherzes nicht gleich so aufregen«, beschwichtigte ihn Robert Hofer und deutete mit dem Kinn auf das Opfer. »Sie liegt noch nicht lange hier, maximal seit ein paar Stunden; die aktuelle Umgebungstemperatur beträgt knapp elf Grad und die Totenstarre hat eben erst eingesetzt. Konkretes zum Todeszeitpunkt kann ich dir nach der Untersuchung sagen.« Er wies auf ihren Kopf. »Hier an der Schläfe hat sie eine größere Verletzung.«

Nick beugte sich über die Leiche und hob das Haar sachte an. Die Haut war am Haaransatz aufgeplatzt und zeigte das darunterliegende Fleisch; ein Stück weißer Knochen blitzte hervor. »Die Todesursache?«

Robert schüttelte abwehrend die Hände. »Was willst du von mir hören? Du weißt doch, dass ich nicht irgendwelche obskuren Vermutungen äußern werde. Warte die Autopsie ab, dann bekommst du Fakten, mit denen du etwas anfangen kannst.«

Nick senkte den Kopf. Warum versuchte er es immer wieder! »Okay. Wenn es in dieser Position sonst nichts mehr zu sehen gibt, drehen wir sie um«, antwortete er resigniert.

Robert Hofer nickte zustimmend und erhob sich. Vorsichtig fassten sie den Körper seitlich an und legten ihn sanft auf den Rücken, wobei sie darauf achteten, dass der Kopf nicht wieder im Wasser landete. Instinktiv trat Nick einen Schritt zurück.

Fassungslos starrte er auf das Gesicht des Opfers. Er kannte dieses herzförmige, hübsche Antlitz mit der kleinen, ein wenig zu breiten Nase und den großen, wasserblauen Augen, die sich nun für immer hinter geschlossenen Lidern verbargen.

»Das gibt es doch nicht«, flüsterte Nick tonlos und mehr zu sich selbst.

»Was?« Robert blickte ihn überrascht an.

»Das ist Susanne Rippel. Ich habe sie lange nicht mehr gesehen. Eine Schulkollegin aus alten Zeiten.« Nick presste die Lippen zusammen. Sie war vom Teenager zur Frau gereift. Um die Augen herum befanden sich nun winzige Lachfalten und ihr Haar war länger als früher. Aber sie war es, da gab es keinen Zweifel.

Ohne weiteren Kommentar griff er nach seinem Handy und wählte eine Kurzrufnummer. Als am anderen Ende der Leitung eine Stimme erklang, diktierte er, vermeintlich emotionslos, folgende Meldung: »Nick Stein. Vorfall Mödling, Parkplatz Kursalon. Code einhundertsieben. Name des Opfers: Susanne Rippel. Letzte bekannte Adresse: Wien, siebenter Bezirk, Mariahilfer Straße, keine Hausnummer.«

Nach einer kurzen Pause fügte er hinzu: »Die Aktualität der Adresse liegt allerdings zehn Jahre zurück.« Erneute Pause. »Ja, ich bin jederzeit erreichbar.«

Betont gelassen steckte Nick sein Handy wieder weg. Unvermutet kam ihm ein alter Reim in den Sinn, den er in seinem Unterbewusstsein vergraben und lange nicht mehr gehört hatte: Rippel – Trippel – Trappel – Kugelrund. Rippel – Trippel – Trappel – Kugelrund.

3

»Möchten Sie einen Kaffee, Herr Doktor Stein?«, fragte Peter Westernschmidt, kaum dass sie den Vorraum des Polizeireviers Mödling betreten hatten. Seine beiden Kollegen, der Kleine und der Alte, waren am Tatort geblieben und warteten auf ihre Ablösung.

»Danke, gern. Ein Kaffee wäre jetzt genau das Richtige«, erwiderte Nick und folgte dem Beamten in einen nüchtern ausgestatteten Aufenthaltsraum mit einer kleinen Küche.

»Ich weiß, nicht gerade ein Highlight des guten Geschmacks, aber es fehlt an nichts.« Entschuldigend deutete der Polizist auf einen modernen Mikrowellenherd sowie eine glänzende Kaffeemaschine.

»Eine Jura-Maschine! Sie verstehen es, meine Vorfreude zu schüren!«

»Dieses wunderbare Stück haben wir uns vor einem Jahr geleistet«, erklärte Peter Westernschmidt mit unverhohlenem Stolz.

»Vortreffliche Investition«, entgegnete Nick mit einem so ernsten Gesichtsausdruck, als ginge es um einen Millionendeal.

»Fürwahr! Wie möchten Sie Ihren Kaffee?«

»Nach dieser Nacht?! Schwarz und sehr stark mit viel Zucker. Kann *sie* das?«

Peter nahm seine Kappe ab und fuhr sich durch das dichte Haar. »Unser Prachtstück kann nur eines nicht: Tango tanzen.« Dabei lachte er herzlich, fischte eine weiße Kaffeetasse aus einem schmalen Schrank, stellte sie unter den Auslauf, drehte einen Schalter und drückte auf einen Knopf. Zunächst ertönte ein dumpfes Brummen, gefolgt von einem metallischen

Knacken, dann wieder ein Brummen, und schließlich lief dampfender, herrlich duftender Kaffee in die Tasse. Fast unmittelbar erfüllte den Raum ein unvergleichliches Aroma. Während die letzten Tropfen in die Tasse perlten, stellte er eine Zuckerdose auf den Tisch und bereitete eine Untertasse vor, auf die er die Kaffeeschale platzierte. »Bitte, Herr Doktor Stein.«

Nick schaufelte reichlich Zucker in den Kaffee, rührte um, nahm einen Schluck und gab ein bewunderndes »Ah« von sich. »Normalerweise bevorzuge ich ja Süßstoff – wegen der Linie, aber ich habe das Gefühl, mein Blutzuckerspiegel ist im Keller.«

»Völlig richtig, auch *Mann* sollte auf seine Figur achten.« Der Polizist holte eine weitere Tasse aus dem Schrank. Von ihren Ausmaßen her hätte sie als Teetasse durchgehen können. »Ich bin der Milchkaffee-Zucker-Typ.«

Wenn auch nur so dahingesagt, passte diese knappe Selbsteinschätzung doch erstaunlich gut, fand Nick. Peter Westernschmidt war groß und trotz eines Bauchansatzes noch als schlank zu bezeichnen, er hatte dunkelblonde Haare und eine helle Haut. Obwohl in Nicks Alter, wirkte er jungenhaft und strahlte Sanftmut und Gelassenheit aus. Ja, er war ganz und gar der Milchkaffee-Zucker-Typ!

»Nun, jeder wie er mag.« Nick grinste breit und streckte dem Mann zum zweiten Mal innerhalb kurzer Zeit die Hand entgegen. »Ich bin Nick.«

Peter Westernschmidt ergriff die Hand und erwiderte die Geste mit einem wohldosierten Gegendruck. »Peter.«

Für eine Weile herrschte einhelliges Schweigen. Sie tranken ihren Kaffee und erholten sich von den letzten Stunden.

»Es ist sicherlich nicht ganz einfach, wenn man das Opfer gekannt hat«, durchbrach Peter die Stille. Natürlich hatte am Tatort jeder mitbekommen, dass die Tote für Nick keine Fremde gewesen war.

Nick warf einen prüfenden Blick auf den Beamten, der ihn offen und ohne übertriebene Neugierde ansah. »Ich habe sie seit einer Ewigkeit nicht mehr gesehen. Sie war nur eine Schulkollegin.« – *Eine Schulkollegin, die ich verspottet und missachtet habe, obwohl sie ihr junges Herz an mich verloren hatte,* fügte Nick in Gedanken hinzu.

»Kann das zu Komplikationen führen?«

»Du meinst Schwierigkeiten bei der Leitung der offiziellen Ermittlungen?«

Als Antwort zog Peter nur die Augenbrauen hoch. Entweder verfügte dieser Mann tatsächlich über ein außerordentliches Feingefühl oder er verbarg seine Neugierde gekonnt hinter einer mitfühlenden Fassade.

»Ich muss es auf jeden Fall melden. Solange es für mich persönlich aber kein Problem darstellt, handelt es sich um eine Pro-forma-Angelegenheit.« Nick streckte sich, er hatte genug preisgegeben. »Wir sollten jetzt weitermachen.«

Wie auf ein Stichwort steckte eine junge Polizistin den Kopf durch die Tür. »Da bist du ja, Peter, ich habe dich überall gesucht! Wie ich hörte, hast du Doktor –« Als sie den Kriminalpsychologen registrierte, hielt sie mitten im Satz inne. Unwillkürlich fuhr sie sich mit der Hand durch ihr dunkles Haar und straffte die Schultern. Ihr Gesicht präsentierte ein kokettes Lächeln. »Doktor Stein?«, schnurrte sie.

Nick reichte auch ihr seine Hand und erwiderte das Lächeln.

Sie schmolz förmlich dahin. Er war ein attraktiver Mann, ohne Zweifel, besaß Charisma sowie eine ungekünstelte Eleganz. Für die Polizistin machte ihn jedoch erst die Tatsache unwiderstehlich, dass er in Polizeikreisen als lebende Legende galt. Seit Beginn seiner Karriere war er an der Aufklärung einiger medienwirksamer und vieler vornehmlich innerbetrieblich bemerkenswerter Fälle maßgeblich beteiligt gewesen. Sein Ruf als herausragender Ermittler und Analytiker war weit über die Grenzen hinaus bekannt. Die Medien hatten ihn im Laufe der Zeit mit Namen wie »österreichischer Grissom« oder »Mister Profiler« tituliert und obwohl Nick mit diesen von Fernsehserien inspirierten Bezeichnungen nichts anzufangen wusste, umgaben sie ihn automatisch mit einem Hauch von Magie. In der Vergangenheit hatte ihm dieses Image drei Liebesabenteuer mit Damen aus den eigenen Reihen eingebracht, die alle ein glückloses Ende gefunden hatten und auf die er keineswegs mit Stolz zurückblickte. Danach hatte er sich geschworen, fortan nach einem Leitsatz zu leben, den er sich anlässlich eines USA-Aufenthalts eingeprägt hatte: You don't shit where you eat.

Die Polizistin kicherte verhalten. »Wie gut, dass ich Sie gefunden habe, Herr Doktor Stein!« Sie legte den Kopf schief und fuhr sich abermals durchs Haar. »Franz Mayerhofer, unser Chef, möchte mit Ihnen sprechen. Er erwartet Sie in seinem Büro.«

»Ich bin in zehn Minuten bei ihm. Könnten Sie ihm das bitte ausrichten?«, entgegnete Nick und ermahnte sich, auf Distanz zu bleiben, egal, wie verlockend ihre Stimme klang und wie hübsch ihr Körper war. Ihre langen Beine und die schlanken Hüften in der dunkelblauen Uniformhose waren ihm nicht entgangen.

»Selbstverständlich, das erledige ich gern ... für Sie!« Kurz blieb sie noch, scheinbar unentschlossen, im Türrahmen stehen und entfernte sich dann widerstrebend.

»Interessante Reaktion«, bemerkte Peter und deutete mit dem Kinn in die Richtung, wo die Polizistin gestanden hatte.

Nick zuckte mit den Schultern, blieb jedoch eine Antwort schuldig. Er kannte den Beamten nicht gut genug, um sich offen, von Mann zu Mann, zu äußern.

Den Polizisten schien das nicht zu stören. »Trink in Ruhe deinen Kaffee aus. Danach begleite ich dich zu unserem Chef«, fuhr er ungerührt fort und stellte seine Kaffeetasse im Ausguss ab.

Nick kippte den letzten Schluck hinunter, trug seine Tasse ebenfalls zur Spüle und folgte Peter auf den Gang hinaus. Vor der hintersten Tür blieb der Uniformierte stehen, klopfte einmal kräftig dagegen und öffnete sie, ohne abzuwarten. Dabei vollführte er eine einladende Handbewegung. »Bitte!«

Nick dankte ihm mit einem knappen Nicken und betrat den Raum.

Hinter einem Holzschreibtisch mit zerkratzter Platte und ramponierten Ecken saß ein etwa fünfzigjähriger Mann. Um seine blauen Augen drängten sich Lachfalten. Sein meliertes Haar hätte einen neuen Schnitt vertragen. Er erhob seinen fülligen Körper und umrundete den Schreibtisch, wobei er eine erstaunliche Geschmeidigkeit an den Tag legte. »Herr Doktor Stein! Ich freue mich aufrichtig, Sie kennenzulernen.« Er streckte Nick seine Hand entgegen und deutete mit der anderen auf einen kleinen Besprechungstisch. »Setzen wir uns!«

Nick drückte die Hand des Revierleiters und nahm auf einem dem Fenster abgewandten Sessel Platz. Franz Mayerhofer setzte sich vis-à-vis und nahm auf diese Weise in Kauf, von den ersten herbstlichen Sonnenstrahlen, die durch das Fenster in den Raum fielen, geblendet zu werden. Neugierig, ob und wie der Mann darauf reagieren würde, ließ Nick ihn nicht aus den Augen. Seine Geduld wurde nicht lange auf die Probe gestellt. Franz Mayerhofer verzog seinen Mund, sprang auf und marschierte zügig auf das Fenster zu. Mit einer resoluten Geste schnappte er sich die Vorhangenden und zog sie ruckartig zu. »So, besser.« Zufrieden ließ er sich wieder auf den Sessel fallen.

Nick lächelte verhalten. Der Mann agierte prompt und gut. Einen Revierleiter an seiner Seite zu wissen, der effizient

Entscheidungen zu treffen vermochte, erleichterte seine Arbeit. Mehr als einmal hatte er es anders erlebt.

»Wie ich schon sagte, freut es mich, Sie kennenzulernen, und ich möchte mich dafür bedanken, dass Sie so rasch zur Stelle waren«, wiederholte Franz Mayerhofer.

»Danken Sie nicht mir, jemand beim Bundeskriminalamt hat ausgesprochen schnell reagiert.«

»Habe ich es mir doch gedacht, dass bestimmte Personen ein paar Rädchen gedreht haben! Kein Wunder, bei der aktuellen Lage.« Der Revierleiter stieß einen undefinierbaren Laut aus. »Aber egal, welcher glückliche Umstand Sie hergebracht hat, ich bin ungemein froh darüber.«

»Von welcher aktuellen Lage sprechen Sie?«

»Vom Schönberg-Festival selbstverständlich!« Franz Mayerhofer blickte in Nicks fragendes Gesicht. »Sie wissen nichts davon?« Er lehnte sich vor und stützte die kräftigen Arme am Tisch ab. »Im Frühjahr fand hier in Mödling ein kleines Schönberg-Festival statt. Das Echo war unerwartet gewaltig. Also wurde es im Juni wiederholt, größer und medienwirksamer.« Er senkte seine Stimme. »Plötzlich waren auch viele Institutionen und hiesige Persönlichkeiten involviert, die sich ursprünglich dezent zurückgehalten hatten – Sie verstehen, was ich meine …«

Nick senkte den Kopf als Zeichen seiner Bestätigung. Natürlich verstand er. Eilig kramte er in seinem Gedächtnis nach Erinnerungen aus der Schulzeit. »Sprechen Sie von dem Komponisten Arnold Schönberg?«

»Von wem denn sonst?!« Die Ironie war unüberhörbar, trotzdem setzte Franz Mayerhofer zur Sicherheit schnell nach: »Um bei der Wahrheit zu bleiben, wusste ich bis zum heurigen Jahr nicht, welche Art von Musik er komponierte. Und schon gar nicht, dass er einige Jahre in Mödling gelebt und gearbeitet hat. Sein Haus gilt sogar als die Geburtsstätte der Zwölftontechnik! Fragen Sie mich bitte nicht, was das zu bedeuten hat.«

In Nicks Kopf blitzten Schlagwörter aus dem Musikunterricht auf. Das genügte vorerst. »Ich verstehe immer noch nicht, in welchem Zusammenhang der Mord mit diesen Schönberg-Veranstaltungen stehen soll«, kam er wieder auf das Kernthema zu sprechen.

»Nun, in Kürze wird ein drittes Schönberg-Festival veranstaltet. Unser Bürgermeister und die Verantwortlichen holen dazu jeden Prominenten und jeden VIP nach Mödling, den sie bekommen können. Man muss das Eisen schmieden, solange es heiß ist.« Franz Mayerhofer zwinkerte.

»Ein Mord kommt in solch einer außergewöhnlichen Situation denkbar ungelegen.«

»Sie sagen es, Herr Doktor, Sie sagen es!«

Eine Stunde später ließ Nick die Eingangstür des Polizeireviers hinter sich ins Schloss fallen und verharrte kurz auf dem Treppenabsatz. Das Gespräch mit Franz Mayerhofer war erfreulich unkompliziert verlaufen. Der Mann verfügte über Esprit und hatte mehrmals auf eine mögliche Unterstützung seinerseits hingewiesen, wobei er – mit Erleichterung – einen beträchtlichen Teil der Verantwortung abzugeben gedachte. Nick kannte das. Morde standen in einem normalen Polizeirevier nicht auf der Tagesordnung.

Von seiner erhöhten Position aus blickte er über den Parkplatz des benachbarten Museums hinweg zur Hauptstraße. Langsam setzte der Morgenverkehr ein. Er gähnte, wandte sich der entgegengesetzten Seite zu und marschierte die Klostergasse entlang in Richtung Fußgängerzone, um sein Auto zu holen. Vom Fundort der Leiche zum Revier war er in Peters Polizeiwagen mitgefahren.

Mit jedem Schritt brachte sein Gehirn neue Erinnerungen an Susanne Rippel hervor. Er hatte sie nach der Schule aus den Augen verloren. Das einzige Aufeinandertreffen war eine zufällige Begegnung vor etwa zehn Jahren auf der Kärntnerstraße in Wien gewesen. Daher stammten auch seine Informationen, die er an die Zentrale weitergegeben hatte. Damals war sie ihm, beladen mit zwei riesigen dunkelbraunen Einkaufstaschen von Louis Vuitton, beinahe in die Arme gelaufen. Ihr rundlicher Körper war unter ihrer weiten Kleidung nach wie vor nicht zu übersehen gewesen. Allerdings hatte sie selbstsicher und fröhlich gewirkt, ganz anders als in ihrer Teenagerzeit. Wie bei einer Aufziehpuppe war es aus ihr herausgesprudelt: Dass sie dem kleinstädtischen Wahnsinn entflohen sei und nun ein ausgelassenes Singledasein in Wien führe, viele Freunde habe und kaum ein Tag ohne Feiern bis in die Morgenstunden vergehe. Irgendetwas an diesem euphorischen Auftritt war Nick suspekt vorgekommen, doch hatte er sich viel zu hastig verabschiedet, um diesem Gefühl auf den Grund gehen zu können.

Jetzt bereute er diese Unachtsamkeit. Noch während er versuchte, sich Susannes Worte zu vergegenwärtigen, passierte er den Platz mit der Dreifaltigkeitssäule, überquerte die Straße zur Fußgängerzone und schritt zügig voran. Unwillkürlich streifte sein Blick das gläserne Schaufenster eines Restaurants. Die Eingangstür war einladend einen Spaltbreit geöffnet, offensichtlich, um frische Herbstluft in die Räumlichkeit einzulassen. Licht schimmerte hindurch. Nick las das Namensschild: *Echtzeit living-room*. Plötzlich überkam ihn eine unbändige Lust nach Wärme und einer weiteren Tasse Kaffee. Durch die Glasscheibe nahm er eine Bewegung wahr. Kurz entschlossen betrat er das Lokal und setzte sich nach einem Rundumblick an die Bar. Ein hinter dem Tresen lehnender, verschlafener Kellner richtete sich auf. »Guten Morgen, was darf es sein?«

»Einen großen Braunen mit Süßstoff und eine Cola light, kalt, bitte.« Nick rieb sich die mittlerweile tonnenschweren Augenlider. Susanne … Susanne Rippel. Sie versetzte ihn in eine Zeit und in ein Leben zurück, das er als abgeschlossen verbucht hatte. Aber die Vergangenheit holte jeden Menschen ein, unausweichlich und erbarmungslos. »Reiß dich zusammen!«, ermahnte er sich. Was damals geschehen war, ließ sich nicht mehr ändern, doch jetzt konnte er dafür sorgen, dass Susannes Mörder seine gerechte Strafe erhielt.

Schwungvoll stellte der Kellner die Getränke auf die Theke und knallte das kleine Silbertablett auf den Stapel mit den anderen Tabletts zurück; erschrocken fuhr Nick aus seinen Gedanken hoch. Der Kaffeeduft half ihm, sein Gleichgewicht wiederzufinden. Er angelte sich das Süßstoffsäckchen auf der Untertasse und schnipste die kleinen Pillen in die heiße, schwarze Flüssigkeit, wo sie sich sofort auflösten und feine Schaumkrönchen an der Oberfläche hinterließen. Dann ließ er den Blick schweifen und blieb am Bildschirm eines großflächigen Fernsehers hängen: Models mit endlos langen Beinen, die über einen Laufsteg liefen und in knappen Shorts und Sandalen Winterjacken und Mäntel präsentierten.

Ein Mann, bewaffnet mit einem iPad in der einen und einem iPhone in der anderen Hand, kam aus dem rückwärtigen Bereich des Lokals direkt auf die Bar zugeschossen. Nick nahm ihn zunächst nur aus dem Augenwinkel wahr. Eigentlich hatte er vom appetitlichen Anblick der schlanken Frauen noch nicht genug, doch irgendetwas an dieser Person irritierte ihn.

Auch der andere schien erstaunt, verharrte in seiner Bewegung und stieß einen erstickten Laut aus. »Nick Stein?! Stoni! Ich kann es nicht glauben! Es muss eine Ewigkeit her sein … Was machst du in meinem Lokal?« Er bewegte sich mit einem Riesensatz auf

Nick zu, wobei er seine Apple-Geräte achtlos auf den Tresen katapultierte, und schloss den alten Freund in die Arme.

»Daniel!«, antwortete Nick atemlos und spürte förmlich, wie das Adrenalin in seinem Körper zu arbeiten begann und Blutdruck und Herzschlagfrequenz in die Höhe trieb. Daniel Bachinger! Alter Schulkamerad, ehemals enger Freund und einer von jenen, die ebenfalls mit Freude hinter Susanne hergerufen hatten: Rippel – Trippel – Trappel – Kugelrund. Rippel – Trippel – Trappel – Kugelrund.

In Nicks Kopf explodierte ein viele Jahre lang tief vergrabener Sprengkörper. Die Vergangenheit hatte ihn nicht nur eingeholt, er saß sogar mitten in ihrem verzehrenden, vermeintlich faszinierenden Zentrum.

Daniel deutete auf die beiden Getränke vor Nick. »Kaffee und Cola light? Kein doppelter Gin mit Tonic Water zum Aufwärmen? Oder wenigstens ein kleiner Rum und ein Schlückchen Cointreau in den Kaffee?«

Nick schüttelte den Kopf. »Das ist zwanzig Jahre her, Dani. Danke, nein, es hat sich einiges geändert.« Am liebsten wäre er aufgestanden und hätte fluchtartig das Lokal verlassen, doch einem Instinkt folgend blieb er sitzen.

»Als du damals in das Flugzeug nach Amerika gestiegen bist, habe ich gewusst, dass dir das nicht guttun wird«, erwiderte Daniel ungerührt. »Na ja, wenigstens ist etwas aus dir geworden, nachdem du dem Lotterleben in Mödling den Rücken gekehrt hast. Ich habe jeden gottverdammten Bericht über dich gesehen und gelesen, den die Medien im Laufe der Zeit ausgespuckt haben.« Er verbeugte sich mit einem süffisanten Grinsen, wurde aber schlagartig wieder ernst und blickte Nick eindringlich an. »Was führt dich in die alte Heimat? Handelt es sich um einen Freundschaftsbesuch oder hat deine Anwesenheit unter

Umständen mit dem Tumult auf dem Parkplatz beim Kursalon zu tun oder beides …?«

»Woher weißt du von der Kursalon-Sache?« Nick hatte ganz vergessen, dass Daniel schon früher über jeden Vorfall und jedes kleinste Gerücht bestens informiert gewesen war und außerdem wie ein Wasserfall zu reden vermochte. Womöglich konnte er ihm die eine oder andere Geschichte über Susanne Rippel entlocken – Geschichten, die er selbst längst vergessen hatte. Es war zumindest ein Anfang.

»Ich habe seit über einer Stunde geöffnet. Du bist nicht mein erster Gast.« Daniel klopfte auf die Theke. »Lenk nicht vom Thema ab. Ich bin neugierig.«

Beschwichtigend hob Nick die Arme und packte Daniel bei seiner Wissbegierde. Damit hatte er ihn genau da, wo er ihn für eine Befragung haben wollte. »Ich erzähle es dir. Beantworte mir jedoch zuvor eine Frage.« Er wartete geduldig, bis Daniel widerstrebend nickte, und sprach gelassen weiter: »Erinnerst du dich an Susanne Rippel?«

Daniel sah ihn erstaunt an. »Susi? Was soll die Frage? Natürlich. Sie kommt nahezu jeden Tag nach der Arbeit hierher.«

»Was?« Diese überraschende Wende vollendete das, was das Adrenalin begonnen hatte: Nick war schlagartig hellwach und aufnahmebereit.

»Vor einiger Zeit ist sie wieder nach Mödling gezogen und hat sich eine große Wohnung in dem neuen Gebäudekomplex am Ende der Neusiedler Straße gekauft. Weißt du das denn gar nicht?« Er verdrehte die Augen und gab sich selbst die Antwort: »Wie solltest du auch! Du lässt dich ja nicht mehr blicken.«

Nick zuckte entschuldigend mit den Schultern, doch Daniel tat seine Reue mit einer Handbewegung ab und fuhr fort: »Susi arbeitet im Industriezentrum Wiener Neudorf in der Zentrale der EVER AG. Sie ist die Chefin der Marketing-Abteilung und hat immer lustige Geschichten über ihre Angestellten auf Lager.«

»Susanne Rippel und lustige Geschichten?«

»Sie hat sich verändert, sehr sogar.«

»Verheiratet?«

»Nein, kein Ehemann, kein Lebenspartner. Aber einen Lover gibt es sehr wohl. Den hält sie allerdings geheim, aus welchem Grund auch immer.« Daniel beugte sich verschwörerisch nach vorn. »Vertrau mir, ich bin Barkeeper und wir erkennen so etwas instinktiv.«

»Du bist kein Barkeeper, mein Lieber!« Natürlich war Nick Daniels Wortwahl bei der Begrüßung nicht entgangen. »Aber was du hier geschaffen hast, ist wahrlich beeindruckend!« Mit seinem Arm zeichnete er einen Halbkreis in die Luft.

Daniel straffte die Schultern. »Mit dem *Echtzeit living-room* habe ich meine Vorstellung von Gastronomie verwirklicht. Das hier ist nicht nur ein Café oder ein Restaurant, auch keine Bar, sondern ein Gesamtkonzept – mit allem, was du dir als Gast wünschen kannst. Lust auf ein zeitiges Frühstück? Bitte sehr! Brunch, Mittagessen, ein Nachmittagsimbiss, Abendessen? Kein Problem. Unterhaltung an der Bar? Wird alles geboten!«

Nick lachte. »Ich bin auch ohne deine Erklärungen restlos begeistert und erinnere mich dunkel daran, dass ein eigenes Lokal schon immer dein Traum war.«

»Deine Erinnerung trügt dich nicht.«

»Ein paar Details von damals habe ich mir erstaunlicherweise nicht weggesoffen.«

»Und weggekifft«, fügte Daniel hinzu.

Nicks Nacken versteifte sich unmerklich. »Wie gesagt: Das ist alles lange her.«

Daniel sah dem alten Freund prüfend in die Augen. »Ob du es mir glaubst oder nicht, ich verstehe deine Entscheidung zu verschwinden und bewundere dich dafür.« Er zückte seine Brieftasche und klappte sie vor Nicks Nase auf. Ein Foto kam zum Vorschein. »Meine beiden Kinder und meine Frau – meine Exfrau. Das Leben, das ich unbedingt führen wollte, hat mich einiges gekostet.«

»Du hast wenigstens Kinder und eine Exfrau. Weißt du, was ich auf diesem Gebiet vorzuweisen habe? Nichts, nada, niente.«

»Tja, jeder hat sein Päckchen zu tragen, Stoni.« Daniel schüttelte sich. Lautstark klopfte er wieder auf den Tresen. »Aber zurück zum Thema! Du kommst um eine Antwort nicht herum. Jetzt will ich endlich wissen, was am Kursalon-Parkplatz los war und warum du dich plötzlich für Susi interessierst? Die Kleine war dir doch früher völlig gleichgültig.« Er kicherte wie ein junges Mädchen, verstummte jedoch sofort, als er Nicks ernsten Gesichtsausdruck bemerkte.

»Daniel«, Nicks Stimme klang leise und eindringlich. »Ich bin wegen Susanne hier. Sie wurde heute Nacht beim Mödlingbach gefunden; bei der Brücke hinter dem Kursalon-Parkplatz. Ich führe die Ermittlungen.«

Daniel starrte Nick fassungslos an. »Susi ist ... tot? Willst du mir gerade schonend beibringen, dass sie ... ermordet wurde?«

Nick senkte bejahend den Kopf. »Wenn du irgendetwas weißt, das mir weiterhelfen könnte, sag es mir bitte.«

»Ich weiß nicht viel mehr über sie als das, was ich dir erzählt habe«, entgegnete Daniel heiser. Sämtliche Farbe war aus seinem Gesicht gewichen. Nichts erinnerte mehr an den eben noch so lebhaften, gut gelaunten Mann.

»Lass mich dir ein paar Fragen stellen. Das hilft bei der Erinnerung.« Mit geeigneter Unterstützung würde Daniel alles preisgeben, was er in seinem Gedächtnis versteckt hatte.

»Okay.« Daniel stieß einen tiefen Seufzer aus.

Einem plötzlichen Impuls folgend, legte Nick seine Hand auf den Arm des Jugendfreunds. »Welchen Eindruck hattest du von ihr? War sie glücklich? Wirkte sie zufrieden? Das kleinste Detail kann wichtig sein. Denk in Ruhe nach, bevor du antwortest.«

»Glücklich?« Daniel blies seine Wangen auf. »Ich weiß nicht recht, wie ich es dir beschreiben soll. In der Schule war sie ja immer zurückhaltend, ängstlich und in sich gekehrt.« Er machte eine wegwerfende Handbewegung. »Wie ich schon sagte: Sie hatte sich verändert. Aber das trifft es nicht einmal annähernd. Sie hatte sich um hundertachtzig Grad gedreht! Meistens war sie richtig aufgekratzt, redete und lachte viel.« Er kniff die Lippen zusammen. »Du kannst es dir wahrscheinlich nicht vorstellen, sie hat Schwung in unsere Runde gebracht, war immer witzig und sprühte vor Lebensfreude. Wir haben sie alle sehr gemocht.« Mit einer fahrigen Geste rieb er sich das Kinn. »Und sie hatte einen geheimen Liebhaber! Ganz sicher. Aber auch das erwähnte ich bereits.«

»Du hast keine Ahnung, wer es gewesen sein könnte?«, bohrte Nick weiter.

Daniel schüttelte entschieden den Kopf. »Nicht die leiseste. Vielleicht jemand aus der Runde? Oder ein Arbeitskollege?«

»Aus der Runde?« Innerhalb kürzester Zeit hatte Daniel die Runde zweimal erwähnt. Nick ahnte, dass er mit dieser Frage auf weitere Personen aus seiner unrühmlichen Vergangenheit stoßen würde.

»Es sind fast alle noch hier: Georg, Andreas, Rudolf, Gabriel, Carl, Carina, Alexander, Tina und Lisa, Thomas, Werner.«

»Alle außer mir. Das meinst du doch?«

»Stimmt«, erwiderte Daniel abschätzig.

Mit einem letzten Schluck aus der Kaffeetasse überspielte Nick die Peinlichkeit. »Ich muss leider wieder an die Arbeit. Was bin ich dir schuldig?«

Daniel verzog den Mund zu einem schiefen Grinsen. »Du meinst für die beiden Coffein-Wässerchen? Die gehen aufs Haus, wenn du mir versprichst, bald wiederzukommen.«

»Darauf kannst du dich verlassen«, entgegnete Nick.

Wie früher küssten sie sich links und rechts auf die Wange. Dann verließ Nick das Lokal. Vor dem Ausgang wandte er sich noch einmal zufrieden um. Sein spontaner Lokalbesuch war völlig unerwartet ein Erfolg gewesen. Jetzt verfügte er nicht nur über erste Informationen zum Fall, Daniel hatte ihm, ohne es zu wissen, bei seiner Erinnerungsarbeit geholfen. Endlich war ihm klar, was ihn an Susanne bei dem zufälligen Aufeinandertreffen in Wien gestört hatte: die beiden riesigen Louis-Vuitton-Taschen. Schon ein kleines Täschchen oder eine Geldbörse der exquisiten Marke kostete viel Geld. Ihre Position in einem Konzern wie der EVER AG wäre die Erklärung, doch stellte sich die Frage, ob sie diese Stellung bereits vor zehn Jahren innegehabt hatte.

Gleich als Nächstes würde er Susannes finanzielle Situation und ihr Arbeitsumfeld unter die Lupe nehmen. Zuvor brauchte er aber dringend einige Stunden Schlaf. Wie lautete eines der berühmtesten Filmzitate aller Zeiten: »After all, tomorrow is another day.« Diesem weisen Rat wollte er nun Folge leisten, fühlte er sich im Augenblick doch tatsächlich wie »vom Winde verweht«.

4

Nick sammelte alle Unterlagen, die auf seinem Schreibtisch verstreut lagen, zusammen und ließ sie unter dem Aktendeckel verschwinden. Draußen begann es zu dunkeln. Er beugte sich nach vorn und schaltete die Lampe auf seinem Schreibtisch ein. Den ganzen Tag hatte er damit zugebracht, Susannes Leben zu durchforsten. Nicht jenen Teil, der sich mit Gefühlen, Wünschen und Emotionen beschäftigte, sondern die – wie Nick es nannte – technische Seite eines Menschen. Diese technische Seite beinhaltete alle transparenten Spuren, die eine Person unweigerlich hinterließ, wenn sie einen festen Wohnsitz hatte, zur Arbeit ging, Steuern bezahlte, ein Bankkonto besaß und gelegentlich eine Pizza am Telefon bestellte.

Nick entfuhr ein gequältes Schnauben, als er einen letzten Blick auf seine handschriftlichen Notizen warf und den Block danach in die Schreibtischlade steckte. Einige Stunden lang hatte er an der Oberfläche eines Menschenlebens gekratzt und schon befand er sich inmitten eines Lügenkonstrukts. Seine Alarmglocken hatten noch nie ohne guten Grund geläutet und sie tönten bei jedem Satz, den er über Susanne zu lesen bekam, immer lauter.

Angefangen bei ihrer Wohnung: Anders als Daniel erzählt hatte, war es keine Eigentumswohnung gewesen, sondern eine einfache Mietwohnung, wie die monatlichen Abbuchungen auf ihrem Konto bezeugten. Dann ihre Arbeit: Es stimmte zwar, dass sie bei der EVER AG in der Abteilung Marketing angestellt gewesen war, doch in keiner bedeutungsvollen Position – nicht als Leiterin, wie sie Daniel und allen anderen weisgemacht hatte, sondern als Sekretärin des Werbemanagers.

Sie hatte drei Kreditkarten besessen, die sie alle regelmäßig und großzügig strapaziert hatte. Die genauen Daten von Visa, American Express und Diners Club fehlten zwar noch, doch waren bei den Endsummen jeder Karte bereits jetzt gewisse Regelmäßigkeiten zu erkennen. Nick war gespannt, was sich hinter diesen Zahlen verbarg.

Man brauchte kein Finanzgenie zu sein, um rasch zu erkennen, dass Susannes Leben einem Kartenhaus gleich aufgebaut gewesen war. Ein Wohnungsdarlehen hier, ein paar Leasingraten dort, ein Kleinkredit zur Abdeckung einer Kreditkartenabrechnung, Ratenzahlungen bei Einrichtungshäusern und Versandunternehmen.

Susannes Hausbank hatte prompt reagiert und sämtliche Unterlagen umgehend an das Bundeskriminalamt weitergeleitet, was bedeutete, dass sie zu den kleinen, unwichtigen Fällen zählte. Dieses kooperative Verhalten der Banken war durchaus üblich. Heikel wurde es nur, wenn es sich um spezielle Kunden oder gar Berühmtheiten aus Politik oder Wirtschaft handelte.

Nick lehnte sich in seinem Sessel zurück und setzte die Zeigefinger kreisend an seine Schläfen. Für heute reichte es. Er kannte sein Maß sehr gut. Hätte er weitergemacht, wäre nichts Sinnvolles mehr dabei herausgekommen. Kurz entschlossen drehte er seinen Oberkörper zur Seite und kramte in der Innentasche seines Sakkos, das über der Stuhllehne hing, nach dem Portemonnaie. Fluchend zog er die Brieftasche heraus, wie immer hatte sie sich verkeilt, und entnahm ihr einen dünnen Packen Visitenkarten. Die Karte, nach der er suchte, lag zuoberst. Auf dickem geripptem Papier stand in eleganter

Schrift: Mag. Isabella Meininger, Public Relations. Er hielt inne, schnappte sich sein Handy und wählte die angegebene Nummer.

Nach fünfmaligem Läuten hob jemand ab: »Meininger.« Ihre Stimme klang businessmäßig und kühl, völlig anders als in der vergangenen Nacht.

Nick räusperte sich und setzte einen ernsten Gesichtsausdruck auf. Nur mit der entsprechenden Mimik klang man wirklich überzeugend. »Bundeskriminalamt Wien, ich wünsche einen guten Tag. Wie ich hörte, haben Sie gestern Nacht in Ihrer Wohnung Unzucht mit einem Mann getrieben. Ich muss überprüfen, ob es sich dabei um eine einmalige Sache handelte oder ob daraus eine Serienangelegenheit werden könnte.«

Kurz herrschte Schweigen. »Nick?«

»Ja, ich bin es. Entschuldige den Scherz, ich konnte nicht anders!« Sein verlegenes Lachen wirkte echt. »Ich würde dich gern zum Abendessen einladen.« Das Angebot kam eindeutig besser an als sein vermeintlicher Witz.

»Wann?«, fragte sie wie aus der Pistole geschossen.

»Heute! Ich könnte dich abholen oder wir treffen uns in einem Restaurant. Du entscheidest.«

»Was hältst du davon, wenn du in einer Stunde zu mir kommst und wir bleiben zu Hause?«

»Nur, wenn du etwas zu essen für mich hast«, erwiderte er mit einem schalkhaften Unterton. Inständig hoffte er, dass sie seine Worte trotzdem ernst nahm. Er hatte den ganzen Tag nichts gegessen und war mittlerweile hungrig wie ein Bär.

»Bei mir sollst du nicht verhungern. Zum Glück gibt es die italienische Küche. Dank ihr ist es nicht schwer, Leckereien zu zaubern, selbst wenn man bloß sechzig Minuten Zeit hat.«

»Wenn das eine Umschreibung für Spaghetti mit Soße ist, schaffe ich es in einer dreiviertel Stunde zu dir.«

»Okay, fünfundvierzig Minuten – nicht mehr, aber auch nicht weniger.« Sie schnalzte mit der Zunge und legte auf.

Nick schaffte es tatsächlich in einer dreiviertel Stunde, einen Halt im Blumenladen inklusive. Er läutete und fast gleichzeitig ertönte der Summton der sich öffnenden Eingangstür. Anders als in der vergangenen Nacht, benutzte er nun den Fahrstuhl.

Isabella erwartete ihn an der Türschwelle. Ihr kurzes, blondes Haar hatte sie mit Gel in Form gebracht. Sie war dezent geschminkt, trug einen langen schwarzen Pulli, dazu schwarze Leggings. Ihre Füße steckten in Flipflops von Puma und eine lange, silberne Kette mit einem runden Anhänger baumelte zwischen ihren hübschen Brüsten. So angenehm, wie sie roch, war sie mit Sicherheit gerade eben der Dusche entstiegen.

Nick deutete ein Husten an und verbarg hinter der vorgehaltenen Hand ein zufriedenes Lächeln. Offenbar hatte sie sich eigens für ihn zurechtgemacht. Mit einem beschämten Zwinkern hielt er ihr den Blumenstrauß entgegen. »Sorry, es ist nicht leicht, um diese Uhrzeit noch etwas Adäquates zu bekommen; vor allem, wenn man es eilig hat.«

»Die gute Absicht zählt.« Sie nahm die Blumen entgegen und trat zur Seite. »Komm herein. Im Wohnzimmer wartet eine Flasche Wein darauf, von dir geköpft zu werden. Ich muss in die Küche.« Sie stolzierte davon und überließ es Nick, die Tür zu schließen.

»Wohnzimmer …«, murmelte er und marschierte los. Gestern Nacht, als sie unter wilden Küssen vom Vorraum direkt ins Schlafzimmer gestolpert waren, hatte er einen Blick in den Raum zu seiner Rechten erhaschen können; das musste das Wohnzimmer sein. Als er es jetzt zum ersten Mal betrat, nahm er die Einzelheiten in Windeseile auf: Heller Holzboden, er tippte auf Ahorn, weiße Wände, beigefarbener Hochflorteppich unter dem Couchtisch, rotes Sofa, zwei passende Fauteuils, ein Flachbildfernseher, Regale, keine Vorhänge. Isabella bewies guten Geschmack. Nick mochte diese moderne, schnörkellose Linie, die Platz für freie Flächen ließ.

Auf dem Tisch standen eine Flasche Weißwein in einem Weinkühler und zwei Gläser. Nick setzte sich, zog die Flasche heraus und betrachtete das Etikett. Überrascht zog er die Augenbrauen hoch. Auch die Wahl des Weins entsprach ganz seinem Geschmack: ein Rotgipfler Student vom Freigut Thallern aus der Thermenregion. Interessiert warf er einen Blick auf die zarte Gravur der Gläser: Riedel. Diese Frau gefiel ihm immer besser.

Aus der Küche drangen gedämpfte Geräusche. Schleunigst öffnete er die Flasche, schenkte einen Schluck in ein Glas und kostete: ein hervorragender Wein, bedauerlicherweise zu warm. Er befüllte die beiden Gläser.

Indessen war Isabella mit zwei Tellern und Gabeln in der Hand erschienen. »Ich habe leider kein Speisezimmer und möchte nicht in der Küche essen. Ist es dir hier recht?« Sie deutete mit dem Kinn auf den Couchtisch.

»Du machst mir sogar eine große Freude damit, ich finde dein Wohnzimmer sehr gemütlich.«

»Wenn das eine Frau nicht mit Glück erfüllt?!«, entgegnete sie mit einem Anflug von Zynismus. »Im Fernsehen läuft gerade Columbo, soll ich einschalten?«

Obwohl er den kleinen Seitenhieb natürlich verstand, war die Aussicht auf ein behagliches Abendessen in Kombination mit einer Folge Columbo äußerst verlockend. Er setzte sein breitestes Grinsen auf und nickte eifrig.

»Das ist nicht dein Ernst, oder?« Ungläubig musterte sie ihn, zuckte schließlich mit den Schultern, stellte beide Teller ab, schnappte sich die Fernbedienung und schaltete den entsprechenden Kanal ein.

Nick benötigte nur wenige Sekunden, um die Serienfolge wiederzuerkennen. »Playback mit Oskar Werner. Herrlich!« Spontan drückte er ihr einen Kuss auf die Wange.

Sie lächelte verkrampft, griff nach dem vollen Glas, nahm einen großen Schluck und schüttelte sich angewidert. »Viel zu warm! Dein Besuch war zu kurzfristig angesetzt. Die Flasche war nur eine halbe Stunde im Tiefkühlfach. Wir brauchen Eiswürfel! Ich hasse warmen Weißwein.« Entschlossen sprang sie auf.

Nick blickte ihr aufmerksam hinterher, als sie den Raum verließ. Ja, sie gefiel ihm.

Nachdem sie wieder zurückgekehrt war und reichlich Eis in beiden Gläsern verteilt hatte, machten sie sich über die beiden Teller her. Isabella hatte Spaghetti mit einer schmackhaften Soße aus Tomaten, Oliven, Gewürzen und frischen Basilikumblättern gezaubert und darüber eine gehörige Portion grob geriebenen Parmesan gestreut. Schweigend saßen sie vornübergebeugt, sahen fern und drehten die Nudeln auf ihre Gabeln. Nick war als Erster fertig.

»Hat es dir geschmeckt?«, wollte Isabella wissen und schob ihren Teller ebenfalls beiseite, obwohl er noch nicht leer war.

»Ob es mir geschmeckt hat, fragst du? Ich bin hingerissen und schwöre dir, dass ich seit einer Ewigkeit keinen so angenehmen Abend mehr erlebt habe.« Einer spontanen Eingebung folgend, zog er sie in seine Arme.

Geschickt entwand sie sich ihm, schwang mit einer dynamischen Bewegung ihre Beine über seine Oberschenkel und lehnte sich zurück. »Ich würde gern wissen, warum du gestern Nacht so übereilt abgehauen bist.« Automatisch legte sich ihre Stirn in Falten. »Dein schnelles Verschwinden hatte mit deiner Arbeit zu tun, oder? Du hast nicht viel über deinen Beruf gesprochen. Ich weiß kaum etwas über dich.« Beim letzten Satz hatte ihre Stimme einen scharfen Ton angenommen.

»Ja, ich musste zu einem Notfall.« Nick seufzte. »Das ist kein Job, über den man an einem vergnügten Abend spricht.«

»Und an einem Abend wie heute?«

»In Wahrheit eignet sich kein Abend dazu, Isabella. Aber wenn du willst, erzähle ich dir mehr über meinen Beruf, ganz allgemein. Ich arbeite für das Bundeskriminalamt Wien als Sonderermittler und Fallanalytiker. Das heißt, im Normalfall sind es nicht die einfachen Fälle, mit denen ich betraut werde.«

Prüfend sah sie ihn von der Seite an. Auf einmal gab sie einen erstaunten Laut von sich und ruckte hoch. »Du bist derjenige, der den Waldviertel-Ripper überführt hat! Ich wusste doch, dass ich dein Gesicht von irgendwoher kenne.«

»Der Waldviertel-Ripper … ja, genau.« Nick verzog den Mund. »Ich sehe es nicht besonders gern, wenn die Medien allzu reißerische Namen kreieren. Die Berichterstattung ist wichtig und kann bei den Ermittlungen hilfreich sein, doch gehen die Journalisten manchmal leider zu weit. Der Glock-Jimmy, der Waldviertel-Ripper – alles für gute Schlagzeilen. Oft wissen die Medien nicht, was sie damit anrichten.«

»Ich erinnere mich an den Feuerwerkmann. Das warst auch du?!«

»Ja. Ein hervorragendes Beispiel! Die Hälfte der Leser hat anstelle von Feuerwerkmann das Wort Feuerwehrmann gelesen und auf einmal avancierten alle Feuerwehrmänner in der betreffenden Gegend vom Retter zum Verdächtigen. Du kannst dir nicht vorstellen, wie das die Interviews und Abläufe beeinflusst hat.«

»Das heißt, es gibt seit gestern Nacht einen neuen Fall für dich.«

»Genauso ist es«, erwiderte Nick und richtete seinen Blick offen auf Isabella. »Wenn es für dich in Ordnung ist, möchte ich jetzt nicht darüber sprechen. Der Abend ist viel zu schön, um ihn damit zu verderben.«

Wieder versöhnt, beugte sie sich zu ihm hin. »Dann sollten wir rasch auf andere Gedanken kommen, was meinst du?« Ihre Stimme hatte einen schnurrenden Klang angenommen.

Das ließ sich Nick nicht zweimal sagen. Für Aufforderungen dieser Art hatte er immer ein offenes Ohr. Sanft schlang er seinen Arm um ihre Schultern und küsste sie seitlich auf den Hals. Isabella warf den Kopf in den Nacken und stöhnte auf. Ihr kehliges Lachen wirkte auf Nick wie ein Aphrodisiakum; fordernd zog er sie mit sich in eine waagrechte Position. Was vergangene Nacht geschehen war, hatte zwar seine Sinne geweckt, doch war es nichts weiter als das ungestüme Aufeinanderprallen zweier Menschen gewesen, die sich unter dem Einfluss von Alkohol vergnügt hatten. Im Gegensatz dazu gedachte er heute gemächlicher vorzugehen und Isabellas Körper Zentimeter für Zentimeter kennenzulernen. Allerdings hatte er nicht mit ihrem Feuer gerechnet, das ihn daran hinderte, Ruhe zu bewahren. Unter ihm liegend, schlang sie ihre Beine um seine Hüften und begann seinen Körper mit ihren Händen zu erkunden; dabei bewegte sie ihr Becken kreisförmig in einem schnellen Rhythmus und presste ihre Lippen ungestüm auf seinen Mund. Nur mit Mühe entwand er sich ihrem leidenschaftlichen Kuss, umspannte ihre Handgelenke mit seinen Fingern und hielt sie fest. »Jetzt bin ich an der Reihe«, flüsterte er und küsste abermals ihren Hals.

Als er keinen Widerstand mehr spürte, entließ er ihre Hände in die Freiheit und zog ihr behutsam den Pulli über den Kopf. Sie trug keinen BH. Die schwarzen Leggings waren bis über die Hüften hochgezogen und bildeten einen reizvollen Kontrast zu ihrer hellen Haut. Nick berührte ihre kleinen, festen Brüste; vorsichtig ließ er seine Lippen über ihre Brustwarzen gleiten und bewegte sich langsam tiefer, wobei er ihre Leggings und den Slip bis zu den Knien hinabzog. Isabella atmete keuchend, mit angespannten Muskeln lag sie starr vor ihm. Erst als seine Zunge ihren Oberschenkel berührte, bäumte sie sich auf, zerrte Nicks Hemd aus seiner Hose und krallte ihre Finger in seinen Rücken. Fieberhaft glitten ihre Hände über seine Haut und suchten nach dem Reißverschluss seiner Hose. Für den Bruchteil einer Sekunde versuchte Nick noch, sie von ihrem Vorhaben abzubringen, doch dann übermannte auch ihn die blinde Leidenschaft. Mit wenigen Handgriffen hatte er sich seiner Kleidung entledigt. »Nun bekommst du, was du willst.« Seine Stimme war atemlos und ohne Umschweife zog er Isabella das restliche Gewand vom Körper.

Wie hungrige Löwen stürzten sie sich aufeinander. Nick drang ohne weitere Vorsichtsmaßnahme in sie ein und hatte augenblicklich das Gefühl, sie würde ihn in sich aufsaugen. Isabella schrie auf, ermunterte ihn aber, noch wilder und tiefer zuzustoßen. Ihr Körper glich einem Lavastrom, der ihn mitriss und zu verbrennen drohte. Als er schließlich mit einem erstickten Ton über ihr zusammensank, spürte er deutlich ein ekstatisches Zittern, das ihren Leib durchflutete. Eine ungeheure, zweite Woge erfasste ihn und elektrisierte jede Faser seines Körpers. Um nicht laut aufzustöhnen, vergrub er sein Gesicht in ihren Haaren und verharrte einen Moment in dieser Position. Dann drehte er sich ächzend auf den Rücken und zog Isabella mit sich. Er lachte. »Ich hoffe, du verstehst mich nicht falsch, aber du bist ein verdammt wildes Weib.«

»Ich nehme an, deine Worte sind als Kompliment gemeint?!«, antwortete sie mit einem zufriedenen Grinsen.

»Viel mehr als ein schnödes Kompliment! Sie sind die reine Wahrheit.« Nick richtete sich auf. »Ich frage mich, ob das wilde Weib gezähmt werden kann.« Wie eine Feder hob er sie rittlings auf seine Schenkel.

5

Nick setzte seine Nespresso-Kaffeemaschine in Gang und gähnte. Es war noch früh am Morgen. Obwohl er zu seinem eigenen Erstaunen gern bei Isabella geblieben wäre, hatte er sie noch in der Nacht verlassen und war auf der Suche nach einigen Stunden Schlaf nach Hause gefahren. An der Seite eines so heißblütigen Wesens wie Isabella hätte er keine Ruhe gefunden. Ihren Gesichtsausdruck, als sie ihn zum Abschied an der Türschwelle geküsst hatte, sah er immer noch vor sich. Sie war verständnisvoll gewesen und hatte gelächelt, doch bis jetzt verfolgte ihn das untrügliche Gefühl, dass sie mit seinem nächtlichen Abgang in Wahrheit nicht einverstanden gewesen war und ihren Unmut bloß geschickt verborgen hatte. Vielleicht bildete er sich das aber auch nur ein. Suchte er nicht immer nach einem verborgenen Haken? Nach dem berühmt-berüchtigten Pferdefuß? Nach einem guten Grund, niemanden zu nahe an sich heranzulassen?

Diese Frau war hübsch, klug und offenbar unkompliziert, zudem so wild und ungezügelt wie ein Tornado. Außerdem hatte er sich bei ihr wirklich wohlgefühlt und ihre Gegenwart uneingeschränkt genossen. Das bedeutete bereits sehr viel. Blinde Verliebtheit war noch nie Teil seines Repertoires gewesen; das Gefühl, verrückt vor Liebe zu sein, hatte er zeit seines Lebens nicht kennengelernt. Fasziniert, ja. Erotisiert, auf jeden Fall. Aber verrückt?! Ganz sicher nicht.

Schwungvoll beförderte Nick zwei Süßstofftabletten in die Tasse und goss etwas Milch nach. Mit einem genussvollen Laut nahm er einige kräftige Schlucke heißen Kaffee und kippte den

Rest in den Ausguss. Höchste Zeit, in der Rechtsmedizin aufzukreuzen.

Draußen wehte ein rauer Wind, der ihn schon beim Blick aus dem Fenster erschauern ließ. Kurzerhand zog er einen klassischen Burberry-Trenchcoat über seinen anthrazitgrauen Versace-Anzug und verstaute Polizeimarke, Geldbörse und Handy in der Innentasche. Die Schlüssel behielt er in der Hand.

Robert Hofer erwartete Nick mit einem Siegerlächeln. »Schnapp dir eines von unseren schicken Autopsie-Outfits und leiste mir Gesellschaft. Ich habe bei deiner Lady ein paar interessante Dinge gefunden.«

»Ich wusste, dass ich mich auf dich verlassen kann. Wenn einer einlocht, dann bist du es«, erwiderte Nick und setzte ein gekünsteltes Grinsen auf.

»Mein Golf-Handicap liegt bei zwölf, hier am Tisch bin ich indessen eine glatte Eins«, entgegnete der Rechtsmediziner und klopfte zur Bekräftigung mit den Knöcheln seiner rechten Hand gegen die nächstbeste Wand.

Nun, Arroganz hin oder her, wo er recht hatte, hatte er recht. Beileibe gab es einiges, das Nick an diesem Mann nicht ausstehen konnte, aber seine berufliche Kompetenz würde er nie infrage stellen. »Was hast du herausgefunden?«, erkundigte er sich, während er die vorschriftsmäßige Kleidung anlegte.

»Deine kleine Lady hat ihren Körper erheblich geschunden, wenn ich es einmal salopp formulieren darf«, setzte Robert zu sprechen an, doch Nick unterbrach ihn barsch: »Bitte, nenn sie nicht *meine Lady.*« Auf keinen Fall wollte er Gefahr laufen, dass Susanne Rippel durch solch unbedachte Worte, die der Rechtsmediziner ohne mit der Wimper zu zucken allerorts anbringen würde, tatsächlich zu seiner kleinen Lady wurde. Die Situation war so schon schwierig genug.

Robert zuckte verlegen mit den Schultern. »Nimm nicht immer alles so dramatisch«, verteidigte er sich und deutete auf Susannes ausgestreckten Körper. »Willst du jetzt wissen, was ich herausgefunden habe?«

Nick schluckte eine bissige Antwort hinunter und nickte.

Der Rechtsmediziner atmete durch und lenkte Nicks Aufmerksamkeit auf Susannes Oberschenkel und Bauch. »Siehst du diese kleinen Narben? Sie stammen mit ziemlicher Sicherheit von Fettabsaugungen. Ich gehe davon aus, dass es drei gewesen sind, mindestens. Auf jeden Fall die Oberschenkel an der Innenseite, dann der Bauch und schließlich noch die Reiterhosen. Kein Eingriff dürfte älter als maximal vierundzwanzig Monate sein. Die Narben, die von den Kanülen stammen, die eingeführt werden, sind nämlich nach wenigen Jahren überhaupt nicht oder kaum mehr sichtbar.«

»Fettabsaugungen!« Nick zog die Augenbrauen hoch. Insgeheim wunderten ihn diese Eingriffe jedoch nicht sonderlich, immerhin hatte Susanne bereits in ihrer Jugend an ihrem Übergewicht gelitten.

Rippel – Trippel – Trappel – Kugelrund.

Der Spruch kam nicht von ungefähr. Versteckt ballten sich seine Hände zu Fäusten. So wie die einen irgendwann mit ihrem vermeintlichen Stigma zu leben lernten und sich damit bisweilen sogar anfreundeten, quälten sich die anderen ein Leben lang.

Rippel – Trippel – Trappel – Kugelrund.

Wer konnte wissen, was diese kindsköpfigen Dummheiten mit Susannes Psyche angestellt hatten und welche unsichtbaren Narben sie deswegen zeit ihres Lebens mit sich herumtragen musste. Unvermutet spürte er, wie ein altbekanntes Gefühl von ihm nun vollends Besitz ergriff: Jagdinstinkt. Auf leisen Sohlen breitete er sich zu Beginn eines Falls in seinem Körper aus, bis er brennend wie Feuer durch seine Adern peitschte und jeden einzelnen seiner Sinne schärfte. Das unbändige Verlangen und der alles beherrschende Wille, den Täter zu überführen, würden ihn so lange nicht ruhen lassen, bis er sein Ziel erreicht hatte.

Robert unterbrach Nicks Gedanken. »Das ist noch lange nicht alles! Siehst du diese feinen Striche hier in der Augenlidfalte? Sie hatte eine Lidkorrektur. An der Brust ist auch herumgeschnitten worden, ich tippe auf eine Straffung. Und last, but not least …«, triumphierend deutete er auf ihr Gesicht, »diese feinen, roten Pünktchen. Siehst du sie?«

Mit zusammengekniffenen Augen starrte Nick angestrengt auf das Antlitz der Toten. »Um ehrlich zu sein, kann ich die Stellen nur erahnen. Wenn du mich nicht darauf aufmerksam gemacht hättest, wären sie mir nicht aufgefallen.«

Mit einer geschickten Bewegung zog Robert den Schwenkarm der Vergrößerungsapparatur in die richtige Position und wies Nick mit einem Wink an, sich Susannes Haut im Bereich von Stirn und Lippen genauer anzusehen.

Nick stieß einen erstaunten Laut aus. »Wahrhaftig! Als Laie würde ich sagen, dass es sich um entzündete Poren handelt. Aber was ist es wirklich? Und was bedeuten diese bläulichen Verfärbungen rundherum?« Er hob den Kopf und schob die Unterlippe vor. »Mit freiem Auge hätte ich das zweifellos übersehen. Respekt, Herr Doktor.«

»Das ist mein Job.« Robert setzte ein selbstgefälliges Lächeln auf. »Mein Freund, hier handelt es sich um die Einstiche einer jüngst durchgeführten Faltenunterspritzung; Stirnfalten und Zornesfalten, die Falten um die Oberlippe und die Nasolabialfalten links und rechts vom Mund. Dann bei den Augen und hier noch, unterhalb der Wangen. Zudem dürften auch die Lippen behandelt worden sein.«

»Das heißt: Vor ein paar Tagen wurde an ihr eine Botox-Behandlung durchgeführt?«

Robert hob den Zeigefinger und schüttelte ihn energisch. »Oh nein, nicht vor ein paar Tagen, sondern maximal vor ein paar Stunden, und ich betone: maximal. Botox wird mit den feinsten Hohlnadeln injiziert, die es gibt. Sie haben einen Durchmesser von null Komma drei Millimetern. Nach ein paar Tagen sieht man im Normalfall nichts mehr, keine Einstichstelle, keinen Bluterguss, keine Schwellung. Nebenbei bemerkt, sollten wir den Terminus Faltenunterspritzung verwenden, denn es kam mit Sicherheit nicht nur Botox, also Botulinumtoxin, zum Einsatz.«

»Sie hat sich also Botox und andere Substanzen ins Gesicht spritzen lassen, ist aus der Praxis des Arztes spaziert und ihrem Mörder direkt in die Arme gelaufen?!«

»Mehr oder weniger, ja.« Robert Hofer klatschte in die Hände. »Noch etwas, bevor wir zur Todesursache übergehen.« Er griff nach Susannes linkem Arm und drehte ihn so, dass Nick die Innenfläche betrachten konnte. »Zwei Einstichstellen in die Vene. Ich kann dir zwar nicht exakt sagen, warum sie diese Einstiche aufweist, aber es gibt nicht allzu viele Möglichkeiten. Ich tippe entweder auf eine Blutabnahme oder das Gegenteil, die intravenöse Gabe etwa von Medikamenten. Wahrscheinlich helfen ihre Krankenakten weiter.«

»Das liegt nahe. Wenn ich die Unterlagen ihrer Ärzte auf dem Schreibtisch habe, gebe ich dir umgehend Bescheid.«

Einen Moment lang standen sich die beiden Männer schweigend gegenüber und betrachteten die Leiche; außerhalb ihres beruflichen Kontakts hatten sie einander nichts zu sagen.

»Todesursache?«, fragte Nick schließlich.

»Mir fehlen zwar noch sämtliche Analysedaten – wie du weißt, dauert das immer eine Weile –, doch kann ich den

Hergang schon jetzt gut rekonstruieren und dir mit ziemlicher Genauigkeit sagen, was geschehen ist.«

Nick deutete mit dem Kinn auf Susannes Kopf und wiederholte seine Vermutung: »Der Schlag auf den Schädel?«

»Der Schlag war zwar heftig und ich vermute, dass sie davon ohnmächtig wurde, er war aber nicht die Todesursache.« Der Rechtsmediziner wies auf den Hals. »Der Tod wurde durch mangelnde Sauerstoffzufuhr herbeigeführt. Sie ist schlicht und ergreifend erwürgt worden.«

»Ich nehme an, dass du außer den klar erkennbaren Hämatomen noch weitere Anzeichen dafür feststellen konntest.«

»Ganz genau: Neben den Würgemalen finden sich auch die anderen üblichen Verdächtigen. Zungenbein und Kehlkopf sind in Mitleidenschaft gezogen und die bläuliche Hautfarbe komplettiert das Bild.«

Wieder schwiegen sie. »Sonst noch etwas?«, unterbrach Nick die peinliche Stille.

»Im Augenblick nicht. Wie gesagt, die Analysen von Blut, Mageninhalt, Scheidenflüssigkeit und so weiter stehen noch aus, und sonst …?« Robert Hofer zuckte mit den Schultern. »Die Würgemale führe ich mir nochmals zu Gemüte. Irgendetwas stört mich daran, ich kann dir aber noch nicht sagen, was.«

»Gib mir Bescheid, wenn du etwas Neues entdeckst. Ich bin rund um die Uhr auf meinem Handy erreichbar.« Nick wandte sich zum Gehen. An der Türschwelle drehte er sich noch einmal um. »Wenn sie eine Faltenbehandlung hatte, warum sind die Falten immer noch da?«

Robert, der sich bereits mit den blauen Flecken am Hals des Opfers beschäftigte, hob unwillig den Kopf. »Es dauert ein paar Tage, bis man die Wirkung von Botox sieht.«

»Danke!«, rief Nick dem Rechtsmediziner über die Schulter zu und verließ endgültig den Raum. *Wie Columbo! Die letzte Frage im Gehen,* fuhr es ihm durch den Kopf, als er auf den Gang trat. Unwillkürlich musste er schmunzeln.

Als Nick kurze Zeit später sein Büro betrat, vergingen nur wenige Sekunden, bis Samantha Smith ohne anzuklopfen die Tür aufriss und in den Raum stürmte. »Da bist du ja endlich!«, rief sie. »Habt ihr die Leiche in Einzelteile zerlegt, oder was? Willst du einen Kaffee? Mit oder ohne Milch? Was hat Doc Superstar herausgefunden?«

Ihre lebhafte Stimme donnerte wie eine Lawine in seine Richtung, doch er schien es nicht einmal zu bemerken. Seelenruhig ließ er sich in seinen Sessel fallen. »Erstens: Nein, wir haben sie nicht zerlegt. Zweitens: Ja, bitte mit Milch. Drittens: Wie immer hat er einwandfrei gearbeitet und äußerst interessante Informationen geliefert. Aber das erzähle ich dir später. Jetzt brauche ich erst einmal meinen Kaffee. Und zwar möglichst schnell!«

Samantha fauchte. Unübersehbar genoss sie es, wenn sie sich über Nick aufregen durfte. Seit sechs Jahren war sie nicht von seiner Seite wegzudenken. Sie fungierte als seine Assistentin, kochte Kaffee, führte Recherchen durch und war seine direkte Verbindung zu den anderen Abteilungen. Sie war Nicks Vertrauensperson Nummer eins.

»Auf deinem Schreibtisch liegen die Abrechnungen von zwei der drei Kreditkartenfirmen, Visa und Amex. Diners Club sollte in den nächsten Stunden eintreffen. Dort hat sich offenbar eine Schlaftablette der Sache angenommen«, zeterte sie. Ob ihr Geschimpfe noch immer Nick galt oder bereits dem Bearbeiter von Diners Club, war nicht erkennbar.

»Sind die Unterlagen von den Ärzten schon da?«

Samantha schüttelte energisch den Kopf. »Mittlerweile habe ich alle erreicht; es war schwerer als gedacht. In zwei bis drei

Tagen sollten wir die Krankenakten beisammenhaben. Erwarte dir aber nicht zu viel. Wie ich vorab am Telefon erfahren habe, gab es beim Zahnarzt und Gynäkologen nur die üblichen jährlichen Kontrollen, und auch den Hausarzt dürfte sie nicht übermäßig in Anspruch genommen haben.«

»Hat der Hausarzt einen Gesundheitscheck oder einen Bluttest erwähnt?«

»Nein. Ich habe ihn aber auch nicht danach gefragt. Soll ich nochmals anrufen?«

»Das kann warten. Mein Kaffee allerdings nicht.«

»Asshole«, zischte Samantha laut genug, dass er es gerade noch hören konnte und trampelte zur Tür.

»Ich habe es gehört«, sagte er lakonisch und erntete dafür ein giftiges »Solltest du auch«. Dann knallte sie die Tür zu.

Nick griff nach der ersten Mappe von dem Stapel auf seinem Schreibtisch. Darin befanden sich die Unterlagen von Visa. Er brauchte nicht lange, um Susannes Einkaufsrhythmus mit dieser Kreditkarte zu verstehen. Bis auf einen regelmäßigen Friseurbesuch hatte sie Visa nur in Ausnahmefällen benutzt. 98 Euro in einem Sportgeschäft, 219 Euro bei einem Optiker, 148 Euro in einer Boutique, sonst war nichts zu finden – außer fünf Einträgen von einem Baby- und Kindermodenausstatter in der Shopping City Süd, einem riesigen Einkaufscenter vor den Toren Wiens. Der erste Eintrag des Geschäfts stammte von Ende März und der letzte war nicht einmal zwei Wochen alt.

Susanne war kinderlos gewesen. Wieso besuchte sie innerhalb von sechs Monaten fünfmal eine Kinderboutique? Eine Schwangerschaft hätte der Rechtsmediziner zweifellos bemerkt. War sie Taufpatin geworden? Hatte eine Freundin ein Baby bekommen? Rechtfertigte das aber die kostspieligen Einkäufe innerhalb kürzester Zeit? Einkäufe, die sich Susanne aufgrund ihrer desaströsen Finanzlage gar nicht leisten konnte.

Auch den Friseurladen würde er genauer unter die Lupe nehmen. Gemäß den Aufzeichnungen war sie jeden zweiten Freitagnachmittag dort gewesen. Friseure wussten oft erstaunlich viel über das Leben eines Menschen zu berichten, vor allem wenn es sich um einen Stammkunden handelte. Vielleicht hatte er Glück und würde so einen Schritt weiterkommen.

Nach einem letzten prüfenden Blick auf die Datenblätter von Visa klappte er den Aktendeckel zu und nahm sich die nächste Mappe vor: American Express. Langsam und konzentriert ging er die Einträge Zeile für Zeile durch. Als er zum letzten Vermerk kam, riss er plötzlich die Augen auf und ein ungläubiger Ausdruck erschien auf seinem Gesicht. »Das gibt es doch nicht!« Seine flache Hand klatschte auf den Tisch.

Samantha, die soeben mit dem Kaffee in der Hand das Zimmer betreten hatte, zog die Stirn in Falten und fuhr Nick sofort an: »Sorry, Babe, ich hatte noch ein Telefongespräch zu erledigen. Bloß, weil dein verdammter Kaffee ein paar Minuten Verspätung hat, musst du nicht so ungehalten sein. It's fresh and hot! Isn't that enough?« Ihre Stimme überschlug sich. »Sometimes you're an awful man.«

»Ich meinte doch nicht den Kaffee«, entgegnete Nick ungeduldig und tippte mit dem Finger auf das Papier vor ihm. »Sieh dir das an!«

Samantha balancierte die heiße Tasse über seinen Kopf hinweg und stellte sie schwungvoll auf dem Schreibtisch ab. Der Kaffee schwappte über, doch sie achtete nicht darauf. »Doktor Carl Wallenberg, Facharzt für Dermatologie und kosmetische Medizin«, entzifferte sie und zuckte mit den Schultern. Dann registrierte sie das Datum und die Uhrzeit der Transaktion, was sie zu einem nicht eben ladylike anmutenden Pfiff veranlasste. »Fuck! Dreiundzwanzigster September, zwanzig Uhr siebenunddreißig! Das muss unmittelbar vor ihrem Tod gewesen sein.«

»Der Hammer kommt noch, Sam.« Nick seufzte. »Doktor Carl Wallenberg war ein Schulfreund von mir.« Nachdenklich wiegte er den Kopf hin und her und murmelte: »Er muss der Botox-Arzt sein!«

Rippel – Trippel – Trappel – Kugelrund.

Ja, auch Carl Wallenberg hatte Spaß an diesem Spruch gehabt.

»Schulfreund? Botox-Arzt?« Sams Gesicht war ein einziges Fragezeichen.

»Setz dich hin. Ich erzähle dir alles.«

6

Nick parkte vor der renovierten Jugendstilvilla und warf einen Blick auf seine Armbanduhr, eine Rolex Deepsea aus Edelstahl mit schwarzem Ziffernblatt; sie schien wie eigens für ihn gemacht.

Samantha hatte unter ihrem Namen einen kurzfristigen Termin in der Praxis von Doktor Carl Wallenberg vereinbart. So vermied es Nick, dass Carl schon vorher wusste, was ihn erwartete. In speziellen Fällen war es von Vorteil, eine ungeschminkte, spontane Reaktion zu erhalten. Samantha Smith war nichts weiter als eine neue Patientin, die es ungemein eilig hatte, sich verschönern zu lassen. Kein Arzt würde sich im Vorfeld darüber den Kopf zerbrechen.

Die Gegensprechanlage verfügte über zwei Klingeln: *Ordination* und *Privat.* Nick drückte den Ordinationsknopf, der Türöffner summte. Er zog an der Tür und marschierte einen gepflasterten Gehweg entlang auf einen weißen Eingang zu, auf dem ein großes Schild mit der Aufschrift *Ordination Dr. Carl Wallenberg* prangte. Entschlossen drückte Nick die massive schmiedeeiserne Klinke nach unten und riss die Tür auf. Unversehens fand er sich auf der Schwelle eines erstaunlich behaglichen Wartezimmers wieder. In den Ecken standen Yucca-Palmen, vor zwei niedrigen Tischen luden Rattansessel mit blütenweißen Auflagen zum Verweilen ein. Passend dazu zierten Bilder mit afrikanischen Motiven in Orange- und Rottönen die weißen Wände. Die halbrund verlaufende Rezeptionstheke auf der rechten Seite des Raums fügte sich harmonisch in das Gesamtbild ein. Genauso stellte sich Nick den Empfangsbereich eines kenianischen First-Class-Hotels vor. *Natürlich!*, fiel es ihm ein. Carl war ein großer Afrika-Liebhaber gewesen. Offensichtlich hatte sich an dieser Leidenschaft nichts geändert.

»Ich bin sofort bei Ihnen!«, erklang eine auffallend wohltönende Frauenstimme hinter einer halb geöffneten Tür neben dem Rezeptionsbereich.

Die Stimme kam Nick seltsam vertraut vor. Hatte Carl es nach all den Jahren etwa immer noch nicht geschafft, sich von Carina zu lösen? Erinnerungsfetzen drängten sich in sein Bewusstsein. Carina! Sie war wohl die attraktivste Frau in seiner Jugend gewesen, dabei so frigide und unterkühlt wie ganz Antarktika. Mittlerweile musste es über zwanzig Jahre her sein, dass er den Versuch unternommen hatte, Carina von ihrem vermeintlichen Leid zu befreien. Allein, er hatte es nicht geschafft und dementsprechend rasch das Interesse an ihr verloren. Schon nach einer einzigen – äußerst unerfreulichen – Liebesnacht war die Angelegenheit für ihn erledigt gewesen. Doch es hatte Männer gegeben, die an Carina haften geblieben waren, wie Mücken an einer fleischfressenden Pflanze. Carl war einer von ihnen gewesen – und wie es aussah, hatte sich daran nichts geändert.

Da erschien sie tatsächlich! Wie keine Zweite hatte Carina es früher verstanden, sich in Szene zu setzen und offenbar nichts von ihrem Können verlernt. Mit unvergleichbar geschmeidigen Bewegungen umrundete sie die Rezeption und schwebte auf ihn zu. Ihr Haar war kohlrabenschwarz gefärbt und zu einem kantigen Pagenkopf geschnitten, was kaum einer anderen Frau gepasst hätte; sie sah damit blendend aus. Mitten in der Bewegung hielt sie inne und musterte ihn ungläubig. »Nicki?« Ihre Stimme war kaum mehr als ein Hauch. Sie benötigte nur einen Moment, um übergangslos ihr altbekannt betörendes Lächeln aufzusetzen, zog ihn mit einer formvollendeten Geste zu sich hinab und küsste ihn direkt auf den Mund. »Was machst du denn hier? Mir scheint, wir haben uns seit Lichtjahren nicht mehr gesehen.«

Nick spielte den Überraschten. »Ich habe einen Termin bei Carl.«

Entschieden schüttelte Carina den Kopf, wobei ihre schwarzen Haarspitzen irritierend hin und her schwangen. »Ich verwalte Carls Termine. Glaub mir, wenn du einen Termin bei ihm hättest, wüsste ich das. In Kürze kommt eine neue Patientin und danach erwarten wir zwei Stammgäste.«

»Ist es möglich, dass deine neue Patientin Samantha Smith heißt?«

»Woher weißt du das?«

»Samantha ist meine Assistentin. Sie stammt aus England und obwohl sie unsere Sprache gut beherrscht, kommt es noch immer zu Missverständnissen. Nicht *sie*, sondern *ich* möchte mit Carl sprechen.« Mit gespielter Reue senkte er den Kopf und gab sich zerknirscht.

Carina blickte ihm prüfend ins Gesicht, dann verzogen sich ihre Lippen zu einem breiten Schmunzeln. »Die wenigen Falten, die du hast, stehen dir gut, Stoni, du siehst besser aus denn je. An deiner Stelle würde ich sie mir nicht entfernen lassen.«

»Das habe ich auch nicht vor! Ich komme aus einem anderen Anlass – beruflich.«

»Du bist ein Profiler oder so etwas Ähnliches«, stellte Carina fest und setzte mit einem zynischen Lächeln erklärend nach: »Manchmal steht etwas über dich in den Zeitungen und im Fernsehen habe ich dich auch schon gesehen. Zumindest ein kleines Lebenszeichen, wenn auch ein sehr unpersönliches.«

Nick verstand den Seitenhieb. »Schuldig!« Er hob die Hände. Auf den Profiler ging er bewusst nicht ein. Er war nicht hier, um sich mit Carina über seine Berufsbezeichnung zu unterhalten. »Bringst du mich zu Carl?«

Carina schnappte sich seine Hand. »Komm mit!« Sie führte ihn einen Gang entlang, vorbei an drei Türen mit den Schildern *Behandlung 1, Behandlung 2* und *Behandlung 3*, und blieb vor einem Schild mit der Aufschrift *Besprechung* stehen. Nach einem kurzen Klopfen öffnete sie schwungvoll die Tür und überließ Nick den Vortritt.

Carl saß hinter einem großen Glasschreibtisch, vor dem drei im Halbkreis platzierte weiße Fauteuils standen. Auf der Arbeitsplatte lagen neben einem geschlossenen weißen MacBook ein karierter Schreibblock und ein silberfarbener Montblanc-Kugelschreiber. So sehr sich Nick auch bemühte, er konnte keinen einzigen Fingerabdruck auf dem Glas erkennen. Genauso wie dieses mustergültige Bild wirkte die restliche Raumausstattung auf ihn. Wahrscheinlich wollte man auf diese Weise verzweifelten Patienten ein Gefühl der Sicherheit und des ärztlichen Perfektionismus vermitteln.

Carl war äußerlich zwar unübersehbar gealtert, hatte sich vom Typ her aber nicht verändert. In seinem dunkelblonden, sehr kurz geschnittenen Haar waren einige graue Strähnen zu erkennen und um seine Augen zeigten sich Fältchen. Ansonsten trug er dieselbe kleine, runde Brille wie früher und hatte auch seine kräftige, sportliche Figur behalten. Der weiße Arztkittel verlieh ihm Seriosität und eine gewisse Würde, die ihm früher gefehlt hatte.

Carls patientengerechte Miene hellte sich schlagartig auf, als er Nick erblickte. »Stoni!« Mit einem Satz kam er hinter dem Schreibtisch hervor und eilte mit ausgestreckten Armen auf Nick zu. »Was machst du hier?! Warum hast du nicht angerufen? Ich habe jetzt leider keine Zeit.«

»Nick ist dein Termin«, informierte Carina den Arzt. »Und er ist nicht hier, weil er mit seinem Aussehen unglücklich ist oder uns so sehr vermisst. Er ist beruflich unterwegs.«

Unverzüglich änderte Carl sein Verhalten. Er zügelte seinen Enthusiasmus und deutete einladend auf einen der Fauteuils. »Setz dich. Wenn ich gewusst hätte, dass du uns einen Besuch abstattest, hätte ich eine Flasche Gin kaltgestellt.« Er kehrte wieder auf die andere Seite des Schreibtischs zurück und nahm Platz. »Was führt dich zu mir?«

»Susanne Rippel.«

Carl zog die Brauen hoch. »Was ist mit Susanne?«

Nick beugte sich nach vorn. »Susanne hatte vor Kurzem einen Termin bei dir?«

Carl überlegte nicht lange. »Klar, sie war Anfang der Woche hier.« Er wandte sich an Carina. »Ein Abendtermin, oder?«

Carina, die sich wie selbstverständlich neben Nick gesetzt hatte, nickte. »Sie war dein letzter Montag-Termin. Wenn ich mich recht erinnere, hat sie die Ordination gegen zwanzig Uhr dreißig verlassen. Weißt du nicht mehr, Carl, wir sind hinterher nach Hause gegangen und haben uns diesen Vampir-Film angesehen. Wunderbar, Johnny Depp als Vampir. Wie hieß der Film doch gleich?« Unzufrieden schnalzte sie mit der Zunge.

»Dark Shadows!«, rief Carl triumphierend aus und klatschte in die Hände. »Tim Burton.«

Nick blickte fragend von Carina zu Carl. »Lebt ihr zusammen? Ich weiß, hier spricht die reine Neugier, aber es interessiert mich wirklich ungemein.« Charmant zwinkerte er in Carinas Richtung.

Carl lächelte. »Schon seit einer geraumen Weile.«

Aus dem Augenwinkel bemerkte Nick, wie Carina zu sprechen ansetzte, sich dann allerdings wie zufällig mit ihrem Zeigefinger über die Lippen fuhr und schwieg. Er räusperte sich verlegen. Bewusst wollte er den Eindruck erwecken, dass das folgende Gespräch für ihn nur eine leidige Pflicht darstellte. Darüber hinaus beabsichtigte er, einen effektvollen

Schockmoment herbeizuführen. »Weil wir Freunde sind, solange ich zurückdenken kann, möchte ich nicht um den heißen Brei herumreden. Susanne ist tot. Sie kam kurz nach dem Termin bei euch ums Leben.«

Augenblicklich schienen Carina und Carl zu erstarren.

Carls Augen weiteten sich vor Entsetzen, er wurde blass. Einige Sekunden lang wirkte er wie eine Statue. Endlich lockerten sich seine Gesichtsmuskeln und er stieß einen erstickten Laut aus, wobei er sich in seinen Sessel zurückfallen ließ.

Carina reagierte ähnlich. Nachdem sie den Zustand der Betäubung überwunden hatte, schlug sie die Hände vor das Gesicht und begann zu schluchzen.

Aufmerksam beobachtete Nick das Verhalten der beiden.

Carina gewann als Erste ihre Fassung wieder, indem sie die Hände von ihrem Gesicht löste und sich über die Augen fuhr. »Susi und ich haben noch miteinander geplaudert, bevor sie gegangen ist. Sie fragte mich, ob wir uns später im *Echtzeit* treffen würden. Ich verneinte und sagte, dass wir uns zu Hause einen Film ansehen wollten.« Sie blickte Carl eindringlich an. »Verstehst du? Hätte ich an dem Abend nicht unbedingt diesen Film sehen wollen ...« Bei jedem Wort war sie immer leiser geworden, bis sie mitten im Satz abbrach und abermals aufschluchzte.

Nick strich ihr sanft über die Hand. »So darfst du nicht denken. Leider habe ich das schon allzu oft gehört. Vertrau mir, wenn ich dir sage, dass solche Überlegungen nichts bringen. Du bist weder schuld, noch hättest du etwas ändern können.«

»Ich weiß. Aber es ist schrecklich und so unglaublich tragisch. Allein der Gedanke ...« Wieder versagte ihre Stimme.

»Weißt du, ob sie trotzdem zu Daniel wollte? Auch wenn ihr zu Hause geblieben seid?«, erkundige sich Nick diskret.

»Offen gestanden, ich weiß es nicht.« Verzagt hob Carina die Schultern. »Man achtet nicht auf die Kleinigkeiten, die rund um einen geschehen. Warte … ich werde versuchen, meine letzten Minuten mit Susanne zu rekonstruieren.« Sie tippte mit dem Zeigefinger gegen ihre Schläfe und fixierte einen imaginären Punkt in der Ferne. Schließlich begann sie in ruhigem Ton zu sprechen: »Susanne und ich kamen aus dem dritten Behandlungsraum und gingen direkt zur Rezeption. Sie fragte mich, ob wir noch Lust auf einen Drink bei Daniel hätten. Ich sagte Nein und erzählte ihr von ›Dark Shadows‹. Wir unterhielten uns kurz über den Film und ich versprach, ihr die Blu-ray zu leihen. Dann hat sie bezahlt, ich glaube, mit Kreditkarte. Abschließend wollte ich noch wissen, ob alles in Ordnung war und ob sie sich wohl fühlte.« Sie musterte Nick aufmerksam. »Das ist bei uns Standard. Nach einem Eingriff erkundige ich mich am Schluss immer nach dem Befinden des Patienten: Ob ihm schwindlig ist, ob er Kopfschmerzen hat, ob er sich normal und kräftig fühlt.«

Carl richtete sich auf. »Wir sind sehr vorsichtig. Wenn wir den Eindruck haben, dass es dem Patienten nicht hundertprozentig gut geht, gibt es keine Entlassung. Du hast keine Ahnung, was Kollegen alles erlebt haben. Wenn etwas passiert, ist die Reputation des Arztes schneller dahin, als man zum Handy greifen kann, um seinen Anwalt anzurufen; da helfen tausend Patientenunterschriften nichts. Auch wenn der Arzt rechtlich nicht belangt werden kann, ist seine Existenz hochgradig gefährdet. Die Rechnung ist simpel: Keine Patienten ist gleich kein Geld ist gleich keine Praxis.«

Nick ging nicht auf Carls Klagen ein. »Weshalb kam Susanne zu dir?«

Carl faltete die Hände und straffte den Oberkörper; jetzt war er in seinem Element. »Ich bin Dermatologe und habe mich vor einigen Jahren auf die kosmetische Medizin spezialisiert. Das heißt, Behandlungen gegen Falten, gegen Cellulitis, gegen

Besenreiser, Fettreduktion, alles bis zur Augenlidkorrektur. Susanne gehörte zu meinen eifrigsten Patientinnen.«

»Was meinst du mit eifrigsten Patientinnen?«

»Nun, es gibt Menschen, die einen gewissen Zwang entwickeln. Das ist in der Schönheitschirurgie weit verbreitet. Susanne musste man die Behandlungen richtiggehend ausreden.« Er machte eine abweisende Handbewegung. »Der letzte Eingriff war sehr umfangreich. Ich weiß noch, dass wir im Vorfeld eine intensive Diskussion über das Ausmaß der OP hatten und uns letzten Endes auf einen Kompromiss einigten.«

»Was hast du bei ihr gemacht?«

Als Antwort klappte Carl sein MacBook auf und schrieb etwas auf der Tastatur. »Schau es dir selbst an.« Er drehte das Gerät um fünfundvierzig Grad, damit Nick den Bildschirm sehen konnte. »Auf der Stirn kam Botox zum Einsatz, die Falten um die Oberlippen und die Nasolabialfalten habe ich mit Hyaluronsäure aufgespritzt. Ihre Lippen waren ebenfalls an der Reihe, außerdem einige weitere Falten; und an der Nase habe ich ein paar Besenreiser mit dem Laser beschossen – ein sehr unangenehmer Prozess, dieses Verfahren geht einem durch Mark und Bein. Aber sie hat nichts gespürt, weil ich sie ins selige Träumeland geschickt habe.« Bestürzt über seine unbedachten Worte zuckte er zusammen. »Mein Gott! Was rede ich da: ins selige Träumeland.« Wieder überflutete ihn eine Welle des Entsetzens. Mit einem durchdringenden Stöhnen ließ er den Kopf auf die Glasplatte sinken. »Arme, arme Susanne …«

Alarmiert beugte sich Nick vor und berührte die Schulter des Arztes. Carl durfte jetzt nicht zusammenklappen. Mit betont sachlicher Stimme sprach er auf ihn ein: »Der Rechtsmediziner hat festgestellt, dass Susis rechter Arm in der Beuge zwei Einstiche unterschiedlichen Datums aufweist. Weißt du, woher sie stammen?« Bei der Frage ging es Nick im Augenblick weniger um die Einstiche selbst, als Carl auf den Weg zurückzubringen.

Carl fuhr sich über das Gesicht, sichtlich um Contenance bemüht. »Der ältere Einstich wird wohl von der Blutabnahme stammen, die ich ein paar Tage vor dem Eingriff durchgeführt habe. Bei Susanne stand ein Gesundheitscheck an und ich nutzte die Gelegenheit vor der geplanten Behandlung. Der andere ist sicherlich auf die Sedierung zurückzuführen.«

»Für eine Faltenunterspritzung benötigt man eine Narkose?«

»Unabhängig davon, dass manche Injektionen sehr unangenehm und mitunter schmerzhaft sein können, etwa im Bereich der Lippen, ist der Laser wie gesagt eine qualvolle Angelegenheit. Zudem hatte Susanne eine ausgesprochene Aversion gegen Nadeln.« Carl wiegte den Kopf. »Vor allem bei längeren Sitzungen wende ich in Absprache mit dem Patienten eine sogenannte Analgosedierung an, im Laienjargon auch Dämmerschlafnarkose genannt.«

»Eine Kombination aus Analgetika und Sedativa, wenn ich mich nicht täusche.«

Carl präsentierte einen wohlwollenden Gesichtsausdruck. »Ganz recht. Über einen Venenzugang verabreichen wir eine geeignete Mischung aus Schmerz- und Schlafmitteln.« Seine Miene verkrampfte sich. »Ich kann dir versichern, dass wir während der Sedierung eine peinlichst genaue Überwachung durchführen. Wir haben uns beide eigens dafür ausbilden lassen. Mit der Narkose kann Susannes Tod nichts zu tun haben, das schwöre ich dir. Wenn du die Patientenakte brauchst, kannst du sie gern haben.«

Nick strich über seinen Nasenrücken und zeigte sich unangenehm berührt; eine alte Taktik, um sein Gegenüber in Sicherheit zu wiegen. »So meinte ich das nicht, Carl. Die Anästhesie hat natürlich nichts mit Susannes Tod zu tun. Ich wundere mich nur, dass bei einem solchen Eingriff überhaupt eine Betäubung zur Anwendung kommt.«

Es funktionierte auch diesmal.

Carls Züge glätteten sich. »Das Terrain der kosmetischen Medizin ist mittlerweile hart umkämpft. Du würdest es nicht glauben, Nick –«

Ein unüberhörbarer Summton unterbrach seine Worte.

Carina sprang auf. »Unsere nächste Patientin.«

Auf der Stelle griff Nick nach den Armlehnen seines Fauteuils und stemmte sich hoch. »Ich will eure Termine nicht durcheinanderbringen.«

Carl erhob sich ebenfalls. »Was hältst du davon, wenn wir uns später im *Echtzeit* treffen?«

Nick warf einen Blick auf seine Uhr. »Ich muss noch aufs Mödlinger Revier. Einem Treffen danach steht nichts im Weg.«

»Perfekt. Nach meinen beiden Terminen gehen wir sofort los. Der Benz bleibt in der Garage. Vielleicht trinken wir aus Wiedersehensfreude ja ein Schlückchen zu viel. Vor einem Mitglied des Polizeiapparats können wir nicht betrunken ins Auto steigen.«

Nick lächelte zurückhaltend. »Genau. Untersteht euch!«

7

Nick okkupierte den letzten freien für Polizeiautos reservierten Parkplatz. Unschlüssig, ob er Isabella anrufen oder ihr nur eine SMS schicken sollte, blickte er fragend auf das Display seines Handys und entschied sich schließlich für die SMS-Variante: »Schöne Bella! Ich bin heute beruflich im Einsatz, melde mich morgen, werde aber jede Sekunde an dich denken! Nick.«

Zufrieden mit dem Text, drückte er auf *Senden* und stieg aus dem Auto. Er hatte die Stufen zum Eingang des Polizeireviers noch nicht erklommen, als die Tür bereits aufgerissen wurde. Peter Westernschmidt stand im Türrahmen und deutete auf das Fenster neben dem Eingang. »Ich habe dich kommen sehen.«

»Ich bin froh, dass du hier bist, Peter. Ich brauche deine Unterstützung. Setzen wir uns irgendwo hin, vielleicht in euren Aufenthaltsraum, dann kann ich dir alles in Ruhe erklären.«

»Wenn du einen Kaffee möchtest, sag es einfach.« Der Polizist blinzelte vergnügt.

»Nun, wenn du es schon weißt ...« Nick grinste. Der Mann lag genau auf seiner Wellenlänge. Die spontane Wahl war goldrichtig gewesen.

Sie betraten den Aufenthaltsraum und Peter machte sich an der Kaffeemaschine zu schaffen. Nick begann im Plauderton zu erzählen: »Für meine Arbeit benötige ich im Revier eine Kontaktperson, einen verlässlichen Mitarbeiter. Bevor ich diesbezüglich offizielle Schritte einleite, frage ich den Kandidaten gern, ob er bereit dazu ist.«

Peter wandte sich abrupt um. »Fragst du mich gerade allen Ernstes, ob ich mit dir an dem Fall arbeiten möchte?«

Nick wiegte den Kopf. »Offen gestanden: eher *für* mich als *mit* mir. Aber ich kann dir versichern, dass es trotzdem mit Sicherheit einiges zu tun gibt, das dein Interesse wecken wird. Also, was ist?«

»Egal wie, egal was, egal wann, du kannst frei über mich verfügen.« Auf Peters Gesicht erschien ein glückliches Lächeln.

»Freut mich. Ich spreche mit deinem Chef. Es wird notwendig sein, dich aus deinem regulären Polizeidienst zu nehmen. Theoretisch musst du rund um die Uhr für mich zur Verfügung stehen. Ich hoffe, das stellt kein Problem für dein Privatleben dar?«

Peter schüttelte den Kopf und antwortete knapp: »Keineswegs.«

Nick erhob sich und warf einen prüfenden Blick auf den Polizisten. Die Erwähnung seines Privatlebens war ihm eindeutig unangenehm gewesen. Es war immer von Vorteil zu wissen, in welchem Umfeld sich eine Person bewegte und welche Probleme sie hatte. Doch noch war es zu früh, um ihn direkt darauf anzusprechen; erst musste eine Vertrauensbasis zwischen ihnen geschaffen werden.

»Okay, dann kläre ich das jetzt mit der Revierleitung. Danach besprechen wir den morgigen Tagesablauf. Ich möchte dem Friseur des Opfers einen Besuch abstatten und will dich dabeihaben; als Ortsansässigen, sozusagen.«

Die beiden Männer nickten sich zu und Nick verließ den Raum.

Vor dem Arbeitszimmer von Franz Mayerhofer angelangt, klopfte Nick an, öffnete die Tür, harrte jedoch auf der Schwelle so lange aus, bis der Revierleiter den Kopf hob und ihn heranwinkte. Auf einem Sessel vor dem Schreibtisch saß die junge Polizistin mit den langen Beinen, die ihn so angehimmelt hatte.

»Doktor Stein!« Franz Mayerhofer wies mit einer einladenden Geste auf den freien Sessel. »Nehmen Sie Platz, bitte.« Seine

Hand wanderte weiter zur Polizistin. »Ich möchte Ihnen Monika Schwinsky vorstellen.«

Nick murmelte ein »Sehr erfreut« in ihre Richtung und setzte sich.

Der Revierleiter hüstelte. »Wir haben eben von Ihnen gesprochen, Herr Doktor Stein. Frau Schwinsky hat mich gebeten, im Bedarfsfall für Ihre Ermittlungen abgestellt zu werden. Von meiner Seite aus spricht nichts dagegen, doch wollte ich die Angelegenheit natürlich auch mit Ihnen persönlich abklären.«

Nick warf einen Seitenblick auf die junge Frau. Sie machte keinerlei Anstalten, den Raum zu verlassen, und auch Franz Mayerhofer tat nichts dergleichen. Nun befand er sich in einer Zwickmühle. Eine ablehnende Antwort war in dieser Situation kaum möglich. »Ich nehme jede Hilfe gern an«, entgegnete er mit jovialer Miene. »Ich komme übrigens aus demselben Grund zu Ihnen. Weil mir Peter Westernschmidt bereits am Tatort zur Seite gestanden hat, möchte ich ihn mit ins Boot nehmen.« Eine durchaus diplomatische Erwiderung, wie er fand.

Franz Mayerhofers Antwort ließ nicht lange auf sich warten. »Sie bekommen alles, was Sie brauchen.« Er deutete mit dem Kinn auf die Polizistin. »Monika, wir sind fertig. Einzelheiten besprechen wir später.«

Ohne ein Wort erhob sie sich mit einem lässigen Hüftschwung und durchquerte den Raum. Die Freude stand ihr ins Gesicht geschrieben.

Nick sah ihr nach und schluckte.

Kurze Zeit später verließ Nick das Polizeirevier und machte sich zu Fuß auf den Weg in Daniels Lokal. Die Sache mit der jungen Polizistin behagte ihm zwar überhaupt nicht, doch war ihm keine schlüssige Begründung eingefallen, um ihre Mitarbeit zu verhindern. »Sie hat mir schmachtende Blicke zugeworfen«, wäre wahrlich kein Zeichen von Professionalität gewesen. Allein der Gedanke daran brachte ihn zum Lachen. Er hatte sich fest vorgenommen, von ihr fernzubleiben, und nun war genau der gegenteilige Fall eingetreten.

Geistesabwesend zog er die Tür des *Echtzeit living-room* auf. An der Bar hatte sich trotz der frühen Abendstunde bereits eine stattliche Gruppe versammelt. Man lachte und unterhielt sich offenbar ausgezeichnet. Nick wollte sich schon nach links wenden, um an einem Tisch im hinteren Bereich Platz zu nehmen, als Daniels markante Stimme ertönte. »Nicki!«

»Überraschung!«, rief Carl, der neben Daniel stand, und breitete seine Arme aus.

Nick blickte hoch. Er war so in Gedanken versunken gewesen, dass er bei seinem Eintreten keines der anwesenden Gesichter registriert hatte. Aber da standen sie, aufgereiht wie zum Rapport, alle mit einem breiten Grinsen: seine alten Freunde, seine Jugendclique.

Einen Augenblick lang musste er dem dringenden Bedürfnis widerstehen, die Flucht zu ergreifen, dann verzog er den Mund zu einem, wie er hoffte, nicht allzu gequälten Lächeln.

Er hatte diesem vermeintlich süßen Leben vor vielen Jahren den Rücken gekehrt und wusste nur allzu gut, dass es für ihn besser wäre, seinem Instinkt zu folgen und schleunigst das Weite zu suchen, aber das konnte und durfte er nicht. Diese Menschen aus seiner Vergangenheit waren Susannes Freunde gewesen. Sie alle hatten direkten Kontakt mit ihr – seinem Opfer – gehabt. Er wusste nicht, wie Susi vom hässlichen Entlein zum allseits umschwärmten Schwan mutiert war, doch Daniel hatte auf jeden Fall die Wahrheit gesagt; die Verbindung zu Carl und Carina sprach ebenfalls dafür. Warum hätte einer von ihnen lügen sollen?!

Welche zwiespältigen Gefühle er mit seinen Schulkameraden verband, war irrelevant. Mit seinem Beruf war er eine

Verpflichtung eingegangen und diese Verpflichtung war ihm wichtiger als alles andere auf der Welt.

»Jungs! Ich fass es nicht! Andreas, Georg, Rudolf, Gabriel, Werner, Thomas ...« Mit einer ausladenden Geste umarmte Nick die ersten drei. »Lisa! Meine süße Lisa!« Er drückte die bildhübsche, zarte Frau mit den hellblonden Haaren an sich. In diesem Fall war seine Freude sogar ernst gemeint.

»Nicki, hast du mich etwa vergessen?!«, drang auf einmal eine dunkle, rauchige Stimme an sein Ohr.

Nick fuhr herum. Unbemerkt hatte sie sich bis zu ihm durchgeschlängelt – Tina! Groß, kurvenreich, mit ihren dichten, rotbraunen Haaren und den großen, tiefblauen Augen so verführerisch, dass es einem den Atem verschlug. Die Jahre hatten ihr nichts anhaben können, im Gegenteil: Das Alter stand ihr hervorragend. Er war nie in sie verliebt gewesen und hatte dementsprechend auch nie das Bedürfnis verspürt, eine ernsthafte Beziehung mit ihr einzugehen. Allerdings hatte sie ihn mit ihrer sexuellen Ausstrahlung einst beinahe um den Verstand gebracht; und wie er mit Schrecken feststellen musste, war diesbezüglich alles beim Alten geblieben. Bilder aus früheren Zeiten schossen durch seinen Kopf.

»Ich könnte dich nie vergessen«, erwiderte er zweideutig, zog Tina zu sich heran und küsste sie auf beide Wangen. Wie vor zwanzig Jahren stieg ihm der Duft der Marke Opium in die Nase.

Carl klatschte in die Hände. »Stoni, lass ab von Tina und schenk diesem wertvollen Artefakt hier deine Aufmerksamkeit!« Er deutete auf einen metallenen Sektkübel, der bis zum Rand mit Eis gefüllt war. Darin prangten eine Flasche Gin und eine Flasche Tonic Water.

Mit demonstrativer Verblüffung schüttelte Nick den Kopf. »Also hat sich in all den Jahren nichts verändert!«

»Das kann man so nicht sagen«, entgegnete Werner lachend. »Immerhin habe ich fünf Ehefrauen verschlissen.«

»Gleich fünf?«, staunte Nick.

Wieder lachte Werner, eine Spur zu laut, wie Nick fand. Diese offenkundige Heiterkeit war nicht echt, nicht einmal besonders gut gespielt, dennoch schien es sonst niemandem aufzufallen.

»Fünf Frauen und drei Kinder. Hast du die süßen Kleinen vergessen?«, mischte Gabriel sich ein.

»Wie könnte ich! Ich denke jeden Monat an sie, wenn ich einen Blick auf meinen Kontostand werfe«, antwortete Werner und wandte sich wieder an Nick. »Vierzehn Jahre, sechs Jahre und vier Jahre. Und alle drei liebe ich aufrichtig, auch wenn mir niemand auf der Welt die Medaille für den Vater des Jahres verleihen würde.«

»Und wie sieht es bei dir aus, Tina?«, rutschte es Nick heraus. Für seine Frage hätte er sich am liebsten in derselben Sekunde geohrfeigt.

»Nicht frei, aber verfügbar«, konterte sie geradeheraus und zwinkerte ihm zu; Tina hatte auch früher nicht lange gefackelt.

»Unsere Tina hat einen Wiener Kaffeehaus-Besitzer geheiratet«, meldete sich Andreas zu Wort.

Thomas grinste. »Kaffeehaus-Besitzer ist eine dezente Untertreibung. Tinas Mann gehört eine Kaffeehaus-Kette.«

Tina stieß ihn in die Seite, erwiderte aber nichts.

Nick blickte um sich. »Carl, wo ist Carina?«

»Carina fühlt sich nicht wohl und wollte zu Hause bleiben. Die Sache mit Susanne hat sie sehr mitgenommen.«

Niemand antwortete. Die plötzliche Stille stand im Raum wie eine unüberwindbare Mauer. Schließlich begann Werner zögerlich zu erzählen: »Wir haben vorher darüber gesprochen. Es ist furchtbar und geht uns allen sehr nahe. Seit Susi wieder nach Mödling gezogen ist, haben wir sie oft gesehen und viel

Zeit mit ihr verbracht. Sie war so …« Er stockte und fasste sich ans Genick. In seinen Zügen spiegelte sich eine Bestürzung, wie sie Nick bei keinem der übrigen Anwesenden erkennen konnte.

»Wann ist das Begräbnis?«, fragte Lisa.

Nick zuckte mit den Schultern. »Die Freigabe dauert noch eine Weile. Erst, wenn die Rechtsmedizin sie endgültig an ein Beerdigungsinstitut überstellt hat, ist ein Termin möglich. Ich halte euch auf dem Laufenden.«

Lisa schenkte ihm einen dankbaren Blick. »Um ehrlich zu sein, weiß ich nicht einmal, ob sie Familie hatte. Leben ihre Eltern noch? Hatte sie Geschwister?« Sie seufzte. »Hast du schon eine Spur?«

»Leider darf ich euch nicht viel mehr verraten als das, was in den Zeitungen steht oder was in den Nachrichten zu sehen und zu hören ist.«

»Ich habe von Susannes Tod nicht aus der Zeitung, sondern von Daniel erfahren«, bemerkte Rudolf.

»Und ich erst heute von dir«, erwähnte Carl beiläufig.

Tina legte ihre Hand auf Nicks Schulter. »Es ist nicht mehr ganz wie früher, Süßer. Wir sehen uns noch regelmäßig, stimmt. Aber jeder hat sein eigenes, mehr oder weniger ausgefülltes Leben, eine Familie oder einen anspruchsvollen Job. Wir sind nicht mehr ständig beisammen.« Sie hielt inne, verzog ihre Lippen zu einem kleinen bösen Grinsen und zeigte auf Alexander. »Außer Alex, der lässt seine Frau zur Arbeit gehen und bleibt selbst lieber zu Hause.«

Alex runzelte die Stirn und beeilte sich, Nick seine Rechtfertigung vorzubringen. »Wir haben die Plätze getauscht. Sie sorgt für das Geld und ich spiele den Hausmann. Das habe ich mir aber nicht ausgesucht. Mein Job war von einem Tag auf den anderen gekündigt und sie ist zur gleichen Zeit bei der Versicherung befördert worden. Eine rasche Entscheidung war notwendig und die haben wir getroffen. Einer musste schließlich bei den Kindern bleiben.« Er schnaubte. Das Thema war ihm sichtlich äußerst unangenehm.

Daniel, der sich hinter der Bar aufgebaut hatte, rettete Alexander aus seiner Verlegenheit. »Was ist nun mit dem Gin?«

Auf der Stelle zeigten seine Worte Wirkung.

Wie Teenager jauchzten sie übermütig auf und automatisch stimmte Nick in den Jubel ein. Umgehend machte sich Daniel daran, die Eiswürfel in den Gläsern zu verteilen. In althergebrachter Manier verzichtete er dabei auf eine Zange und nahm die Finger zu Hilfe. Mit einer geübten Bewegung goss er einen doppelten Gin in jedes Glas und schenkte nicht mehr als einen Schuss Tonic Water nach. »Auf das Wiedersehen mit Nick!«, rief er.

»Auf Susanne«, setzte Werner nach.

Dann ließen sie die Gläser klirren.

Wieder hatte Nick den Eindruck, dass Werner auf Susannes Tod stärker reagierte als die anderen. War gar er Susannes ominöser Liebhaber gewesen? Abgesehen von den Singlebörsen im Internet entstanden Beziehungen und Liebschaften noch immer hauptsächlich am Arbeitsplatz oder im Bekanntenkreis.

Doch er wollte keine voreiligen Schlüsse ziehen. Zu groß war die Gefahr, dass er sich in die falsche Richtung bewegte. Es gab noch andere Möglichkeiten und keine durfte er zum jetzigen Zeitpunkt vernachlässigen oder außer Acht lassen. In den nächsten Tagen würde er mit Sicherheit ein Stück weitergekommen sein. Das Gespräch mit dem Friseur stand bevor und er musste Susannes Arbeitsstelle in Augenschein nehmen; außerdem erwartete er die Analysen aus der Rechtsmedizin.

Das kurze Vibrieren seines Handys holte ihn aus seinen Gedanken in die Wirklichkeit zurück. Unauffällig zog er das Telefon aus der Sakkotasche und las die Nachricht: »Erwarte dich zu jeder Tages- und Nachtzeit. Bella.« Mit einem versonnenen Schmunzeln steckte er das Gerät wieder weg und nahm einen kräftigen Schluck. Plötzlich fühlte er sich so wohl wie schon lange nicht mehr.

Daniel deutete auf sein Glas. »Beeil dich, wir warten auf dich!«

Tatsächlich waren die anderen Gläser bereits leer, auch die von Tina und Lisa. Nick setzte sein Glas an die Lippen und trank den restlichen Gin in einem Zug hinunter. Sofort breitete sich in seiner Magengegend eine wohlige Wärme aus und seine Beine wurden leicht. Er war zwar nach wie vor an Alkohol gewöhnt und trank gern ein Glas guten Wein oder Whisky, doch das schnelle Trinken war ihm fremd geworden.

Er blickte in die Runde. Wenn er hier Vertrauen und Offenheit erhalten wollte, durfte er nicht gegen den Strom anschwimmen und musste den alten Nick mimen; mit dem neuen würden die meisten von ihnen nichts anzufangen wissen. Kurz entschlossen streckte er Daniel sein Glas entgegen. »Ich bin sicherlich *nicht* der Letzte!«

»So spricht mein Freund.« In Windeseile hatte Daniel allen nachgeschenkt und fischte eine weitere Ginflasche aus dem Getränkekühlschrank.

Inzwischen war die Dunkelheit hereingebrochen. Rudolf deutete auf die gläserne Eingangstür. »Schwarze Luft! Jetzt geht's richtig los!« Fröhlich und mittlerweile beschwipst pflichteten ihm die anderen lautstark bei. Eine weitere Flasche wurde geöffnet und das Eis in den Gläsern erneuert.

Nick spürte, wie der Gin nach und nach seine Sinne vernebelte. Dies war nicht mehr seine Welt und er wollte unter keinen Umständen, dass sie wieder Besitz von seinem Leben ergriff. Dessen ungeachtet genoss er den Abend in vollen Zügen. Er lachte, reagierte auf jeden noch so lahmen Witz mit ehrlicher

Heiterkeit und erfreute sich an dem Gefühl, Tina an seiner Seite zu wissen, die sich eng an ihn schmiegte und ihm eindeutige Signale sendete.

Langsam lichtete sich die Gruppe. Andreas, Georg, Alexander, Carl und Lisa verabschiedeten sich kurz vor Mitternacht, Thomas ging gegen ein Uhr nachts. Zu guter Letzt saßen nur noch Nick, Rudolf, Gabriel, Werner, Tina und natürlich Daniel beisammen.

Daniel klopfte mit der Handfläche auf die Bar. »Der harte Kern.«

»Sie haben alle jemanden zu Hause, der auf sie wartet. Wir nicht«, lallte Gabriel.

»Was ist mit dir, Tina? Du hast auch einen Ehemann«, wollte Nick wissen und spürte, wie schwer seine Zunge geworden war.

Sie zuckte mit den Schultern und antwortete erstaunlich deutlich: »Wenn du die ungeschminkte Wahrheit wissen willst: Mein Mann ist mit seinen Kaffeehäusern verheiratet.« Sie verzog den Mund. »Was soll's. Er bietet mir ein ausgesprochen luxuriöses Leben.«

Mit verschwommenen Augen sah Nick sie nachdenklich an, entgegnete aber nichts. Wahrscheinlich hätte er keinen klaren Satz herausgebracht. Dafür versuchte er ein schiefes Grinsen. »Daniel, ich darf nicht mehr Auto fahren.«

»Soll ich dir ein Taxi rufen?« Auch Daniels Stimme zeigte keine Veränderung.

Nick schüttelte den Kopf und griff sich an die Schläfen. »Ich überlege, ob ich mir nicht besser ein Zimmer im Hotel Babenbergerhof nehmen soll.«

»Kein Problem, ich rufe für dich an. Es wird dir gefallen, das Hotel wurde vor ein paar Jahren umgebaut. Es ist großartig geworden.« Daniel zog sein Handy aus der Hosentasche, wandte sich ab und begann leise zu sprechen. Mit erhobenem Daumen drehte er sich wieder um. »Gecheckt. Du wirst erwartet.«

»Danke, Dani.« Nick rutschte von seinem Barhocker. »Kann ich morgen bezahlen? Ich muss an die frische Luft.«

»Klar. Komm gut in dein Hotelzimmer!«

Kaum war Nick auf wackeligen Beinen zu stehen gekommen, sprang auch Tina behände von ihrem Hocker. »Dafür sorge ich schon!«, rief sie und lächelte vielsagend. Ohne viel Aufhebens nahm sie Nick bei der Hand und zog ihn aus dem Lokal.

Die kühle Luft verpasste Nick zuallererst eine Ohrfeige, doch bald fühlte er sich besser. Er atmete tief durch, füllte seine Lungen mit Sauerstoff und spürte, wie sich seine Gedanken ein wenig entschleierten. Schweigend schritten sie die Fußgängerzone entlang.

Der Rezeptionist erwartete sie bereits. »Sie kommen von Daniel Bachinger?«, fragte er pro forma und drückte Nick einen Schlüssel in die Hand. »Zimmer zweihundertzwanzig, zweiter Stock.«

»Danke!« Tina zwinkerte dem Mann zu und schnappte Nick am Ärmel. »Komm!«

»Tina … du bist schön und reizvoll wie eh und je. Doch ich weiß nicht, ob das eine gute Idee ist.« Fahrig wischte sich Nick über die Stirn.

»Die beste seit Langem«, antwortete sie ungerührt und manövrierte ihn in die Kabine des Fahrstuhls.

Vor seinem inneren Auge erschien Isabellas Gesicht. Hätte er nicht die unzähligen Drinks in sich hineingeschüttet, könnte er jetzt in seinem Auto sitzen und auf dem Weg zu ihr sein. Er mochte diese Frau. Vielleicht war sie sogar die Richtige für eine ernsthafte Beziehung. Verdammt! Was wollte er hier eigentlich?

Die Aufzugstür glitt zur Seite und Nick ließ sich widerstandslos von Tina weiterführen; Isabellas Bild verblasste. Bei seinem Zimmer angekommen, nahm sie ihm den Schlüssel ab, öffnete mit sicheren Bewegungen die Tür und betrat vor ihm den Raum.

Nick startete einen zweiten kläglichen Versuch. »Tina, ich brauche Schlaf. Was soll das?«

»Was das soll? Du wirst es gleich merken«, hauchte sie und drängte ihn in Richtung Bett.

»Ich bin betrunken, Tina …«

In der Tat reichte ein leichter Schubser und Nick landete verkehrt auf dem Bett.

»Der *kleine Nick* hat früher mit Alkohol funktioniert und wird auch heute mit Alkohol funktionieren. Davon bin ich überzeugt.« Unbeeindruckt ließ sie sich ebenfalls auf das Bett fallen und kroch auf ihn zu. Sie ließ keinen Zweifel daran, welches Ziel sie anvisierte.

»Verdammt, Tina!«

Sie blickte auf und gab einen genervten Laut von sich. »Nicki, halt endlich die Klappe.«

Diesmal schwieg er endgültig.

Zufrieden senkte sie wieder ihren Kopf und machte sich an seiner Hose zu schaffen. »Hallo, *kleiner Nick*. Lange nicht mehr gesehen«, raunte sie, als Nick schließlich, von jeglicher Kleidung befreit, schutzlos vor ihr lag. Triumphierend lachte sie auf. »Siehst du, ich wusste es! Er funktioniert …« Ohne einen Anflug von Scheu beugte sie sich über ihn.

Als er ihre Lippen auf seiner Haut spürte, presste er seinen Körper mit einem Stöhnen in das Laken.

8

Im Polizeirevier Mödling angekommen, lenkte Nick seine Schritte als Erstes in Richtung Aufenthaltsraum. Es war an der Zeit, dass er lernte, die Kaffeemaschine selbst zu bedienen.

Vor gut anderthalb Stunden war er von seinem Handy geweckt worden. Als er registriert hatte, wo er sich befand und was in der Nacht geschehen war, hatte er sich an der Hotelrezeption ein Gästecase geholt und sich nach der Morgentoilette auf den Weg zu seinem Auto gemacht. Tina war bereits fort gewesen. Sie musste noch in der Nacht das Hotel verlassen haben. Unwillkürlich stöhnte er auf. Was hatte er sich bloß bei alldem gedacht? Die Antwort war so ernüchternd wie einfach: nichts, gar nichts. Sich auf den Alkohol auszureden, war lachhaft. Er erinnerte sich an jedes Detail. Tina war schon früher erfindungsreich gewesen. Dazu hatte sich eine erstaunliche Hemmungslosigkeit gesellt. »Schluss jetzt«, ermahnte er sich. Was zwischen ihm und Tina geschehen war, konnte er nicht mehr rückgängig machen; und wenn er tief in sich hineinblickte, so musste er sich wider Willen eingestehen, dass er es überhaupt nicht rückgängig machen wollte.

Mit einem Seufzer betrat er den Aufenthaltsraum, blieb vor der Kaffeemaschine stehen und betrachtete prüfend die verschiedenen Knöpfe.

»Kann ich Ihnen helfen?«

Nick wandte sich um. Jeder andere Mensch wäre ihm lieber gewesen als die junge, hübsche Polizistin. »Ich bin völlig überfordert«, gestand er.

Sie senkte die Lider und Nick bemerkte ihre dunklen, dichten Wimpern, die lange Schatten auf ihre Wangen warfen.

»Ich erledige das für Sie. Treten Sie zur Seite.« Seelenruhig nahm sie eine Tasse aus dem Schrank und stellte sie unter die Maschine. »Ich hoffe, ich habe Sie gestern bei meinem Chef nicht überrumpelt.« Sie legte den Kopf schief und lächelte zurückhaltend; eine überaus reizvolle Geste.

»Ich muss gestehen, dass ich nicht mit Ihrer Unterstützung gerechnet habe. Nichtsdestoweniger freue ich mich auf die Zusammenarbeit.«

»Ich werde Sie nicht enttäuschen«, erwiderte sie mit samtiger Stimme und reichte ihm die Tasse. »Bitte, genießen Sie Ihren Kaffee.«

»So rasch hast du also jemanden gefunden, der mich beim Kaffeekochen ablöst!«, tönte es fröhlich vom Eingang her. Peter Westernschmidt lehnte im Türrahmen und beobachtete die Szene.

Monika Schwinsky hüstelte verlegen. »Ich muss jetzt weiter. Wenn Sie mich brauchen, Herr Doktor Stein, finden Sie mich im Dienstzimmer.« Mit gespieltem Eifer schwindelte sie sich an Peter vorbei und verließ den Raum.

»Wir kennen uns noch nicht lange und es liegt mir fern, mich einzumischen, aber sie interessiert sich eindeutig für dich. So wie sie dich umschwärmt, hat sie es schon einmal bei einem Kollegen gemacht«, bemerkte der Polizist.

»Und was ist daraus geworden?«

Peter lachte trocken auf. »Ein halbes Jahr ging alles gut, eine Beziehung wie im Bilderbuch. Dann war plötzlich Schluss, keiner wusste, warum, und der arme Kerl wurde versetzt.« Er zuckte mit den Schultern. »Niemand will eine Polizistin wie Monika an ein anderes Revier verlieren.«

»Danke für den Tipp«, antwortete Nick knapp. Nach der vergangenen Nacht war jetzt definitiv der falsche Zeitpunkt, um über Frauen zu reden.

»Heute ist also der Friseur an der Reihe«, wechselte Peter das Thema.

»Genau.« Nick hielt inne und rieb sich mit Daumen und Zeigefinger die schmerzenden Schläfen. »Ich muss mir ein möglichst umfassendes Bild vom Leben des Opfers machen. Wie ein Puzzle, das Stück für Stück zusammengesetzt wird.«

»Bei einem Puzzle starte ich immer mit den Randstücken«, warf Peter ein.

»Guter Vergleich! Man beginnt bei den Ecken, schafft den Rahmen und arbeitet sich bis zur Mitte vor.« Wieder traktierte Nick seine Schläfen. »Die Wahrscheinlichkeit, dass der Täter im näheren Umfeld des Opfers zu finden ist, liegt bei über neunzig Prozent. Es würde mich wundern, wenn wir ausgerechnet in unserem Fall außerhalb dieser Prozentzahl lägen. Wenn ich weiß, was sie von früh bis spät gemacht hat, wenn ich jedes Detail über sie erfahre, komme ich auch unweigerlich dem Mörder näher. Genau das ist mein Ziel.«

»Ich finde es ungemein spannend, an den Ermittlungen hautnah teilnehmen zu dürfen, aber ich möchte nicht in deiner Haut stecken. Diesem Erfolgsdruck wäre ich nicht gewachsen.« Verlegen fuhr sich der Beamte über das Kinn. »Ich habe dich gegoogelt und einige Polizeiakten aufgerufen – entschuldige.«

Nick wehrte ab. »Kein Problem, das ist in Ordnung. So bist du wenigstens informiert, woran ich in der Vergangenheit gearbeitet habe und wie ich vorgehe.«

Peter nickte. »Als Polizist weiß man über deine Karriere natürlich Bescheid. Nun habe mir einen detaillierten Überblick verschafft.«

Nick vollführte eine wegwerfende Handbewegung und blickte auf seine Uhr. »Holen wir Monika Schwinsky und machen wir uns auf den Weg zum Friseur.«

»Ich erledige das. Du siehst aus, als könntest du frische Luft gebrauchen«, entgegnete Peter.

»Sieht man mir an, dass ich letzte Nacht kaum geschlafen habe?«

»Um ehrlich zu sein, hält mich dein Anblick davon ab zu fragen, wo du letzte Nacht gewesen bist und was du getan hast. Ich denke, ich will es gar nicht wissen.«

»Du willst es wirklich nicht wissen, glaub mir«, erwiderte Nick und setzte sich in Bewegung. Auf einmal konnte er es kaum erwarten, ins Freie zu gelangen. Er riss die Eingangstür des Reviers auf und trat hinaus in die Sonne. Für die Jahreszeit war es ein überraschend warmer Tag. Er atmete tief durch.

Nach wenigen Minuten öffnete sich abermals die Tür und Monika und Peter gesellten sich zu ihm.

»Na, dann los!«, gab Nick den Startschuss. Im Gehen fasste er die Informationen über ihren bevorstehenden Termin nochmals zusammen: »Wir statten jetzt diesem Friseurgeschäft einen Besuch ab. Susanne Rippel war dort Stammkundin und wurde immer von einem gewissen Francesco bedient. Den knöpfen wir uns vor. Kennt ihr das Geschäft?« Noch bevor einer der beiden antworten konnte, wandte er sich an Monika Schwinsky. »Ich bin Nick.«

Sie setzte ein strahlendes Lächeln auf. In der Sonne wirkten ihre Augen noch ausdrucksvoller. »Monika, oder Moni«, schnurrte sie. »Und um deine Frage zu beantworten: Ich kenne es tatsächlich, war aber nur einmal dort. Generell hat es einen guten Ruf, ich selbst war nicht zufrieden.« Sie kicherte verhalten. »Vielleicht hatte ich dem Friseur einen Tag zuvor ein Ticket verpasst und er hat sich gerächt?«

»Dann übernimmst du die Führung und lotst uns, Monika.« Schnell kehrte Nick zum eigentlichen Thema zurück. »Susanne Rippel hatte im Zweiwochenrhythmus einen fixen Termin bei diesem Francesco. Vor allem möchte ich erfahren, wie diese Besuche verlaufen sind und worüber er mit Susanne gesprochen hat. Ich hoffe, dass sie über mehr als nur das Wetter und die neueste Frisurenmode geredet haben.«

»Nehmen wir ihn in die Mangel?«, fragte Peter.

»Nein. Wir müssen behutsam vorgehen. Auch wenn Mödling eine Stadt mit mehr als zwanzigtausend Einwohnern ist, bleibt es dennoch ein Dorf, vor allem, wenn man den Aktionsradius eingrenzt. Der Bereich rund um die Fußgängerzone bildet eine eigene Einheit. Ihr könnt mir vertrauen, ich bin in Mödling aufgewachsen.« Nick hustete und ignorierte Peter und Monikas erstaunte Blicke. Ungerührt fuhr er fort: »Nach unserem Besuch im Friseurladen werden binnen einer Stunde alle Geschäfte im Umkreis genauestens darüber informiert sein, was wir gefragt haben und wie wir dabei vorgegangen sind. Unsere Devise lautet also: Höflichkeit und demonstrative Kompetenz.«

»Kompetenz anstelle von Schärfe?«, erkundigte sich Monika. Ein hartes Vorgehen wäre ihr unübersehbar lieber gewesen.

»Kompetenz ist ein wesentlicher Bestandteil unseres Auftretens. Ein Mord wühlt die Bevölkerung auf, die Gefühlswelt der Menschen bewegt sich von Unsicherheit bis zu blanker Angst und von morbider Neugierde bis zu unverhohlener Faszination. Was glaubt ihr, passiert, wenn wir auch nur ansatzweise einen unsicheren Eindruck hinterlassen? Versetzt euch einfach in die Situation dieser Leute, egal ob sie hier wohnen oder arbeiten. Die Einzigen, die ihnen Sicherheit vermitteln und wieder alles ins rechte Lot rücken können, sind wir: die Polizei und der Spezialermittler.«

»Ist das auch der Grund, warum du mich – entschuldige, Monika, uns – bei solchen Terminen dabeihaben möchtest?«, wollte Peter wissen.

Nick überlegte. Nicht nur die hiesigen Bewohner musste man bisweilen mit Samthandschuhen anfassen. Die Einbindung einheimischer uniformierter Kollegen war wichtig und notwendig, doch konnte der Schuss leicht nach hinten losgehen, wenn sie das Gefühl bekamen, nur als Dekoration zu fungieren. Mit Peter konnte Nick auf jeden Fall offen reden, das wusste er; bei Monika Schwinsky war er sich nicht mehr so sicher. Eigentlich konnte es ihm egal sein, ob sie mit von der Partie war oder nicht. Er hatte sie nicht in sein Team geholt. Nichtsdestoweniger begann ihm diese Dreierkombination zu gefallen. Zum einen die smarte, kantige Polizeilady, zum anderen der freundliche, beinahe jungenhaft anmutende Polizist. Und er selbst.

»Es gibt mehrere Gründe, warum ich euch dabeihaben will. Beim jetzigen Termin geht es mir vorrangig darum –«, begann Nick seine Ausführungen, doch Monika unterbrach ihn sofort. »Peter und ich haben das schon geklärt. Es ist in Ordnung, wenn wir an deiner Seite manchmal nur als Kappenträger auftreten.« Sie strahlte ihn mit einem undefinierbaren Lächeln an und klimperte mit den Wimpern. »Wir sind nicht dumm, weißt du?«

Kaum merklich schüttelte Nick den Kopf. Irrte er sich oder war da ein unterschwelliger Spott in der Stimme dieser Frau zu hören? Ihre Art gefiel ihm, leider. Wenn das nur gut ging! Mit der flachen Hand fuhr er sich über den Nacken. »Ich möchte nur verhindern, dass ihr glaubt, eure Aufgabe bestünde allein darin, das Gesetz zu repräsentieren. Es geht um viel mehr. Natürlich bedeutet eure Uniform etwas und ich nutze es auch schamlos aus. Aber es gibt viele relevante Komponenten. Ihr seid Ortsansässige, kennt euch aus und wisst, was sich kriminalistisch in den Lokalen abspielt. Wo es größere Probleme in Familien gibt, welche Drogen wo angeboten werden. Und wenn unsere Zusammenarbeit gut funktioniert und wir harmonieren, kann ich euch einen Teil meiner Arbeit übertragen. Das verschafft mir Freiraum.«

Monika und Peter hatten Nick schweigend zugehört und grinsten sich nun fröhlich an. »Du oder ich?«, fragte Peter.

Monika hob den Zeigefinger. »Ich! Nick, du kannst dich ganz auf uns verlassen und musst uns nicht ständig daran erinnern, wie wichtig wir sind.« Sie deutete auf eine weitläufige, getönte Glasscheibe. »Im Übrigen sind wir am Ziel.« Ohne auf ihre Begleiter zu warten, sprintete sie auf die Eingangstür zu, öffnete sie schwungvoll und betrat als Erste den Salon. Nick und Peter folgten ihr.

An der Rezeption stand eine junge Frau mit Marilyn-Monroe-Frisur und einem schulterfreien schwarzen Top. Von hinten legten sich zwei fein gestochene Tatzen über ihre Schultern. Den Rest des Tattoos konnte man nur erahnen, es musste gigantisch sein.

»Guten Tag, mein Name ist Nick Stein. Wir haben einen Termin bei Francesco.«

Sie riss die Augen auf und nickte eifrig. »Ich weiß, hallo! Wir sind alle ganz aufgeregt! Wegen Susanne Rippel und natürlich auch wegen Ihnen. Wahnsinn, dass Sie uns besuchen. Jeder kennt Sie aus dem Fernsehen. Alle, die heute freihaben, werden sich in den Arsch beißen«, sie präsentierte eine Reihe gebleichter Zähne und fuhr in ihrem überdrehten Jargon fort: »Setzen Sie sich doch! Was darf ich Ihnen anbieten? Wir haben Kaffee, Mineralwasser, Cola Zero, Gingerale. Irre! Nick Stein ist hier!« Sie warf ihre Arme in die Luft und verschwand hinter einem dunkelgrünen Vorhang.

Nick, Peter und Monika nahmen mit bedeutungsvollen Blicken auf einer ledernen Sitzgruppe Platz. Nur wenige Augenblicke später erschien ein junger Mann. Er war auffallend groß, hatte schwarz gefärbte Haare und einen ansehnlichen Körper, der in einem ärmellosen Shirt und engen Jeans steckte.

»Ich bin Francesco«, begrüßte er die drei mit einer überraschend klangvollen Stimme. Er wirkte freundlich und umgänglich.

Nick reichte ihm die Hand. »Mein Name ist Nick Stein. Das sind meine Kollegen Monika Schwinsky und Peter Westernschmidt. Wir kommen wegen Susanne Rippel ...« Bewusst vermied er es, seinen Satz zu beenden.

Francesco stieg sogleich darauf ein. »Schrecklich, nicht wahr! Als ich die Nachricht über Facebook erhielt, wollte ich es zuerst nicht glauben und dachte, jemand erlaubt sich einen dummen Scherz. Susi und ich waren privat keine Freunde. Sie kam aber regelmäßig zu mir in den Laden, deswegen kannte ich sie gut.«

»Jeden zweiten Freitag, richtig?« Zum gegenwärtigen Zeitpunkt war es weniger wichtig, spezifische Fragen zu stellen, als den Erzähler bei Laune zu halten und ihm ein Gefühl der Sicherheit zu vermitteln. Je mehr er unaufgefordert und freiwillig preisgab, umso weniger entstand der Eindruck, dass es sich um ein Verhör handelte – Verhöre mochte niemand, vor allem nicht der Befragte.

»Jeden zweiten Freitag um Punkt fünfzehn Uhr, seit sie nach Mödling gezogen war«, bestätigte Francesco.

Die junge Frau vom Empfang trat zu ihnen und legte ihrem Kollegen eine Hand auf die Schulter. »Da mir zuvor niemand eine Antwort gegeben hat, habe ich drei Kaffee gemacht und Mineralwasser mitgebracht – und für dich eine Cola Zero, Franzi.«

»Vielen Dank«, antwortete Nick und wandte sich wieder an den Friseur. »Ich weiß, es ist nicht leicht, sich an belanglose Gespräche oder Kleinigkeiten zu erinnern, doch alles, was Ihnen einfällt, hilft uns, dem Täter ein Stück näherzukommen.«

»Ich helfe Ihnen gern. Susanne war ein sehr netter Mensch, ruhig und immer ausgesprochen höflich.« Er richtete sich auf. »Was wollen Sie wissen?« Seine Stimme hatte einen eindringlichen Klang angenommen.

Dieser Mann wollte helfen.

»Erzählen Sie uns alles, was Ihnen einfällt: Worüber Sie geplaudert haben, was sie Ihnen erzählt hat, welchen Eindruck Sie von ihr hatten«, erwiderte Nick.

Francesco lehnte sich zurück und schloss die Augen. »Die ersten Male haben wir nicht viel gesprochen. Sie war sehr zurückhaltend und wirkte auf mich immer irgendwie betrübt. Mit der Zeit taute sie auf und wir unterhielten uns über die verschiedensten Dinge: die Neuübernahme einer Modeboutique, wie man Orchideen am Leben erhält, warum sie keine Mäuse mochte. Klatsch und Tratsch eben, Belanglosigkeiten.«

»Blieb es immer auf diesem allgemeinen Niveau?«, erkundigte sich Nick.

»Nein. Irgendwann fing sie an, über ihre Arbeit zu sprechen, über ihre kleinen Eingriffe …« Verlegen presste er die Lippen zusammen und zuckte mit den Schultern. »Sie wissen sicherlich davon, oder?«, fragte er vorsichtig und atmete tief durch. »Ich komme mir ein wenig wie ein Verräter vor, der ihre Geheimnisse preisgibt.«

»Wir wissen davon und ich versichere Ihnen: Sie tratschen nicht, sondern helfen uns«, bekräftigte Nick.

Der Friseur senkte den Kopf. »Ich verstehe, dass man die eine oder andere Falte wegmachen lässt, wenn man älter wird. Susi hat es meiner Ansicht nach allerdings übertrieben. An ihrem Aussehen gefiel ihr rein gar nichts. Sie fand sich zu dick, zu blass, ihre Lippen zu schmal. Sogar eine Lidstraffung hat sie machen lassen. Der Unterschied zwischen vorher und nachher war nicht der Rede wert. Sie war richtiggehend fixiert darauf.« Francesco nahm einen Schluck von seiner Cola Zero und zuckte abermals mit den Schultern. »Vor knapp einem halben Jahr besserte sich ihre Stimmung plötzlich auffallend. Zwar war sie noch immer ruhig und zurückhaltend – Susanne war eben ein introvertierter Mensch –, doch ihre Grundeinstellung war mit einem Mal positiver.« Er warf einen fragenden Blick auf Nick, um zu prüfen, ob der Ermittler verstanden hatte, worauf er hinauswollte.

Nick vollführte eine zustimmende Geste und bedeutete Francesco, fortzufahren. Unter keinen Umständen durfte er den Mann jetzt unterbrechen.

Wieder nahm der Friseur einen Schluck. »Ich habe sie in Ruhe gelassen und nicht weiter nachgegraben. Ich dachte, wenn sie bereit ist, wird sie mir schon von selbst erzählen, was los ist. Das hat sie irgendwann tatsächlich getan: Sie hatte sich verliebt!« Er gab ein murrendes Geräusch von sich. »Sie hat mir nie gesagt, um wen es sich handelt, sondern nur ständig betont, dass sie die Beziehung für eine Weile geheim halten muss – wegen seiner Kinder und wegen der Gesellschaft. Was sie mit den Kindern meinte, lag auf der Hand. Warum die Gesellschaft nichts wissen durfte, entzieht sich meiner Kenntnis. Ich habe sie nie danach gefragt. Auch das lernt ein Friseur: die spezielle Art, mit Menschen zu sprechen. Er hört sich ihre Geschichten an, darf aber nie krampfhaft versuchen, mehr zu erfahren. Das kommt nicht gut an.« Wieder zuckte er mit den Schultern und Nick überlegte, ob es sich bei diesem Zucken möglicherweise um einen Tick handelte.

»Kinder?«, hakte Nick nach.

»Susanne nannte sie immer seine bezaubernden Engel. Mehr kann ich Ihnen dazu nicht sagen. Nicht einmal, wie viele Kinder und wie alt sie waren. Ich weiß nur, dass sie ihnen Geschenke gekauft hat, ohne sie persönlich zu kennen. Offenbar eine verworrene Angelegenheit, bei der die Mutter dieser Kinder eine wesentliche Rolle gespielt hat; wohl eine hässliche Scheidungsgeschichte.«

»Sie erwähnten auch ihre Arbeit«, mischte sich Peter ein.

Verwundert zog Nick die Brauen hoch; auch diese Frage hatte auf seiner Liste gestanden. Es gefiel ihm, dass der Polizist die Initiative ergriff. So gewann das Gespräch an Dynamik.

»Ich nehme an, auch da erzähle ich Ihnen nichts Neues. Sie war Sekretärin bei der EVER AG in der Marketing-Abteilung. Details kann ich Ihnen keine geben, von Bürojobs habe ich keine Ahnung.« Er lachte auf und zuckte erneut mit den Schultern. »Mein Metier ist *das*!« Er berührte sein Haar.

»Fällt Ihnen sonst noch etwas ein?«, ergriff nun auch Monika das Wort.

Francesco kräuselte die Lippen. »Im Augenblick ... leider nein. Ich werde in Ruhe darüber nachdenken. Sollte ich mich an etwas von Bedeutung erinnern, melde ich mich.«

»Unbedingt, auch wenn Sie meinen, dass es unwichtig ist. Jede Kleinigkeit zählt. Rufen Sie mich an!« Nick zückte seine Visitenkarte und übergab sie dem Friseur. »Für unser Protokoll benötige ich noch Ihren vollen Namen und Ihre Adresse.« Nick erhob sich.

»Selbstverständlich! Ich heiße Franz Winkler. Soll ich Ihnen meine Adresse aufschreiben?«

»Ja, vielen Dank«, erwiderte Nick und wandte sich an Monika und Peter. »Wartet bitte auf Francescos Adresse. Ich habe noch etwas zu erledigen. Wir treffen uns nachher auf dem Revier.«

»Okay«, antwortete Peter und hob grüßend die Hand.

Nick grüßte auf dieselbe Weise zurück, verließ den Salon und lenkte seine Schritte in Richtung *Echtzeit*. Er hatte noch eine Rechnung zu begleichen.

9

Es hatte eben erst zu dämmern begonnen, als Nick seine Beine über den Bettrand schwang, sich genüsslich streckte und den Zustand der Ausgeruhtheit auskostete.

Er duschte länger und wärmer, als es seiner Gewohnheit entsprach, putzte sich währenddessen die Zähne und rasierte sich im Anschluss gemächlich. Ein Blick aus dem Fenster zeigte ihm, dass sich ein sonniger Herbsttag ankündigte. Er wählte einen schlammfarbenen Joop-Anzug aus festem Leinen und dazu ein schwarzes Hemd ohne Krawatte. Niemand konnte wissen, wie sich das Wetter entwickeln würde. Vielleicht war heute die letzte Gelegenheit für Leinen. Seine Haushälterin hatte wie immer darauf geachtet, dass keine unangebrachte Falte das Hemd verunzierte, der Anzug kam ohnehin frisch aus der Reinigung.

Obwohl ihn schon der Gedanke an den Geruch frischen Kaffees aufseufzen ließ, verzichtete er darauf; seine erste Tasse würde er im Büro trinken. Mit einem zufriedenen Seitenblick in den Garderobenspiegel verließ er seine Wohnung und machte sich auf den Weg zu seiner Arbeitsstätte. Da es noch früh am Morgen war und der Verkehr noch nicht voll eingesetzt hatte, erreichte er ohne Verzögerung das Bundeskriminalamt.

Natürlich war Sam bereits da. »Kaffee!«, rief Nick durch die halb geöffnete Tür ihres Zimmers.

In ihrem Drehsessel schwang sie zu ihm herum und erhob sich. »Es gibt ein Zauberwort mit zwei t«, zischte sie und setzte dabei ein breites Grinsen auf.

»Flo-t-t!« Er lachte, ging weiter und öffnete die Tür seines Arbeitsraums.

»Warum machst du dir deinen verfluchten Kaffee nicht selbst?«, schrie sie ihm nach.

Als Antwort knallte er seine Bürotür zu.

Jederzeit hätte er sich seinen Kaffee selbst zubereitet, doch in Wahrheit bestand Samantha darauf, ihm den Kaffee an den Schreibtisch zu bringen; selbstverständlich nicht, ohne zuvor je nach Gemütsverfassung mehr oder weniger raubeinig herumgemeckert zu haben.

»Hiobsbotschaft des Tages!«, schwadronierte Samantha, als sie kurz darauf sein Büro betrat. »Die Spurensucher haben bis jetzt nichts Verwertbares gefunden. Auch sind keine persönlichen Gegenstände wie Handy oder Handtasche aufgetaucht. Außerdem hast du nur knapp einen Anruf verpasst: ein gewisser Franz Winkler. Er bittet um dringenden Rückruf. Ich habe seine Nummer notiert.« Sie klebte das gelbe Post it vor Nick auf die Schreibtischplatte und stellte die Kaffeetasse genau daneben. »Er klang very nice, dieser Franz Winkler, allerdings ein bisschen zu jung für mich. Isn't he?«

Nick zog die Stirn in Falten. Franz Winkler? Franz Winkler? Einen Moment lang wusste er nicht, wo er den Namen einreihen sollte, dann machte es klick: Francesco, der Friseur! Sofort griff er zum Festnetzapparat und deutete mit seinem Kopf zur Tür. »Danke, Samantha.«

Sie blieb ungerührt stehen. »Hey! Ich meinte das ernst. Er klang wirklich nett. Wir haben sogar miteinander geflirtet. Ist er nun zu jung für mich?«

»Viel zu jung, Babe. Du würdest ihn in null Komma nichts verspeist haben – mit Haut und Haar.«

Samantha ließ ein lüsternes Kichern vernehmen. »Warte, bis du an der Reihe bist, Doktor!« Mit einer energischen Bewegung wandte sie sich um und marschierte in Richtung Tür.

»Ich warte schon seit Jahren«, rief Nick ihr nach.

Sie murrte und warf nun ihrerseits die Tür hinter sich ins Schloss.

Sofort wählte Nick die auf dem Post it notierte Mobilnummer.

Es läutete dreimal, bis sich eine flötende Stimme meldete: »Francesco!«

»Guten Morgen, Nick Stein. Sie wollten mich sprechen.« Nick sah den jungen Mann förmlich vor sich, wie er sich aufrichtete und seine Schultern straffte.

Francesco räusperte sich mehrmals. Als er endlich antwortete, war der übertriebene Singsang verschwunden und seinem angenehmen Männerton gewichen. »Herr Doktor Stein, danke für Ihren Rückruf. Ich wollte mich ja melden, wenn mir noch etwas einfällt ...«

»Ihnen ist also etwas eingefallen?!«

»Ich habe die ganze Nacht kein Auge zugetan und versucht, mir so viel wie möglich ins Gedächtnis zu rufen«, erwiderte der Friseur. Der Stolz in seiner Stimme war unüberhörbar.

»Erzählen Sie!«

»Ich erinnere mich an einen Namen!«, platzte Francesco heraus. Nach Nicks Aufforderung konnte er mit seiner Information keine Sekunde mehr hinter dem Berg halten. »Werner! Sie erwähnte den Namen Werner!«

»Sind Sie da ganz sicher? Erinnern Sie sich vielleicht auch an den Zusammenhang?«

Der Friseur musste sorgfältig nachgedacht haben, denn seine Antwort kam prompt. »Susanne erwähnte ihn nur ein einziges Mal, im Zusammenhang mit diesen Kindern, die ihr so am Herzen lagen.«

»Und es war ganz sicher der Name *Werner*?«, wiederholte Nick seine Frage.

»Ohne jeden Zweifel«, bestätigte Francesco mit fester Stimme.

Nick atmete tief durch. »Francesco … Herr Winkler, Sie haben mir sehr geholfen. Ich danke Ihnen.«

»Aber gern. Ich werde weiter nachdenken.«

»Tun Sie das. Wie gesagt, jede Kleinigkeit ist wichtig.«

Sie verabschiedeten sich voneinander und Nick steckte das Telefon wieder in die Basisstation.

Werner! War er also tatsächlich Susannes Liebhaber gewesen?! Einen Moment lang lehnte sich Nick in seinem Sessel zurück und rief sich den gemeinsamen Abend bei Daniel ins Gedächtnis. Trotz seines Alkoholkonsums konnte er sich noch genau an Werners Verhalten erinnern. »Verdammt. Werner, du Idiot!«, entfuhr es ihm.

Es war vorauszusehen gewesen, dass mehrere Mitglieder der Clique enger in den Fall verwickelt sein würden; zuerst Carl als Susannes Arzt, der sie gemeinsam mit Carina wahrscheinlich als Letzter lebend gesehen hatte, und nun Werner als ihr möglicher Liebhaber. Ob es wohl noch jemanden gab?

Nick ließ einige Sekunden verstreichen und drückte dann auf den Knopf der Gegensprechanlage. »Sam?«

»Yep«, ertönte ihre Stimme bleiern.

»Ich brauche bitte die Telefonnummer eines gewissen Werner Schneider. Er wohnt in Mödling oder Umkreis Mödling – nehme ich zumindest an. Beruf Steuerberater.«

Sein Lautsprecher blieb stumm, doch Nick wusste, dass Samantha bereits auf ihre Computertastatur hämmerte. In der Tat öffnete sich kurz darauf die Tür und sie stürmte in den Raum. Ein neues, diesmal großformatiges Post it fand einen Platz auf seinem Schreibtisch.

»Handynummer, Festnetznummer privat, Festnetznummer Büro; er hat sogar eine eigene Steuerberatungskanzlei in einem Bürogebäude im Industriezentrum Wiener Neudorf und wohnt, wie du vermutet hast, in Mödling. Die genauen Adressen stehen ebenfalls auf dem Zettel.«

Nick spitzte die Lippen zu einem Pfiff. »Sieh einer an! Eine eigene Kanzlei und gleich neben Susannes Arbeitsplatz, wie praktisch. Danke, du bist eine Perle.«

»Die Muschel ist zu bedauern«, entgegnete sie sachlich.

Dank eines wohlüberlegten Leitsystems fand sich Nick im Industriezentrum Wiener Neudorf zurecht und parkte, ohne sich ein einziges Mal verfahren zu haben, auf einem Gästeparkplatz vor dem Gebäude, in dem Werner sein Unternehmen eingemietet hatte. Eine junge, durchaus aparte Empfangsdame lächelte ihn freundlich an. »Wie kann ich Ihnen helfen?«

»Ich habe einen Termin in der Steuerberatungskanzlei Schneider«, erwiderte Nick nicht minder liebenswürdig.

»Bei wem, wenn ich fragen darf?«

»Bei Werner Schneider. Ich bin Doktor Nick Stein.«

Sie nickte, drückte eine Taste auf ihrem Telefon und sprach leise in den Hörer. Danach widmete sie Nick wieder ihre volle Aufmerksamkeit. »Die Kanzlei befindet sich im zweiten Stock auf der rechten Seite. Man erwartet Sie.« Dabei deutete sie auf die Aufzugstür vis-à-vis vom Empfang.

»Danke!« Zügig schritt Nick auf den Lift zu und betrat die Kabine.

Während er dem zweiten Stock entgegenfuhr, beschlich ihn ein ungewohnt mulmiges Gefühl. Er hatte im Laufe seiner Karriere unzählige unangenehme Verhöre geführt, doch noch nie mit einem Menschen aus seinem persönlichen Umfeld.

Der Aufzug hielt und Nick betrat den Gang. Kurz zögerte er und betrachtete das schlichte Plexiglasschild mit der Aufschrift *Steuerberatung Schneider*, dann griff er nach der Klinke und öffnete entschlossen die Kanzleitür.

Im Gegensatz zu dem nüchtern anmutenden Flur mit mausgrauem Boden und weißen, bilderlosen Wänden befand er sich nun in einem hellen, freundlichen Vorraum. Die Wände waren in einem zarten Hellgelb gehalten und mit Fotografien verschiedenster Blumenarten geschmückt; er erkannte Rosen, Tulpen, Flieder und Veilchen. Ein beigefarbener Teppich bedeckte den Boden, der Empfangstresen war aus weiß gestrichenem Holz, darauf prangte eine gläserne Vase mit ebenfalls weißen Rosen.

»Susi mochte weiße Rosen«, durchbrach Werner die Stille.

Nick erschrak. Er war so verwundert über die Atmosphäre des Raums, dass er Werner, der im Schatten einer kleinen Garderobe stand, gar nicht bemerkt hatte. Unmerklich atmete er auf. Dass Werner gleich mit seinem ersten Satz die Karten auf den Tisch legte, erleichterte seine Arbeit ungemein.

»Ich habe dich erwartet«, bemerkte Werner hintergründig. »Gehen wir in mein Büro.«

Schweigend folgte Nick dem Freund aus seiner Jugendzeit.

Nachdem beide Männer Platz genommen hatten, blickten sie sich abwägend an. Jeglicher Schalk war aus Werners Augen gewichen und hier, im Licht der durch das Fenster steil einfallenden Sonne, wirkten seine Züge kraftlos und ausgezehrt.

Noch bevor Nick etwas sagen konnte, begann Werner zu sprechen: »Ich hatte wirklich vor, dich anzurufen …« Er seufzte. »Wozu um den heißen Brei herumreden? Die Wahrheit ist, dass ich von meiner Ex-Frau noch nicht geschieden bin. Wenn sie die Sache mit Susi mitbekommt, würde sich das Scheidungsverfahren noch unschöner gestalten als ohnehin schon. Ich will nicht mein ganzes Geld verlieren, verstehst du, Nick?«

»Weißt du eigentlich, in welche missliche Lage du dich damit gebracht hast?« Mit einer fahrigen Bewegung fuhr sich Nick durchs Haar. Die Naivität, mit der viele sonst durchwegs überlegt handelnde Menschen bisweilen agierten, verblüffte ihn immer wieder aufs Neue. Hatte Werner wahrhaftig gedacht, seine Affäre würde nie ans Tageslicht kommen?

»Bin ich verdächtig?«

»Als Lover des Opfers stehst du in jedem Fall auf der Liste. Durch das Verschweigen deiner Affäre hast du dir allerdings unangefochten Platz eins erobert.«

Verlegen senkte Werner die Augenlider und knetete nervös seine Daumen. »Du musst wissen: Ich habe Susanne wirklich gemocht. Ist dir das Flair des Empfangsraums aufgefallen? Das war *sie*! Du hast sie nie richtig kennengelernt, Nick, alles an ihr war warm und freundlich. Sogar an meine Kinder hat sie gedacht und ihnen hübsche Geschenke besorgt. Sie war ein guter Mensch, verdammt noch mal, ein ausgesprochen guter ... und gepeinigter Mensch.«

»Was meinst du mit gepeinigt?«, fiel Nick dem Freund ins Wort und setzte im Geist einen endgültigen Haken unter die Frage, was Susannes Einkäufe in dem Kindergeschäft zu bedeuten hatten.

»Ich weiß nicht, womit ich beginnen soll, Nick. Sie empfand sich als zu dick und zu hässlich. Ihren Job fand sie minderwertig und sie war überzeugt davon, dass sich alle über sie lustig machten. Was glaubst du, warum sie diese widerlichen Operationen über sich ergehen ließ?! Gebracht hat es im Endeffekt nur wenig, denn sie ist trotz allem die Alte geblieben. Und dann die Lügen ihre Arbeit betreffend ...« Er stockte und unterstrich seine Worte mit einer abschätzigen Geste.

»Du meinst das, was sie im Bekanntenkreis erzählt hat?«, erkundigte sich Nick beiläufig.

Werner nickte, erwiderte jedoch nichts, sondern sah eine Weile lang gedankenverloren aus dem Fenster. Schließlich richtete er den Blick wieder auf Nick. »Weißt du, wie wir zusammengekommen sind?« Eine rein rhetorische Frage, auf die er keine Antwort erwartete; übergangslos setzte er fort: »Die Ehefrau von Susannes Chef ist Inhaberin einer kleinen Eventagentur, für die meine Kanzlei die Buchhaltung macht. Immer wieder hat sie mich zu ihren Veranstaltungen eingeladen und einmal bin ich dann tatsächlich zu so einem Fest gegangen. Der Mann meiner Kundin war auch anwesend. Und einige seiner Mitarbeiter.« Er lachte bitter auf. »Du hättest Susi sehen sollen! Sie ist bei meinem Anblick fast in Ohnmacht gefallen. Und als ihr Chef sie als *seine* Sekretärin vorgestellt hat, war es mit ihrer Contenance völlig vorbei. Also habe ich sie kurzerhand zur Bar gebracht und ihr klargemacht, dass ihr Geheimnis bei mir gut aufgehoben ist. Wir haben miteinander geredet, getrunken ... und sind später bei ihr zu Hause gelandet ... Das war der Anfang.«

Nick wartete einige Atemzüge ab, bis er mit gedämpfter Stimme antwortete: »Du musst ihr mit deiner Zuneigung sehr geholfen haben.« Er dachte an die Worte des Friseurs, wie glücklich sie in den letzten Monaten gewirkt hatte.

Werner hob abwehrend die Arme. »So war es nicht. Das heißt: Natürlich habe ich ihr geholfen, sie hatte in mir endlich jemanden gefunden, bei dem sie uneingeschränkt sie selbst sein konnte. Doch in Wahrheit war *sie* es, die *mir* geholfen hat!«

»Inwiefern?«

»Ich will dir nichts vorspielen, du kennst mich seit meiner Jugend. Und neulich bei Daniel habe ich mein Privatleben ohnehin kurz umrissen.« Er setzte eine leidvolle Miene auf. »Ich habe noch jede Beziehung in den Sand gesetzt. Eine neue Freundin, eine neue Frau, noch ein Kind, eine neue Geliebte – und irgendwann das Ganze von vorn; ein immerwährender Kreislauf. Mir war nie bewusst, dass ich ein Leben lang bloß einer einzigen Sache hinterhergehetzt bin: den Frauen. Aber nicht aus Liebe oder wegen ihrer Schönheit, es ging immer nur um die Eroberung. Verstehst du? Die Eroberung! Erst mit Susis Hilfe habe ich begriffen, wie kaputt ich eigentlich bin.« Werners trauriger Gesichtsausdruck verschwand. »Und so ganz nebenbei, Nick: Der Sex war eine Sensation.«

»Du hast sie also geliebt?!«

»Das ist das Kuriose! Ich kann deine Frage nicht eindeutig mit Ja beantworten. Ich fühlte mich entspannt und sicher bei ihr und habe jede Minute in ihrer Gegenwart uneingeschränkt genossen. Aber Liebe …?«

»Das klingt so, als hättest du sie ausgenutzt. Sie muss dich doch über alles geliebt haben.«

Werner gab einen rauen Laut von sich. »Du hast keine Ahnung! Susi und ich waren Lebenslügner, das machte uns zu Gleichgesinnten. Wir lebten in einer Scheinwelt, jeder für sich in seinem kleinen Lügenreich. Das ist mitunter schwer zu ertragen. Wenn du aber jemanden hast, bei dem du nicht schauspielern musst, ist alles ein wenig leichter.« Auf seiner Stirn hatte sich eine steile Falte gebildet. »Und zum Thema Liebe und deinen großspurigen Worten, ich hätte Susanne ausgenutzt, lieber Nick, kann ich dir sagen, dass Susis verirrtes Herz einem ganz anderen Traum hinterherjagte.«

»Und welchem Traum?« Geflissentlich überhörte Nick den unterschwelligen Spott und gab weiterhin den gelassenen Gesprächspartner vor.

»Du weißt das wirklich nicht?«, erwiderte Werner.

Nicks Sinne arbeiteten auf Hochtouren. Sein alter Freund wechselte langsam die Rolle: vom ertappten Missetäter zum überlegenen Geheimnisträger. Er schüttelte den Kopf.

»Du!«, platzte Werner heraus. Seine Mundwinkel zuckten.

Einen Moment lang erstarrte Nick. Er fixierte Werners Gesicht, das einen triumphalen Ausdruck angenommen hatte, und versuchte, seine Fassung wiederzufinden. Berufsbedingt wusste er seine wahren Gefühle hinter vielen Masken zu verbergen, doch das kleine Wörtchen »du« schaffte das Unmögliche: Er zeigte offen seine Verblüffung. Endlich brachte er ein lang gezogenes »I-i-ich?« hervor.

»Da staunst du, was! Seit unserer Schulzeit ist sie in dich verliebt gewesen. Das heißt: Damals in der Schule war es die Schwärmerei eines dicken Mädchens, das sich für ihre Träume den smartesten Jungen ausgesucht hatte; aber da verrate ich dir kein Geheimnis.« Er winkte ab. »Später ist diese Verliebtheit zu einer heimlichen Leidenschaft geworden. Sie hat gekämpft, die Sehnsucht nach dir abgewehrt. Trotzdem ist das Verlangen immer wieder zurückgekehrt.« Sein Mund verzog sich zu einem verkrampften Grinsen. »Susis unerfüllte Liebe zu Nicki. Was sagst du nun – *Mister Profiler*? So nannten sie dich doch einmal in der Zeitung, oder?«

Nick schnaubte. Der Rollenwechsel vom Ermittler zum moralischen Täter traf ihn völlig unerwartet; er war perplex. Das Bedürfnis, sich zu rechtfertigen, überflutete ihn und nur mit Mühe konnte er diesem Drang widerstehen. Er atmete tief durch, schluckte den harten Brocken hinunter und ballte seine Hände zu Fäusten. Der Zeitpunkt war gekommen, Werner von seinem hohen Ross herunterzuholen. »Ich muss wissen, wo du am Abend von Susannes Ermordung gewesen bist.«

»Welche Uhrzeit?« Noch immer schwang eine gewisse Überlegenheit in Werners Stimme mit.

Nick zog die Brauen hoch. »Ich meine den gesamten Abend.«

»Ich nehme an, es hilft mir nicht viel, wenn ich dir versichere, dass ich nichts mit Susis Tod zu tun habe?« Werner ächzte. – Der Reiter lag am Boden.

»Ganz genau.«

»Okay … ich war mit einer Frau zusammen. Sie kam gegen neunzehn Uhr und ging zwischen drei und vier Uhr morgens.«

»Wie heißt sie?«

»Es war …« Werner stockte. »Tina kann dir alles bestätigen. Aber bitte lass ihren Mann und meine Exfrau aus dem Spiel, wenn es irgendwie möglich ist.«

Zum zweiten Mal im Verlauf des Gesprächs klappte Nick im wahrsten Sinn des Wortes die Kinnlade hinunter. »Tina?«

»Was willst du hören! Tina ist eine verdammt erotische Frau. Sie war schon immer ein geiles Miststück und wird auch immer eines bleiben. Einfallsreich und unkompliziert – welcher Mann kann da widerstehen?« Unwillkürlich glitt seine Zungenspitze über die Unterlippe.

Nick erschauderte und presste die Hände zusammen. Am liebsten hätte er Werner ins Gesicht geschlagen. Im gleichen Moment spürte er das Vibrieren seines Handys. Er hob den Zeigefinger und griff in seine Sakkotasche. »Entschuldige …«

Das Display zeigte die Buchstaben RM RH: RM für Rechtsmedizin und RH für Robert Hofer. Nick drückte auf *Annahme*, hielt das Gerät ans Ohr und meldete sich mit einem knappen »Ja«. Er lauschte, dann antwortete er in gedämpftem Ton: »Ich bin sofort bei dir. Bis gleich.«

Es kostete ihn einiges an Anstrengung, eine neutrale Miene aufzusetzen. Werners Aussage bezüglich Tina entsprach der Wahrheit, nichtsdestoweniger empfand er die Worte als taktlos und völlig fehl am Platz. »Ich muss unser Gespräch leider unterbrechen, Werner. Wir sind aber noch lange nicht fertig!«

Werner senkte den Kopf und deutete ein Nicken an. »Ich weiß.«

Verhalten verabschiedeten sie sich voneinander.

Nick erwartete bereits den Fahrstuhl, als Werner ihm hinterhereilte. »Bitte vergiss nicht, Tina ist verheiratet und ich habe eine Scheidung vor mir.«

»Du hast es erwähnt. Wenn es nicht unbedingt erforderlich ist, wird niemand davon erfahren.« Er fuhr sich mit dem Handrücken über den Mund und meinte plötzlich, noch eine leise Spur von Tinas Parfum auf seiner Haut zu riechen.

10

Der Anruf Robert Hofers war Nick gerade recht gekommen. Es hätte keinen besseren Anlass gegeben, das Gespräch mit Werner unverzüglich abzubrechen. Werner hatte eine abgründige Seite von sich offenbart, doch war dies nicht der Grund für seine regelrechte Flucht gewesen. Im Laufe der Zeit hatte er einiges erlebt und war innerlich abgehärtet. Wie sollte er aber damit umgehen, dass Susanne Rippel ihn geliebt hatte?

»Schluss mit dem Gejammer«, ermahnte er sich. Er durfte nicht zulassen, dass Gefühle seine Arbeit bestimmten. Nicht er stand im Mittelpunkt, sondern der Fall.

Nach allem, was er bisher in Erfahrung gebracht hatte, musste Susanne unter massiven psychischen Problemen gelitten haben. Als Psychologe wusste er natürlich, dass diese Entwicklung ohne ärztliche Hilfe kaum aufzuhalten gewesen wäre. Dennoch: Er hatte seinen Teil dazu beigetragen.

Rippel – Trippel – Trappel – Kugelrund. Rippel – Trippel – Trappel – Kugelrund.

Der metallische Klang der automatischen Doppeltür und der typische Geruch nach Desinfektionsmitteln ließen ihn in die Realität zurückkehren. Kaum hatte er seinen Fuß auf den Gang der Rechtsmedizin gesetzt, als Robert Hofer schon auf ihn zueilte: »Komm in mein Büro! Es gibt Neuigkeiten.«

Nick folgte ihm. Sie nahmen an einem kleinen Tisch Platz und Robert schlug einen schwarzen Aktenordner auf. »Nun trudeln endlich die ersten stichhaltigen Ergebnisse ein. Der toxikologische Befund ist überaus interessant.« Zufrieden strich er sich über das Kinn und deutete auf ein Schriftstück. »Sieh dir das an!«

Nick beugte sich über das Datenblatt. Sofort blieb sein Blick an dem Wort 4-Hydroxybutansäure hängen. »GHB?« Er kräuselte die Lippen und pfiff.

»Wir hatten großes Glück, dass deine Lady – entschuldige: das Opfer – so schnell entdeckt wurde. Das Zeitfenster ist nämlich sehr eingeschränkt, um GHB feststellen zu können; im Blut etwa sechs Stunden und doppelt so lange im Urin. Danach hätten wir nur noch Kohlendioxid und Wasser gefunden.«

Geflissentlich überhörte Nick die Spitze mit der Lady und fragte: »Kann es sein, dass ihr das GHB als Teil des Medikamentencocktails für die Sedierung verabreicht wurde? Ich meine, es kommt doch bei bestimmten Krankheiten und mitunter auch als Narkotikum zum Einsatz?!«

»Bei bestimmten Krankheiten … genau, seit einigen Jahren zum Beispiel bei Narkolepsie, das ist –«

»Danke, ich weiß, was die Schlafkrankheit ist«, fuhr Nick dazwischen.

Der Rechtsmediziner sprach ungerührt weiter: »Wenn sie Medikamente bekommen hätte, stünde das in ihrer Krankenakte. Und bei Standardnarkosen oder Analgosedierungen kommen andere Substanzen zum Einsatz.«

»Wenn sie das GHB nicht im Zuge der Anästhesie bekommen hat, muss sie es unter Berücksichtigung des Zeitfaktors unmittelbar vor oder knapp nach ihrer Botox-Behandlung erhalten haben.«

»Sie muss es nicht unbedingt erhalten haben, Nick.«

»Du hast recht, GHB hat in den letzten Jahren nicht nur als K.o.-Tropfen traurige Berühmtheit in den Polizeiberichten erlangt. Auch als Stimulanzdroge kommt es immer häufiger zum Einsatz. Verdammt vielseitiges Zeug!«

Robert Hofer zog die Mundwinkel nach unten. »Ich hätte es zwar anders formuliert, aber: ja. Je nachdem, wie viel man davon einnimmt, wirkt es stimulierend oder einschläfernd. Schade, dass wir nicht feststellen können, warum es in ihren Körper gelangt ist.«

»Das heißt: Weil wir weder wissen, wann sie es genommen hat, noch, wie viel sie genommen hat, ist es nicht –«

Der Rechtsmediziner unterbrach ihn. »Vergiss derartige Überlegungen gleich wieder, ich habe nur laut gedacht. Eine wirklich fundierte Aussage ließe sich in diesem Fall ohnehin nicht treffen, gerade bei einer Substanz wie GHB. Jeder Körper baut Stoffe unterschiedlich schnell ab – wie bei Alkohol: der eine schneller, der andere langsamer. Und sogar bei einer Person kommt es auf den Allgemeinzustand und auf die Uhrzeit an. Aber zumindest hätten wir eine Tendenz herauslesen können. Genommen oder bekommen, das ist hier die Frage.«

»Und es ist zu hundert Prozent auszuschließen, dass sie das GHB während der Sedierung erhalten hat?«, wiederholte Nick seinen ursprünglichen Gedankengang. Den letzten Satz des Rechtsmediziners wollte er trotz dessen erwartungsvoller Miene nicht kommentieren.

»Ich habe die entsprechende Fachliteratur zurate gezogen. 4-Hydroxybutansäure kommt vor allem bei Risikofällen zum Einsatz. Bei einer Analgosedierung wird es definitiv nicht verwendet. Allerdings muss ich anmerken, dass ich kein Anästhesist bin.«

»Ich nehme an, genauso steht es in deinem Bericht.«

Robert Hofer setzte ein breites Grinsen auf und zwinkerte. »Selbstverständlich. Du kennst mich doch.«

Nick deutete auf das Blatt Papier. »Sonstige Auffälligkeiten?«

»Nachweise von Analgetika und Sedativa, die von der Analgosedierung stammen. Es wurden die üblichen Medikamente herangezogen. Die Dosierung lag im Normbereich.« Er legte Nick eine weitere Analyse vor. »Das Opfer war sexuell äußerst aktiv, was unzählige Mikroverletzungen am Scheidengewölbe beweisen. Hinweise auf eine Vergewaltigung liegen keine vor. Es fanden sich keine fremden Substanzen wie Sperma in ihrer Vagina oder im Rektum – auch nicht im Mageninhalt … Sperma, meine ich.«

Nick fuhr sich über die Augen und stützte den Kopf auf beide Arme. Noch immer beherrschte Werners unerwartete Mitteilung von Susannes Liebe zu ihm seine Gedanken, vor allem wenn Susannes Sexualleben ins Spiel kam. Er musste achtgeben, sonst würde die Angelegenheit noch zu seinem persönlichen Damoklesschwert ausarten. Das war das Letzte, was er bei einer so heiklen Ermittlung gebrauchen konnte. Kaum merklich schüttelte er sich und seufzte. »Ich werde noch einmal Doktor Wallenberg, den Hautarzt, befragen und danach einen Termin bei einem Anästhesisten vereinbaren. Unabhängig davon, was Wallenberg sagt, möchte ich mir eine neutrale Fachmeinung anhören.«

»Soll ich an der Universitätsklinik etwas ausmachen? Ich begleite dich selbsredend.«

»Nein danke. Ich agiere immer gern vor Ort. Wenn das nicht befriedigend verläuft, komme ich auf dein Angebot zurück«, wehrte Nick ab. In seltenen Momenten konnte Robert Hofer wirklich nett und kooperativ sein. Schade, dass es nie lange dauerte, bis wieder der aufgeblasene Wichtigtuer zum Vorschein kam.

Neben der Erklärung, die Nick dem Rechtsmediziner geliefert hatte und die durchaus den Tatsachen entsprach, gab es einen weiteren wichtigen Grund, warum er sich lieber an die Ärzte eines normalen Krankenhauses wandte: Die Universitätseinrichtungen waren solche Fälle gewöhnt. Sie agierten professionell und kompetent, würden jedoch nie mehr als die notwendigen Informationen preisgeben. Meist war sogar jemand mit einer entsprechenden rhetorischen Ausbildung eigens dafür zuständig. Ärzte außerhalb eines solchen geschlossenen Systems waren zwar weniger routiniert, bewiesen aber zumeist nicht nur ein größeres persönliches Engagement, sondern zeigten sich auch bereit, die jeweilige Thematik direkter und offener zu erörtern.

Da es nichts weiter zu besprechen gab, folgte die obligatorische Minute betretenen Schweigens, dann verabschiedeten sich die beiden Männer voneinander. An der Türschwelle wandte sich Nick nochmals um und deutete ein Winken an. Robert Hofer tippte mit dem Zeigefinger gegen seine Stirn und präsentierte zu Nicks Erstaunen ein freundliches Lächeln.

Kaum hatte sich die automatische Tür hinter Nick geschlossen, als er sein Handy zückte und die Kurzwahltaste eins betätigte. Samantha meldete sich mit einem knappen »Hi«.

»Sam! Erledige bitte Folgendes: Erstens brauche ich einen neuen Termin bei Doktor Wallenberg. Informiere auch Peter Westernschmidt und Monika Schwinsky vom Mödlinger Revier. Ich will sie bei dieser Besprechung dabeihaben. Zweitens: Vereinbare einen Termin mit der Anästhesie-Abteilung des Krankenhauses Mödling. Keine bestimmte Person, für den Anfang möchte ich mit einem x-beliebigen Facharzt für Anästhesiologie sprechen.«

»Okay. Ich habe übrigens eine Nachricht, die dich besonders freuen wird.«

»Was?«, fragte er skeptisch. Der schadenfrohe Unterton war ihm nicht entgangen.

»Nimm dir für morgen Abend nichts vor, Boss. Du hast gemeinsam mit deinen Kollegen aus der Provinz eine Einladung zum Abendessen beim Bürgermeister von Mödling. Du darfst eine Begleitung mitnehmen.« Die Schadenfreude war nun offenkundig.

»Beim Bürgermeister von Mödling? Oh nein!« Er stöhnte auf, zischte noch einige unflätige Worte ins Telefon und legte dann grußlos auf. Kurz entschlossen suchte er nach Isabellas Namen in der Anruferliste. Es war erstaunlich, wie rasch ein Mensch auf einer Liste nach unten rutschen konnte. Endlich hatte er sie gefunden und drückte auf das Anruf-Symbol.

Sie klang reserviert. »Nick, welche Überraschung! Ich dachte schon, du hättest mich vergessen.«

»Es tut mir aufrichtig leid, dass ich gerade so in Zeitnot bin. Das bringt mein Beruf eben mit sich … er ist ein Bestandteil meines Lebens, den ich nicht ändern kann.« – *Und den ich auch nicht zu ändern gedenke,* fügte er in Gedanken hinzu.

»Du musst dich nicht rechtfertigen. Es geht mich auch gar nichts an. Was kann ich für dich tun?« Ihre Stimme hatte wieder einen warmen und weichen Klang angenommen.

Warum läuteten trotzdem seine Alarmglocken? Vielleicht lag es an den beiden vermeintlich harmlosen Sätzen »Es geht mich nichts an« und »Was kann ich für dich tun«. Spontan beschloss er, den ersten Satz geflissentlich zu überhören, dafür umso gefühlsbetonter auf den zweiten einzugehen. »Was du für mich tun kannst? Nach einem langen, anstrengenden Arbeitstag einfach für mich da sein. Was sagst du dazu?«

Isabella schwieg. Schließlich flüsterte sie so leise, dass er sie nur mit Mühe verstand: »Komm zu mir!«

»Punkt zwanzig Uhr stehe ich vor deiner Tür.«

»Wehe, du kommst zu spät!«, konterte sie kokett.

»Ich werde so pünktlich sein wie die Atomuhr.« Ihr rasanter Stimmungswechsel irritierte ihn. Dessen ungeachtet hielt er an seinem Plan fest. »Und … wenn du morgen Abend noch nichts vorhast, würde ich dich gern zu einem Abendessen beim Bürgermeister von Mödling mitnehmen. Ich bin eingeladen und muss hin.«

»Du *musst* …?«

»Ich kann dir nichts verheimlichen! Der Abend wird möglicherweise schrecklich. Es gibt aber jemanden, der ihn – für mich – erträglich machen könnte, und das bist du!«

Isabella kicherte mädchenhaft. »Wenn dem so ist, werde ich dir natürlich zur Seite stehen.«

11

Sofort wusste Samantha, dass mit Nick etwas nicht stimmte. Sie war zwar eine resolute, ungenierte Person, nichtsdestoweniger steckte in ihr ein feinsinniger und mitfühlender Kern, der sich allerdings nur Menschen erschloss, die sie sehr gut kannten. Wortlos knallte sie ihm eine heiße Tasse Kaffee auf den Schreibtisch und setzte sich neben ihn. »Okay, Babe, erzähl!«

Nick verzog den Mund zu einem gequälten Lächeln. »Du bist ein wahres Goldstück, aber ich will nicht darüber sprechen. Sag mir lieber, welche Termine heute anstehen.« Dabei drückte er ihr einen Kuss auf die Wange.

»Das weißt du ganz genau! Ich habe dich per SMS informiert. Um zwölf Uhr bist du mit den Kollegen vom Mödlinger Revier bei Doktor Wallenberg und um fünfzehn Uhr hast du einen Termin im Krankenhaus Mödling in der Anästhesieabteilung bei einer Frau Doktor Luisa Feres.« Sie hatte den Tonfall eines Roboters angenommen. Als Nick nicht reagierte, wurde ihre Stimme wieder normal – und fordernd. »Nun erzähl schon! Los! Das hilft, glaub mir.«

Einen Moment lang war er gewillt, sich alles, was ihn belastete, von der Seele zu reden, doch dann besann er sich eines Besseren. Zwar gab es in seinem Leben keine andere Vertrauensperson als Samantha, doch durfte er nicht außer Acht lassen, dass sie auch seine Mitarbeiterin war, eine Angestellte des Bundeskriminalamts. Er konnte nicht verlangen, dass sie seine Geheimnisse auch in ferner Zukunft für sich bewahrte. Niemand sollte über seine wilde Vergangenheit mit all dem gedankenlosen Sex und dem vielen Alkohol Bescheid wissen.

Zumal es den arroganten Jüngling von damals schon lange nicht mehr gab; sehr wohl aber sein daraus resultierendes aktuelles Dilemma mit Susanne Rippels Liebe zu ihm, die er als Element des Falls offiziell machen musste. Zumindest diesen Teil seiner Sorgen konnte er sich von der Seele reden. Mit einem tiefen Seufzer hob er die Arme in die Höhe. »Der gestrige Tag war das reinste Desaster. Du ahnst nicht, –«

»Ich frage mich, wie lange ich noch warten muss, bis du mir endlich sagst, was dich bedrückt«, unterbrach sie ihn nach außen unwirsch.

Sam war wirklich ein Goldstück. Am liebsten hätte Nick sie umarmt. »Würdest du dein Hinterteil von diesem Sessel heben und zur Tür hinausspazieren, könnte ich endlich einen Bericht mit folgendem Highlight diktieren: Das Opfer war seit seiner Schulzeit heimlich in Nick Stein verliebt – krankhaft verliebt, versteht sich.« Er nahm einen Schluck Kaffee und fuhr einer spontanen Eingebung folgend fort: »Zudem stellt die neue Dame an meiner Seite plötzlich völlig überzogene Forderungen. Sie meint, ich hätte zu wenig Zeit für sie. Ihrer Meinung nach müsste ich sie und meinen Job besser unter einen Hut bekommen. Dementsprechend hat sich mein gestriges Rendezvous mit der *schönen Bella* ausgesprochen disharmonisch entwickelt, weshalb ich heute Abend allein zu diesem Bürgermeisteressen gehen darf. Genügt dir das?«

Samantha pfiff durch ihre Zähne. »Beabsichtigst du, den Fall abzugeben? Ich meine natürlich wegen der persönlichen Beziehung zum Opfer und nicht wegen der neuen Lady.« Sie zwinkerte vielsagend.

Nick schüttelte energisch den Kopf. »Auf keinen Fall. Ich komme damit zurecht. Außerdem verschafft es mir einen Vorteil, den ich zu nutzen gedenke.«

»Und Isabella?«

»Ich kenne sie kaum, sie gefällt mir … gefiel mir … gefällt mir. Ich weiß auch nicht. Wir hatten einen ausgezeichneten Start, zumindest aus meiner Sicht. Gestern Abend traf mich allerdings wieder einmal die ernüchternde Erkenntnis, dass ich für das Spiel zwischen Mann und Frau definitiv nicht geschaffen bin.«

»Du wolltest Sex und sie wollte reden?«

»So ähnlich.«

»Haben deine mysteriösen Alarmglocken nicht geläutet?« Der Sarkasmus war nur gespielt. Samantha wusste sehr gut, dass Nicks Alarmglocken nichts anderes als ein außerordentliches Gespür waren, wenn es darum ging, bestimmte Situationen richtig einzuschätzen und hinter das Verhalten von Menschen zu blicken.

»Wie zwanzig Kirchenglocken im Chor! Ich wollte bloß nicht hinhören.«

Anstelle einer Antwort ließ Samantha ein Brummen vernehmen. Sie hatte eine ganze Reihe von Lauten auf Lager und jedem einzelnen kam eine bestimmte Bedeutung zu.

Nick ließ sich in seinem Sessel zurückfallen. »Warum wollt ihr Frauen immer alles sofort, auf der Stelle? Kann man das Leben nicht einfach genießen und abwarten, wie sich die Dinge entwickeln? Die Zeit arbeiten lassen?«

»So etwas nennt man Verliebtheit! Was das betrifft, herrscht in deinen Beziehungen stets ein gewisses Ungleichgewicht. Sie sind verliebt in dich, du bist an ihnen im besten Fall interessiert. Wart's ab, my buddy, irgendwann erwischt es auch dich. Dann wirst du die Stunden zählen, bis du die Angebetete wieder in deine Arme schließen darfst.«

»Ich fürchte, das wirst du bei mir nie erleben.« Wieder trank er einen Schluck Kaffee. »Was mich am meisten stört, ist die Tatsache, dass ich heute Abend solo zu diesem Dinner gehen muss. Willst du mich nicht begleiten?«

»Oh, never ever! Forget it.«

»So leicht würde ich mich auch gern aus der Affäre ziehen!« Nick lachte auf. »Und jetzt ab mit dir, damit ich meinen Bericht diktieren kann.«

Samantha erhob sich und klopfte ihm kräftig auf die Schulter. »Auch du wirst dich noch verlieben, Nick Stein. Und wenn es so weit ist, werde ich auf deinem blutenden Herz Slowfox tanzen.«

»Bis das geschieht, siehst du die Radieschen längst von unten.«

»Dann komme ich eben als Geist.« Sie musste einfach das letzte Wort haben.

Schweigend betraten sie, angeführt von Monika, das Polizeirevier und machten es sich im Aufenthaltsraum mit der Espressomaschine bequem. Während Monika das Gerät in Schwung brachte, öffnete Peter den Kühlschrank und entnahm ihm eine Plastikpackung mit zwei Tramezzini sowie einen Johgurt. »Es ist vierzehn Uhr und ich habe Hunger«, rechtfertigte er sich mit einem Schulterzucken.

Nick ersparte sich einen Kommentar und kam gleich zur Sache: »Was für einen Eindruck habt ihr von Doktor Wallenberg?«

Peter überlegte nicht lang. »Höflich, akkurat, …«

»… und auffallend darauf bedacht, eure Freundschaft nicht in den Vordergrund zu stellen«, vollendete Monika.

»Genau!«, fügte Peter hinzu. »Als wollte er sagen: Das ist deine Arbeit, das musst du tun und ich verstehe das.«

»Habt ihr jedes Wort für bare Münze genommen, als er uns den Ablauf des Eingriffs bei Susanne Rippel beschrieben hat?«, erkundigte sich Nick.

»Ich denke, dass er die Wahrheit gesagt hat«, antwortete Monika prompt.

»Und du, Peter?«

»Prinzipiell gebe ich Monika recht. Aber irgendetwas an seinem Verhalten hat mich gestört. Ich weiß nur nicht, was.«

»Gut beobachtet. Was du nicht einordnen konntest, war sogenannte versteckte Nervosität. Seine Hände etwa: Habt ihr gesehen, wie er krampfhaft versuchte, sie offen und entspannt auf dem Tisch liegen zu lassen? Sein Unterbewusstsein hat ihm aber einen Streich gespielt und ihn gezwungen, immer wieder seine Nase anzufassen.«

»Was bedeutet das?«, fragte Monika.

Nick hob den Zeigefinger. »Unsicherheit, Verlegenheit! Manche Experten gehen so weit und meinen, dass diese Geste ein Gefühl von ›ich bin ertappt‹ kennzeichnet und damit unterschwellig das Signal Lüge sendet. Diese Meinung teile ich grundsätzlich nicht. Es müssen schon mehrere Komponenten darauf schließen lassen, dass jemand die Unwahrheit sagt.«

»Hat er sich nun von uns ertappt gefühlt oder nicht?«, wollte Monika wissen.

»So eindeutig lässt sich das nicht sagen. Die Beurteilung der Körpersprache ist keine exakte Wissenschaft; eins und eins ergeben nur in der Mathematik zwei. Nervosität bedeutet noch lange nicht, dass jemand tatsächlich etwas zu verbergen hat.« Nick zwinkerte ihr zu, wurde aber sofort wieder ernst. »Trotzdem sollten wir im Hinterkopf behalten, dass er sich auffällig verhalten hat. Während des gesamten Gesprächs schaffte er es nicht, ruhig dazusitzen, und seine Nase hat er genau elf Mal angefasst. Ich meine, er hatte das Gefühl, dass wir etwas entdecken könnten, das er lieber verborgen wissen wollte. Dabei kann es sich ebenso um eine Enthüllung unseren Fall betreffend handeln wie um etwas, das ihn beispielsweise als schlechten Arzt ausweist. Vor allem dürfte ihm die Dämmerschlafnarkose Sorgen bereiten.« Nick hob die Hände. »Alles Weitere wäre reine Spekulation und könnte uns auf eine falsche Fährte führen. Was, wenn seine Gebärden nur auf reine Existenzangst zurückzuführen waren?«

»Eine heikle Angelegenheit«, warf Peter ein.

»Genau. Hat sich eine Idee erst einmal manifestiert, wird man sie nicht mehr so schnell los. Man muss zwar immer über die blanken Fakten hinausdenken und dementsprechend agieren, darf sich jedoch nie ablenken lassen.«

»Ich werde es mir zu Herzen nehmen«, stellte Monika feierlich fest, Peter nickte zustimmend.

Zufrieden lehnte Nick sich zurück. Die beiden hatten ihn offenbar verstanden. Er warf einen Blick auf die Uhr und wechselte das Thema. »Ich habe jetzt einen Termin im Krankenhaus Mödling, um neutrale Informationen zum Thema Anästhesie einzuholen. Für euch habe ich inzwischen eine Aufgabe.«

»Schieß los!«, antwortete Peter gespannt.

Nick ließ sich nicht zweimal bitten. »Ihr beide stattet dem Arbeitsplatz des Opfers einen Besuch ab. Und zwar unangemeldet.« Er schmunzelte. »Ursprünglich hatte ich vor, diese Befragung selbst durchzuführen, aber ich denke, dass eine alternative Vorgehensweise durchaus interessante Ergebnisse liefern könnte. Ich möchte den Überraschungseffekt nutzen.«

»Was meinst du damit?«, erkundigte sich Monika.

»Eine angekündigte Befragung mit einem freundlichen Mann im Anzug mit Krawatte vom Bundeskriminalamt, auf die man sich vorbereiten kann, ist eine Sache, der unerwartete Besuch zweier streng blickender, uniformierter Beamter eine ganz andere. Seid korrekt und bestimmend und achtet bitte auf jede Kleinigkeit. Ich möchte keinen weiteren Crashkurs in Sachen Körpersprache halten. Prägt euch einfach ein, was ihr bei den einzelnen Personen empfindet.«

»Auch heute Abend beim Bürgermeister?«, entgegnete Peter mit einem vielsagenden Grinsen.

Nick stöhnte auf. »Das hatte ich ganz verdrängt! Kennt ihr den Bürgermeister?«

»Flüchtig, offensichtlich lässt er nichts unversucht, den Fall auf seine Art voranzutreiben. Ein rascher Abschluss steht ganz oben auf seiner Liste. Du wirst sehen, Nick, für den zählt nur sein tolles Schönberg-Projekt«, ereiferte sich Peter.

»Kommt ihr allein oder zu zweit?«, fragte Monika.

»Ich komme allein«, beeilte sich Peter zu antworten.

»Ich ebenfalls.«

Der Neubau des Krankenhauses Mödling war in vollem Gang. Einen Teil des alten Gebäudekomplexes hatte man bereits abgerissen; der verbliebene Bereich rief in Nick alte Erinnerungen wach. Er war kein ausgesprochen wilder Junge gewesen, doch hatte die eine oder andere kleine Verletzung seinerzeit auch ihn an der Hand seiner Mutter hergeführt.

Der Portier, ein höflicher, etwa fünfzigjähriger Mann, lotste ihn bereitwillig und mit ausschweifenden Gesten zur Anästhesieabteilung. Auf dem Weg dorthin begegnete Nick nur wenigen Menschen: ein paar ernst aussehenden Gestalten in Straßenkleidung, Besucher wahrscheinlich, einem Pfleger, der in aller Ruhe ein leeres Bett den Gang entlangschob, sowie einer Gruppe jüngerer Frauen in weißen Arbeitsmänteln.

An seinem Ziel angekommen, klopfte er. Es vergingen drei oder vier Sekunden, bis die Tür schwungvoll geöffnet wurde. Was er daraufhin zu sehen bekam, verschlug ihm beinahe die Sprache. Vor ihm stand eine hochgewachsene, schlanke Frau. Ihr rotes, lockiges Haar war zu einem Pferdeschwanz gebunden. Einige gekringelte Strähnen hatten sich gelöst und umrahmten ihr ovales Gesicht mit der hellen sommersprossigen Haut. Nick schätzte sie auf etwa sein Alter, dennoch wirkte sie so frisch und jung wie eine Rosenknospe.

Ihre Stimme hörte sich angenehm und ein wenig rauchig an. »Herr Doktor Stein?«

»Ja. Ich habe einen Termin bei Frau Doktor Feres.«

»Sie steht vor Ihnen. Treten Sie ein.« Sie vollführte eine einladende Handbewegung. Die Geste fiel ungemein graziös aus.

Nick betrat den kleinen Raum und nahm auf einem einfachen Holzsessel Platz. Sie setzte sich auf die andere Seite des Schreibtischs. »Was kann ich für Sie tun?«

»Ich bin Sonderermittler des Bundeskriminalamts Wien. Im Zuge einer aktuellen Ermittlung benötige ich einige Informationen zum Thema Anästhesie.« Gern wäre er salopper an die Sache herangegangen, doch hatte er nicht mit dieser Frau gerechnet. Wäre er jetzt in eine unkonventionelle Ausdrucksweise verfallen, hätte er sich zweifelsfrei verraten. Er kannte sich gut genug. Eine unsichtbare Schutzmauer war in solch einem Fall unerlässlich.

Mit wenigen Worten machte Doktor Feres seinen Plan jedoch zunichte und riss den Wall nieder, als bestünde er aus Seidenpapier. »Ich muss gestehen, Sie sind kein Unbekannter für mich. Ich freue mich, Sie persönlich kennenzulernen. Darf ich davon ausgehen, dass Ihre Fragen etwas mit dem schrecklichen Mord hier in Mödling zu tun haben? Da Sie unsere Anästhesieabteilung aufsuchen, gehe ich davon aus, dass Sie auch in unserer Gegend ermitteln.«

Die mangelnde Scheu sowie ihre offene Begeisterung über seinen Besuch verblüfften Nick und machten sie noch sympathischer. Diese Frau war nicht nur hübsch und verfügte über eine auffallende Grazie, sie war darüber hinaus geradlinig und augenscheinlich mit einem wachen Geist ausgestattet.

»Sie haben mich um meine Einleitung gebracht!«, erwiderte Nick charmant und ermahnte sich, Abstand zu wahren. Mit ernster Miene schob er ihr einen dünnen Aktenordner zu. »In der Tat handelt es sich um den Fall Susanne Rippel. Kurz vor ihrem Tod unterzog sie sich einer Analgosedierung für einen kosmetischen Eingriff. Laut unserem Rechtsmediziner sind in diesem Zusammenhang keine Auffälligkeiten festzustellen. Sie können das selbst in den Unterlagen nachprüfen.« Er öffnete den Aktendeckel und zeigte auf dem ersten Blatt auf eine gelb markierte Stelle. »Was mich interessiert, steht hier.«

Luisa Feres, die ihn die ganze Zeit über aufmerksam beobachtet hatte, konzentrierte sich nun auf das Schriftstück. Plötzlich zog sie ihre Augenbrauen hoch. Nick bemerkte, dass sich die linke dabei kaum bewegte. Erst jetzt fiel ihm eine kleine Narbe auf, die das Haar der Braue unterbrach. Er schluckte. Wie kam es, dass eine im Grunde völlig reizlose Geste dermaßen anziehend auf ihn wirkte?

Mechanisch fuhr sie sich durchs Haar und schaffte es, die meisten dem Zopf entflohenen Strähnen aus ihrem Gesicht zu streichen. »4-Hydroxybutansäure! Wissen Sie, wie und vor allem warum das in den Organismus der Frau gelangt ist?«

Nick schüttelte den Kopf. »Der Arzt, der die Analgosedierung durchgeführt hat, bestreitet vehement, diese Substanz eingesetzt zu haben.«

»Davon sollten Sie auch nicht ausgehen. Es wäre schlicht und ergreifend das falsche Mittel gewesen.«

»In speziellen Fällen kommt es aber zum Einsatz?« Obwohl er die Antwort bereits kannte, wartete er gespannt auf ihre Reaktion. Seine Fragen orientierten sich an dem Prinzip, einerseits Rückbestätigungen, andererseits weiterführende Informationen zu erhalten. Dank Luisa Feres funktionierte seine Vorgehensweise hervorragend.

»Ganz recht, etwa bei Risikopatienten oder in der Geburtsanästhesie und bei Kaiserschnitten. Bei einer Dämmerschlafnarkose hat es allerdings definitiv nichts zu suchen.«

»Was halten Sie von der Möglichkeit, dass sie betäubt worden sein könnte?«

Sie schob die Unterlippe nach vorn. »In Anbetracht der Umstände wäre das eine naheliegende Erklärung. Erst unlängst habe ich einen Bericht über diese Thematik gelesen. 4-Hydroxybutansäure rangiert mittlerweile ganz oben auf der Beliebtheitsskala von Vergewaltigern. Der salzige, seifige Geschmack lässt sich leicht mit gängigen Drinks überdecken, die Wirkung tritt schnell ein und die Erinnerungen des Opfers sind später lückenhaft bis gar nicht vorhanden. Außerdem wird es vom Körper innerhalb eines Tages komplett abgebaut, sodass ein Nachweis nicht mehr möglich ist.«

»Ja, der Rechtsmediziner war begeistert, dass wir das Opfer so rasch entdeckt haben. Einige Stunden später wäre dieser wichtige Hinweis verloren gewesen.«

»Haben Sie auch in Betracht gezogen, dass Susanne Rippel es freiwillig eingenommen hat? Unter dem klangvollen Namen Liquid Ecstasy gilt es immerhin als beliebte Partydroge. Wobei es, nebenbei bemerkt, mit dem echten Ecstasy nichts gemein hat.«

»Oh ja, auch das wurde berücksichtigt. Mein Hauptproblem ist die Tatsache, dass ich zum jetzigen Zeitpunkt keine Variante guten Gewissens ausschließen kann. Ich hatte gehofft, Sie würden mir womöglich einen Hinweis geben, der mich der Lösung zumindest einen kleinen Schritt näherbringt.«

Ohne zu antworten, griff sie nach dem Befund und betrachtete ihn noch einmal eingehend. Schließlich legte sie das Schriftstück zurück und hob den Kopf. »Wie Ihr Rechtsmediziner völlig korrekt feststellte, entsprechen die Rückstände der Sedativa und Analgetika der Norm. Ich betone nochmals, dass der Arzt, der die Dämmerschlafnarkose durchgeführt hat, keinen Grund hatte, 4-Hydroxybutansäure einzusetzen; nicht einmal dann, wenn es sich um den Mörder handelt. Wie diese Aufzeichnungen eindeutig beweisen, war Susanne Rippel ohnehin betäubt.« Nachdenklich drehte sie eine Locke, die wieder aus dem Zopf geschlüpft war, um ihren Zeigefinger. »Vielleicht kann ich Ihnen aber tatsächlich ein wenig weiterhelfen … Fragen Sie diesen Arzt, ob ihm am Verhalten seiner Patientin etwas aufgefallen ist, sowohl im Wachzustand als auch im Schlaf. In geringer Dosis wirkt 4-Hydroxybutansäure euphorisierend und stimulierend, vor allem sexuell, die Hemmschwelle sinkt und selbst hartnäckige Ängste verschwinden. All das kann das Verhalten eines Menschen auffallend verändern. Außerdem …«, sie legte eine Pause ein und zeigte ein unwiderstehliches Lächeln, »besteht die Möglichkeit, dass sich die Reaktion des Körpers auf eine Narkose verändert.«

Nicks Hals versteifte sich. »Wollen Sie damit sagen, dass es Probleme oder zumindest Unstimmigkeiten während der Analgosedierung gegeben haben könnte?«

»Eventuell. Die zeitgleiche Einnahme von Substanzen, die nicht zusammengehören, kann die Wirkung verändern. Ich betone: kann, nicht muss.«

Einen Moment lang sah Nick die Ärztin versonnen an, dann zog er langsam die Akte zu sich und schloss den Deckel. Obwohl er eigentlich noch gern geblieben wäre, um sich mit ihr weiter zu unterhalten, hielt es ihn keine zehn Sekunden länger auf seinem Stuhl. So rasch wie möglich wollte er in Ruhe über ihre Ausführungen nachdenken und seine nächsten Schritte planen. »Ich danke Ihnen. Sie haben mir sehr geholfen; mehr, als Sie ahnen.«

Sie streckte ihm ihre Hand über den Tisch entgegen. »Wenn das wirklich der Fall ist, freut es mich.«

Nick erhob sich. An der Tür drehte er sich, einer plötzlichen Eingebung folgend, um. »Womöglich sehen wir uns ja einmal wieder?«

Als Antwort schenkte sie ihm ein warmes Lächeln.

12

Nick trug einen eleganten dunkelblauen Anzug mit weißem Hemd und ebenso dunkelblauer Krawatte. Sein Haar war aus der Stirn geföhnt, der maskuline Duft eines Versace-Parfums hüllte ihn ein. Wenn es um sein Outfit ging, machte ihm niemand etwas vor.

Er parkte direkt vor dem Haus des Bürgermeisters. Hinter ihm hielt ein weißer Golf. Die Fahrertür des Wagens sprang auf und zwei lange Beine in hochhackigen Schuhen kamen zum Vorschein. Überrascht riss Nick die Augen auf; er kannte Monika bislang nur in Polizeiuniform. Sie trug ein schnörkelloses schwarzes Kleid mit einem kurzen Jäckchen, das ihre schlanken Hüften betonte. Raffiniert aufgetragenes Make-up unterstrich ihre markanten Gesichtszüge.

Während Nick noch ganz in die Betrachtung der jungen Polizistin versunken war, hielt in zweiter Spur ein Taxi, dem – um einiges weniger effektvoll – Peter Westernschmidt entstieg. »Mein Auto ist in der Inspektion«, rief er den beiden erklärend zu.

Gemeinsam stiegen sie die imposante Treppe zum Eingang der Villa empor.

»Wie war euer Termin bei der EVER AG?«, erkundigte sich Nick.

Monika und Peter tauschten einen bedeutungsvollen Blick aus. Unübersehbar brannten sie darauf, ihr Wissen loszuwerden. »Äußerst aufschlussreich. Wir haben etwas entdeckt«, antwortete Monika.

»Eine richtige Bombe!«, fügte Peter begeistert hinzu, formte seine Hände zu einer Kugel und mimte eine Explosion. »Woff!«

»Kindskopf!« Monika grinste und rempelte Peter mit dem Ellbogen an.

»Da bin ich gespannt! Die Details müssen allerdings bis morgen warten. So etwas bespricht man nicht zwischen Tür und Angel«, dämpfte Nick ihren Enthusiasmus.

»Ich wünschte, es wäre schon vorbei«, stöhnte Monika und betätigte mit einem Seufzer die Klingel. Im Inneren des Hauses ertönte ein melodiöser Klang. Einen Augenblick später wurde die Tür geöffnet.

Eine überaus elegante Frau strahlte sie an. »Herzlich willkommen! Ich bin Elisabeth Frey. Bitte …« Sie machte einen Schritt zur Seite, hob die Arme und drehte ihre Handflächen einladend nach oben.

Im Gänsemarsch betraten sie einen großen Vorraum, der seiner Bewohnerin hinsichtlich Eleganz in nichts nachstand. Der Boden war mit beigefarbenem Marmor ausgelegt, die Wände weiß getüncht, surreale Ölbilder sorgten für farbliche Akzente. Auf einer Anrichte aus schwarzem Hochglanzlack stand eine breite Glasvase mit mindestens zwanzig roten Rosen.

»Herr Mayerhofer ist bereits zugegen. Er plaudert mit meinem Mann im Salon«, erklärte Elisabeth Frey und geleitete ihre Gäste in einen Raum, der offenbar eigens für Empfänge vorgesehen war; für ein Wohnzimmer mangelte es ihm trotz der einladenden Fauteuils, Stehlampen und gekonnt platzierten Keramikfiguren an persönlichem Flair.

Der Leiter des Polizeireviers stand in einem aus der Mode gekommenen Anzug neben einem großen schlanken Mann, der wie inszeniert am Kaminsims lehnte. Anzug, Hemd und Schuhe waren zweifellos maßgeschneidert.

Nick gesellte sich zu den Männern, während Monika und Peter dezent im Hintergrund blieben. Elisabeth Frey, ganz First Lady, eilte zwischen der Küche und den beiden Gruppen hin und her. Sie bot Aperitifs an, gab heitere Anekdoten zum Besten und animierte Monika und Peter dazu, ihr dezent anrüchige Geschichten aus dem Polizeidienst zu erzählen. Auf diese Weise sorgte sie nebenbei dafür, dass sich alle wohlfühlten. Mit Ausnahme von Monika, die ihre Nervosität trotz der rührigen Betreuung nicht verbergen konnte. Selbst nachdem sie sich zu Tisch begeben hatten, wanderte ihr Blick unstet umher. Natürlich war der umsichtigen Gastgeberin die Unsicherheit der jungen Polizistin nicht entgangen. Ohne Worte reichte sie Monika ein Glas Champagner.

Monika wehrte ab. »Oh nein, vielen Dank, Frau Bürgermeister, aber ich bin mit dem Auto hier. Ein Glas habe ich schon getrunken, mehr darf ich nicht.«

»Genehmigen Sie sich noch ein Gläschen! Es gibt Taxis … und wie ich sah, sind Doktor Stein und Ihr Chef auch mit dem Wagen hier; einer der beiden kann Sie sicherlich nach Hause bringen.« Prüfend blickte sie zuerst auf Franz Mayerhofer, dann blieben ihre Augen an Nick hängen. »Es erscheint mir angenehmer, vom Chefermittler als vom Chef chauffiert zu werden. Herr Doktor Stein? Darf ich Ihnen die Sicherheit meines charmanten jungen Gastes anvertrauen?«

»Es ist mir eine Ehre.« Nick verbeugte sich zuerst vor der Bürgermeisterin und danach vor Monika.

Unvermittelt schnappte sich Monika das Glas und nahm einen kräftigen Schluck. »Nun, dann darf ich mir so einen edlen Tropfen nicht entgehen lassen.«

Alle lachten und Monikas Befangenheit löste sich allmählich.

Das viergängige Menü war köstlich und die Unterhaltung verlief erstaunlich angenehm und kurzweilig. Elisabeth Frey bewies auch hier ihr Talent als Gastgeberin und ihre ungezwungene Wesensart lenkte das Gespräch in angemessene und für die Anwesenden willkommene Bahnen. Erst als alle mit der dreifarbigen Mousse fertig waren und der Kaffee serviert wurde, übernahm der Bürgermeister den Vorsitz.

»Herr Doktor Stein, Sie ahnen nicht, wie froh wir sind, dass Sie mit den Ermittlungen in diesem furchtbaren Fall betraut wurden. Ich denke, ich spreche im Namen der Mödlinger Bevölkerung, wenn ich sage: Helfen Sie uns und finden Sie den Verbrecher!«

In aller Ruhe zog Nick seine Stoffserviette vom Schoß herunter, legte sie auf den Tisch und richtete sich auf. Ein Spruch wie dieser war zu erwarten gewesen. Warum sonst saßen sie hier und ließen sich erlesen bewirten! Immerhin hatte Martin Frey seine kleine Ansprache erst nach dem Essen gehalten; gute Manieren konnte man ihm nicht abstreiten. »Wir setzen alles daran, Herr Frey, und arbeiten fieberhaft«, erwiderte er diplomatisch. Sätze dieser Art gehörten zu seinem Standardrepertoire und stellten eine adäquate Erwiderung auf die Aussage des Bürgermeisters dar – Gleiches mit Gleichem zu vergelten, war die Devise.

»Wie weit sind die Untersuchungen gediehen, wenn ich fragen darf?«, erkundigte sich Elisabeth Frey. Ihre Stimme war unvergleichlich sympathischer und angenehmer als die ihres Mannes.

»Es tut mir sehr leid, über die aktuellen Ermittlungsergebnisse darf ich keine Auskunft geben. So viel kann ich Ihnen allerdings sagen: Die Obduktion ist weitgehend abgeschlossen. Über das Vorleben des Opfers wissen wir schon sehr viel. Auch gibt es erste Spuren«, wich Nick elegant aus.

Martin Frey räusperte sich. »Ich möchte ganz offen zu Ihnen sprechen, Herr Doktor Stein. Ich habe den Gemeinderat bewusst nicht zu unserem Treffen eingeladen. Im kleinen internen Kreis spricht es sich besser. Die Stadt Mödling erlebt mit der Schönberg-Reihe einen kulturellen Aufschwung, wie wir ihn nie zu träumen gewagt hätten.« Er machte eine kurze Pause und trank einen Schluck Kaffee. »In Kürze findet das letzte Festival im heurigen Jahr statt. Wir sind ausverkauft, es finden sogar zwei Zusatzkonzerte statt. Zahlreiche Prominenz und viele einflussreiche Personen aus dem In- und Ausland haben sich angekündigt. Was ich Ihnen jetzt sage, wird in Ihren Ohren ignorant und angesichts der Tragödie kaltblütig klingen, ist jedoch die blanke Wahrheit: Wir können es uns nicht leisten, dass dieser Mord alles andere in den Schatten stellt oder überhaupt gefährdet.«

Nick hatte den Bürgermeister während seiner kleinen Ansprache genau beobachtet. Nun senkte er den Kopf, um sein Erstaunen zu verbergen. Er hatte mit den verschlungenen, kryptischen Floskeln eines Politikers gerechnet, mit einer Reihe versteckter Andeutungen und wohldosierter Drohungen, doch niemals mit solch direkten Worten. Das Verhalten des Mannes gefiel ihm. Spontan entschloss er sich, ebenso unumwunden zu antworten. »Herr Frey, ich verstehe Ihre Sorgen und Bedenken sehr gut, kann und werde aber nicht anders verfahren, als es ein Fall wie dieser erfordert.«

»Was ist mit den Medien?«, warf Elisabeth Frey ein.

»Aus heutiger Sicht werden die Medien von uns nicht gezielt eingebunden, weil es für die Aufklärung des Falls nicht von Vorteil wäre. Das heißt, außer der normalen Berichterstattung, auf die wir nur geringen Einfluss haben, sind im Augenblick keine besonderen Aktionen geplant.«

»Ich danke Ihnen für Ihre offenen Worte.« Der Bürgermeister blickte Nick fest in die Augen. »Einen Wunsch müssen Sie mir allerdings erfüllen: Wenn Sie in der Angelegenheit weiterkommen und die Ermittlungen es zulassen, dann – bitte – informieren Sie mich, *Nick*.«

»Das verspreche ich Ihnen gern, *Martin.* Und noch etwas kann ich für Sie tun: Sollte von unserer Seite eine geplante Meldung an die Medien gehen, werde ich Sie darüber zeitgerecht in Kenntnis setzen. So haben Sie zumindest einen kleinen Vorsprung.« Nun waren sie also beim Vornamen angelangt. Ein schlauer Mann, der Bürgermeister, musste Nick neidlos zugeben.

»Hervorragend!«, rief Elisabeth Frey beschwingt und bedeutete damit das Ende des offiziellen Gesprächs, das ohnehin kaum mehr als zehn Minuten gedauert hatte. »Da nun alles Notwendige erörtert wurde, können wir wieder zum gemütlichen Teil des Abends übergehen. Monika, noch ein Gläschen?« Wie selbstverständlich hatte sie den intimeren Ton ihres Mannes angenommen. Mit einer formvollendeten Bewegung zog sie die Champagnerflasche aus dem Kühler und schenkte nach.

Tatsächlich verlief der weitere Abend ohne Anspielungen auf Politik, den Mordfall oder sonstige Themen, die die gute Stimmung beeinträchtigt hätten.

Erst nach Mitternacht verabschiedeten sie sich von ihren Gastgebern. Monika, die dem Champagner reichlich zugesprochen hatte, schwang sich temperamentvoll auf den Beifahrersitz von Nicks Range Rover.

»Wo darf ich dich hinbringen, Monika?«

»Ich wohne in Wiener Neudorf am Reisenbauerring. Kennst du dich in dieser Gegend aus?«

»Ich finde hin«, erwiderte Nick einsilbig und stellte den Hebel der Schaltung auf *Drive.*

Eine Weile lang saßen sie stumm nebeneinander; schließlich brach Monika das Schweigen. »Habe ich mich sehr peinlich verhalten?«

»Meinst du den Anfang oder das Ende?« Er schmunzelte.

Lachend warf Monika den Kopf in den Nacken. »Den Anfang natürlich!«

Nick blickte starr auf die Straße. »Du warst bloß ein wenig nervös ... bei dieser Gesellschaft durchaus nachvollziehbar. Du bist wirklich eine toughe Frau und hast den Abend hervorragend gemeistert.«

»Du musst mich nicht trösten, ich komme gut mit meinem Verhalten zurecht; aber danke für die toughe Frau.«

»Hm.« Obwohl er sich nicht zur Seite drehte, sah er aus dem Augenwinkel, wie sie sich auf dem Beifahrersitz unter dem Gurt rekelte. Er presste die Lippen fest aufeinander und spürte, wie ein Kribbeln seine Leisten entlangkroch. In Gedanken zählte er die Sekunden bis zum Reisenbauerring. Zum Glück war kaum Verkehr und alle Ampeln standen auf Grün. Rasant bog er zu der Wohnhausanlage ab und stellte nach Monikas Anweisung den Wagen auf einem freien Schrägparkplatz ab. Erst jetzt wandte er sich ihr zu. »Ich wünsche dir eine gute Nacht. Morgen Vormittag besprechen wir die Ergebnisse eures Termins bei der EVER AG.«

Ohne zu antworten, griff sie nach dem Sicherheitsgurt und schnallte sich ab. Einen Moment lang schien sie unschlüssig, dann beugte sie sich schwungvoll zu ihm hinüber und drückte ihre Lippen auf seinen Mund; blitzschnell fuhr ihre Zunge dabei über seine Oberlippe.

Damit hatte Nick nicht gerechnet! Die Berührung traf ihn wie ein Blitzschlag, das leise Kribbeln in seiner Körpermitte explodierte. Er stöhnte auf. »Monika, nein, lass das.« Entschieden fasste er sie an den Schultern und drückte sie von sich weg, doch Monika dachte nicht daran, locker zu lassen. Zielgerichtet griff sie zwischen seine Beine.

Verdammt! Verdammt!, rief es in seinem Kopf. Leider kannte er sich viel zu gut. Wenn sie nicht sofort aufhörte, würde er sich nicht mehr lange bitten lassen. »Monika, nein«, wiederholte er beinahe flehentlich.

Sie lächelte ihn verschwörerisch an. »Denkst du etwa, dass ich jemandem davon erzähle? Keine Sorge, es bleibt unser kleines Geheimnis!«

Kurz schloss Nick die Augen. »Monika, darum geht es nicht. Wir arbeiten zusammen, da funktioniert so etwas nicht. Steig aus und wir vergessen das Ganze. Ich weiß, du hast zu viel Champagner getrunken.«

»Ich bin vielleicht ein wenig beschwipst, aber noch lange nicht betrunken. Ich weiß sehr wohl, was ich tue. Ich mag Sex, Nick, und ich mag ihn unkompliziert. Ich verliebe mich nicht in dich, ich möchte auch keine Beziehung. Das Einzige, was ich will, ist ein wenig Spaß mit Doktor Nick Stein.«

»In puncto Beziehungen ist mir allerdings etwas ganz anderes zu Ohren gekommen!«, wehrte er ab.

Monika gab einen dumpfen Lacher von sich und erwiderte hintergründig: »Ein kleines Risiko musst du schon eingehen.«

»Monika! Ich sag es zum letzten Mal: Steig aus!« Bestimmt riss er ihre Hand von seiner Hose.

Ein verschmitztes Grinsen überzog ihr Gesicht. Während sie mit der rechten Hand nach dem Türgriff fasste und damit den Anschein erweckte, aussteigen zu wollen, fuhr sie mit der linken wieder zwischen seine Beine. »*Er* sagt, dass ich bleiben soll.« Mit sanftem Druck begann sie, ihn zu massieren.

Was war nur mit diesen Frauen los? Zuerst Tina und nun Monika! Sie ignorierten seine Aufforderungen und taten so, als führte sein Penis ein kommunikatives Eigenleben.

»Lass dich endlich verführen!« Ihre Stimme klang heiser.

Sie hatte die richtigen Worte gewählt; sein Widerstand schwand. Ein Schauer lief über seinen Rücken und er wusste, dass er das Spiel verloren hatte. Am liebsten hätte er sie ohne viel Aufhebens auf den Rücksitz gezogen und wäre über sie hergefallen. Doch Monika hatte ihre eigenen Pläne.

»Schieb deinen Sitz so weit wie möglich zurück«, hauchte sie und spitzte die Lippen.

Eilends tat er, wie ihm geheißen, und Monika setzte eine zufriedene Miene auf. »Sehr gut!« Plötzlich hatte sie es nicht mehr eilig. Nahezu andächtig öffnete sie seine Hose, zog mit einer geübten Bewegung ihren Slip unter dem Kleid hervor und steckte ihn in ihre Tasche. »Jetzt kann es losgehen«, murmelte sie und schwang sich rittlings auf seine Oberschenkel. Langsam senkte sie ihren Körper.

Mit einem tiefen Seufzer krallte er seine Finger in die seidigen Bänder ihrer halterlosen Strümpfe.

13

»Hallo, Tina, hier ist Nick. Ich hoffe, ich störe dich nicht, aber ich muss dringend mit dir sprechen.«

Als Reaktion vernahm er als Erstes ein anzügliches Lachen, dann antwortete sie: »Du störst nie, Stoni. Ich *spreche* doch jederzeit gern mit dir. Was hältst du vom Hotel Babenbergerhof? Vielleicht bekommen wir sogar dasselbe Zimmer?« Die Süffisanz in ihrer Stimme war unüberhörbar.

Nick bemühte sich um einen unverfänglichen Tonfall und war froh, nicht vor ihr stehen zu müssen. Sein Anblick hätte ihn Lügen gestraft. Auch wenn der Geist dagegen ankämpfte, allein ihre Sprechweise löste körperliche Reaktionen bei ihm aus. Zudem hatte die gestrige Nacht mit Monika seine Sinne geschärft. Er riss sich zusammen. »Darum geht es nicht, Tina. Ich muss dich im Rahmen meiner Ermittlungen befragen.«

Augenblicklich änderte sich ihr Verhalten. »Ich stehe selbstverständlich zu deiner Verfügung.«

»Hast du heute Nachmittag Zeit? Gegen fünfzehn Uhr?«

»Geht es auch früher? Wir könnten gemeinsam zu Mittag essen.« Noch war sie nicht bereit, klein beizugeben.

»Leider … ich habe jetzt einen wichtigen Termin und muss hinterher nach Mödling zu einer Besprechung.«

Sie besann sich. »Okay, fünfzehn Uhr. Wenn du in Mödling bist, treffen wir uns bei Daniel?« Sie stockte. »Oder muss ich gar aufs Revier?«

Täuschte er sich oder schwang in ihren Worten ein Quäntchen Unsicherheit mit? Eine nervöse Frau, die das Gefühl hatte, etwas verbergen zu müssen, konnte er definitiv nicht brauchen. Er wollte eine entspannte Tina mit ihrer üblichen Selbstsicherheit interviewen. Nur so würde er sämtliche Details erfahren. »Du musst doch nicht aufs Revier! Das ist ja kein Verhör. *Echtzeit* ist perfekt, ich bin um fünfzehn Uhr zur Stelle.«

Das Handy noch in der Hand hob Nick den Arm und winkte Robert Hofer zu, der ihn breitbeinig im Flur erwartete.

»Endlich! Es gibt Neuigkeiten!«

Nick verkniff sich eine passende Bemerkung. Die Ungeduld des Rechtsmediziners war nichts Neues. Jedes Mal, wenn der Arzt eine wichtige Entdeckung machte, konnte er es kaum erwarten, sich seine Lorbeeren abzuholen. Nick war allzu gern bereit, ihm den Kranz zu überreichen, wenn er tatsächlich etwas Wichtiges gefunden hatte.

Auf Robert Hofers Schreibtisch lagen unzählige Fotos verstreut. Nick erkannte Aufnahmen diverser Vergrößerungen des menschlichen Halsbereichs. Dabei musste es sich wohl um den Hals Susanne Rippels handeln.

Der Rechtsmediziner suchte einige Bilder heraus und platzierte sie der Reihe nach vor Nick. »Was sagst du dazu?!« Aufgeregt tippte er mit dem Zeigefinger auf die Abbildungen.

»Ich kann nichts Auffälliges erkennen …« Nick ging auf das Spielchen des Arztes ein. Auch das war nicht neu. Robert Hofer stellte seine Fragen in einer Weise, die es ihm gestattete, auf Grund der höchstwahrscheinlich unbefriedigenden Antworten mit seinen eigenen Erkenntnissen zu glänzen.

Der Rechtsmediziner setzte eine zufriedene Miene auf und kräuselte die Lippen. »Du kannst dich sicher erinnern, dass ich mir die Würgemale am Hals noch einmal genauer ansehen wollte.« Es folgte eine bedeutungsvolle Pause. »Das habe ich getan.«

Nick reagierte gemäß dem Rollenspiel: »Natürlich kann ich mich erinnern. Was ist bei deiner Untersuchung herausgekommen? Ich bin neugierig.«

Wieder tippte Robert Hofer auf die Fotos. »Hier, diese kleine Stelle hat mich darauf gebracht. Mit dem freien Auge ist sie kaum zu erkennen, aber mit Spezialobjektiven und einer Kontrasterhöhung bei der Bildbearbeitung tritt sie klar hervor.«

Nick betrachtete das unauffällige, sichelförmige Mal auf der Haut, verglich es mit den Aufnahmen aus anderen Perspektiven und musterte auch diese eine Zeit lang. »Fingernägelabdrücke! Schwach, aber eindeutig.«

»Das ist noch nicht alles!«, tönte der Rechtsmediziner euphorisch. Das Gespräch verlief exakt nach seinem Geschmack. »Schau dir diese Stellen an!« Er klatschte zwei weitere Fotos auf den Tisch.

Nicks Augen weiteten sich. »Das gibt es nicht!« Die Komödie hatte nun ein Ende.

»Oh doch! Und es steht zweifelsfrei fest: Hier, bei diesen Spuren, fehlen die Fingernägelabdrücke.« Robert Hofer nickte siegesbewusst.

»Sie ist von zwei Personen gewürgt worden.« Nick fuhr sich über das Kinn.

Die Information überwältigte ihn; sie eröffnete völlig neue Perspektiven. Bislang war er von einem Einzeltäter ausgegangen. Zwei Mörder veränderten die gesamte Lage. Spontan formten sich in seinem Geist vertraute Bilder und Szenen, die sich immer dann einstellten, wenn die Spur warm wurde.

Auch dieses Gefühl hatte wie seine Alarmglocken nichts Magisches oder Geheimnisvolles an sich, es handelte sich schlicht um die impulsive Visualisierung der ersten logischen

Verdachtsmomente, der die Entwirrung der grundlegenden Zusammenhänge folgte. Das alles ging blitzschnell vonstatten. Innerhalb weniger Sekunden hatte Nicks Gehirn die Informationen interpretiert und wie Puzzleteile ineinandergefügt.

Der Rechtsmediziner registrierte nichts von all dem. »Ich habe noch etwas für dich«, sprach er ungerührt weiter und fischte einen Umschlag aus der Unordnung auf seinem Schreibtisch. »Es gibt bestimmte Hinweise auf eine Fesselung. Die Spuren sind allerdings nicht deutlich genug, um es hundertprozentig zu bestätigen. Die Verfärbungen könnten genauso gut von etwas anderem herrühren. Immerhin muss die Leiche transportiert und hinunter zum Bach gebracht worden sein. Da sind viele Verletzungen möglich, die auf eine vermeintliche Fesselung hindeuten.« Er öffnete den großformatigen Umschlag und legte vier neue Fotografien kurzerhand über die Halsbilder.

Nick studierte sie aufmerksam. »Wenn es sich tatsächlich um Spuren einer Fesselung handelt, deuten sie auf einen breiten Gegenstand hin – Bänder oder Schlaufen. Ketten und Seile hinterlassen ganz andere Muster.«

»Klebeband können wir ebenfalls ausschließen, der Kleber hätte Rückstände auf der Haut hinterlassen.«

»Zudem irritiert mich die Tatsache, dass sie sich auffallend unregelmäßig darstellen. Die Verfärbungen an den Handgelenken treten relativ deutlich hervor, an den Beinen sind sie aber sehr schwach. Ich weiß nicht …« Nachdenklich wiegte Nick den Kopf. »Die Fesseln müssten unterschiedlichen Druck auf die Körperstellen ausgeübt haben. Entweder, weil sie ungleich befestigt waren oder weil das Opfer versucht hat, die Hände freizubekommen.«

»Ich für meinen Teil habe noch keine befriedigende Erklärung gefunden.« Robert Hofer zuckte mit den Schultern.

»Kann ich sie mitnehmen?« Nick deutete mit dem Kinn auf den Bilderstapel.

»Das sind bereits die Kopien für dich.«

Einen Moment lang herrschte Schweigen. Nick griff nach den Fotos. »Die Erkenntnis mit den unterschiedlichen Würgemalen ist bahnbrechend. Ich danke dir.«

Robert Hofer setzte ein zufriedenes Lächeln auf und Nick wusste, dass er die richtigen Worte gewählt hatte. Den Kopf des Arztes zierte nun ein unsichtbarer Lorbeerkranz.

In Gedanken versunken trat Nick auf den Gang hinaus. Die Bilder, die ihm sein inneres Auge eben gezeigt hatte, beunruhigten ihn: zwei Personen, die eine mit sehr kurz geschnittenen Fingernägeln, die andere mit langen Nägeln. Ein Mann und eine Frau? Komplizen? Unter Umständen sogar ein echtes Killer-Pärchen?

Nick parkte direkt vor der Mödlinger Polizeistation und nahm die Stufen zum Eingang mit zwei weiten Schritten. Kaum hatte er den Eingangsbereich des Reviers durchquert, als Monika auf der Bildfläche erschien.

Die neuen Erkenntnisse hatten das Erlebnis mit ihr in eine dunkle Ecke seiner Erinnerung gerückt. Nun drängte es sich wieder in den Vordergrund und bestand auf seinem Recht. Jäh schossen ihm die Szenen der vergangenen Nacht durch den Kopf. So straight sie in ihrer Uniform vor ihm stand, so wild und ungestüm war sie noch vor wenigen Stunden zu Werke gegangen. Nacheinander hatte sie seine Männlichkeit in jede ihrer Körperöffnungen gesteckt; sie hatte daran gesaugt, gezogen und ihn zugeritten wie einen ungezähmten Hengst. Er konnte sich nicht entsinnen, jemals so unverblümt verführt und benutzt worden zu sein. Doch es hatte ihm gefallen, wie er zugeben musste. Sehr sogar. Allein beim Gedanken daran meldete sich seine Libido erneut und Monika machte es ihm mit ihrer Anwesenheit nicht leichter.

Sie lächelte ihn verschmitzt und keineswegs beschämt an und wandte sich dabei im Zeitlupentempo um, wobei sie ihr beeindruckendes Hinterteil, das er allzu gut kennengelernt hatte, verführerisch schwang. »Besprechungsraum«, raunte sie und bedeutete ihm mit dem Zeigefinger, ihr zu folgen.

Wortlos stakste er ihr steif hinterher.

Peter Westernschmidt erwartete sie bereits, was Nicks Lustpegel schlagartig auf ein erträgliches Maß absenkte. Der Polizist hatte auf dem Besprechungstisch einen Karton mit frischen Croissants postiert und drei Teller sowie Servietten verteilt, die zu einem Dreieck gefaltet akkurat rechts neben den Tellern lagen. »Frühstück?«, begrüßte er Monika und Nick. Dabei schnappte er sich ein Croissant und ließ sich auf einen Sessel fallen. Monika nickte eifrig und griff beherzt zu.

Nur Nick blickte zuerst prüfend in den offenen Karton. »Danke, später.« Die Croissants rochen verführerisch, doch so recht konnte er sich nicht entscheiden, eines zu essen. Ob sein Magen die unerwartete Nahrung begrüßen würde? Er setzte sich ebenfalls. »Erzählt mir von dem Termin bei der EVER AG. Gestern Abend habt ihr mir den Mund wässrig gemacht.«

Monika gab einen glucksenden Laut von sich. Verstohlen warf er ihr einen beschwörenden Blick zu, worauf sie rasch ihre Lider senkte. Endlich meinte er, einen Hauch von Röte auf ihrem Gesicht wahrzunehmen.

Peter schien von alledem nichts mitzubekommen und platzte begeistert heraus: »Wir sind über sie hergefallen wie ein Schneesturm im Hochsommer.«

Monika kicherte; der vermeintlich beschämte Gesichtsausdruck verwandelte sich in diebische Freude.

»Das heißt, genau genommen bist *du* über sie hergefallen«, korrigierte Peter und zwinkerte Monika zu. »*Ich* habe die Rolle des netten Polizisten übernommen.«

»Eine gute Wahl«, warf Nick ein.

»Zuallererst haben wir den Vorgesetzten von Susanne Rippel darüber in Kenntnis gesetzt, dass wir sämtliche anwesenden Kollegen des Opfers befragen wollen«, übernahm Monika.

»Was hat er dazu gesagt?«

»Er war über unser unangemeldetes Erscheinen zwar erstaunt, hat sich aber von Anfang an kooperativ gezeigt und uns ohne mit der Wimper zu zucken einen umfassenden Einblick in Susanne Rippels Arbeit und ihr Verhalten am Arbeitsplatz gegeben«, antwortete Peter. »Bekanntlich war sie als Sekretärin angestellt, was übrigens in dem Arbeitsvertrag, den er uns gezeigt hat, genauso vermerkt ist.«

»Ist er glaubwürdig?«

»Ein eindeutiges Ja«, lautete Peters prompte Antwort, die von Monika mit einem energischen Nicken bestätigt wurde.

»Was war danach? Lasst endlich die Bombe platzen«, trieb Nick das Gespräch voran. Er hatte Peters anschauliche Demonstration vor der Bürgermeister-Villa nicht vergessen.

Monika hob den Kopf. In ihren Augen blitzte es, sie wollte es unbedingt spannend machen. »Als Erstes haben wir uns die Frauen geschnappt. Die Gespräche verliefen mühelos, leider ohne besondere Ergebnisse. Die eine hatte mehr zu erzählen, die andere weniger. Die eine war nervös, die andere cool.«

»Insgesamt dürfte Susanne Rippel durchaus beliebt gewesen sein. Es fielen Worte wie nett, fleißig, hilfsbereit. Die negativste Aussage kam von der Kollegin, die vis-à-vis von ihr gesessen hatte. Wörtlich sagte sie: Ich fand sie immer ein bisschen eigenartig«, fasste Peter zusammen.

Monika beugte sich vor, ihre Augenbrauen zuckten vielsagend. »Dann kamen die Männer an die Reihe. Gleich drei haben sich auffällig verhalten!« Sie lachte auf. »Nachdem wir alle durch hatten, knöpften wir uns diese Herren nochmals vor, um zu sehen, ob sie sich in Widersprüche verstrickten.«

Peter klatschte in die Hände. »Zwei von ihnen haben gestanden, dass sie bei irgendwelchen Feierlichkeiten in der Vergangenheit Sex mit dem Opfer gehabt hatten. Und der Dritte – Achtung: Jetzt zündet die Bombe! – hatte ein aktives Verhältnis mit ihr!« Sein Zeigefinger und sein Mittelfinger klopften auf den Tisch und simulierten einen Trommelwirbel. »Das ist aber noch nicht alles! Wir haben es mit keiner normalen Affäre zu tun, sondern mit einer überaus pikanten Ménage à trois.«

»Und: Bombe geplatzt«, vollendete Monika und lehnte sich zurück.

Nicks Gehirn arbeitete auf Hochtouren. »Eine Dreiecksbeziehung in welcher Konstellation?«

»Der Kollege, dessen Frau und Susanne Rippel«, erklärte Peter.

»Dessen Frau!« Nick spitzte die Lippen und stieß einen Pfiff aus.

»Fritz Dunkel, so heißt der Kerl, und seine Frau dürften schrägen Gelüsten nachgehen. Wie er andeutete, besuchen die beiden Swingerklubs oder ähnliche Einrichtungen und unterhalten diverse sexuelle Beziehungen in den unterschiedlichsten Zusammensetzungen.« Peter schüttelte sich.

»Wisst ihr, wie lange die Beziehung schon bestand?«

»Nachdem er die Liebschaft gestanden hatte, war er mit Informationen sehr freigiebig. Das Verhältnis hat vor einem Jahr nach der Firmenweihnachtsfeier begonnen. Kurz darauf kam seine Frau hinzu.«

»Habt ihr nach dem Alibi gefragt?«

»Selbstverständlich. Herr Dunkel kam um achtzehn Uhr von der Arbeit nach Hause, seine Frau nur wenige Minuten später. Sie verbrachten einen gemeinsamen Fernsehabend und gingen gegen dreiundzwanzig Uhr zu Bett«, entgegnete Monika.

Nick senkte anerkennend den Kopf. »Gut gemacht! Gratuliere. Als nächsten Schritt nehme ich mir diesen Fritz Dunkel selbst vor. Mit seiner Frau müssen wir ebenfalls sprechen.« Bedächtig richtete er sich auf und legte seine Handflächen auf die Tischplatte. »Auch ich habe Neuigkeiten. Der Rechtsmediziner hat eine Entdeckung gemacht, die unsere Ermittlung in eine völlig neue Richtung lenkt. Haltet euch fest!«

Mit offenen Mündern lauschten Monika und Peter Nicks Bericht.

14

Nick ließ sein Auto beim Polizeirevier stehen und ging zu Fuß zum *Echtzeit living-room*. Tina, lässig an einen Barhocker gelehnt, erwartete ihn bereits und plauderte mit Daniel. Sie trug ein enges, dunkelblaues Kleid, Schuhe mit hohen Absätzen im selben Farbton und hautfarbene Strümpfe. Ihre Haare waren zu einem festen Knoten im Nacken zusammengefasst und die gebräunte Haut schimmerte golden.

Daniel hob die Hand und winkte, als er Nick erblickte. »Stoni! Und ich dachte, wir hätten dich schon wieder verloren!«

»Ich klebe wie ein lästiger Kaugummi an euren Schuhen«, entgegnete Nick doppeldeutig und umarmte seinen alten Freund. Tina küsste er auf die Wange.

Mit einem unwilligen Laut schlang sie ihren Arm um seinen Hals, zog ihn zu sich herab und presste ihre Lippen auf seinen Mund. »So begrüßen sich eine schöne Frau und ein interessanter Mann.«

Nick befreite sich aus der Zwangslage, indem er eine elegante Halbdrehung vollführte und das Thema wechselte. »Daniel, bringst du uns bitte zwei Kaffee und zwei Prosecco … Ich sitze mit Tina dort drüben.« Er deutete auf einen der abseits gelegenen Tische und manövrierte sie mit sanftem Druck dorthin.

Tina legte sofort los. »Worüber willst du mit mir sprechen? Seit ich deinen Anruf erhalten habe, hatte ich keine ruhige Minute mehr.«

»Ich habe mich mit Werner unterhalten …« Nick hielt inne und wartete, bis Daniel die Getränke abgestellt und sich wieder entfernt hatte. »Er sagt, dass du zur Zeit des Mordes mit ihm zusammen warst. Was bedeutet, dass du für die Tatzeit sein Alibi bist.«

Tinas Kopf ruckte hoch. Auf ihrem Gesicht zeigte sich anfangs ein ungläubiger, dann gehetzter Ausdruck und einen Moment lang hatte Nick das unumstößliche Gefühl, dass sie nahe daran war, aufzuspringen und davonzulaufen.

Nur mit Mühe gewann sie ihre Fassung wieder. »Dieser verdammte Arsch hätte mich zumindest anrufen können, um mir zu sagen, dass er dir alles erzählt hat«, entrüstete sie sich nicht sehr damenhaft und zuckte resigniert mit den Schultern. »Was willst du hören, Nick? Ich bin nun einmal, wie ich bin. Du kennst mich, seit wir Teenager sind. Ich liebe meinen Mann wirklich, das musst du mir glauben. Aber er ist mit seiner Arbeit verheiratet und hat kaum Zeit für mich. Damit habe ich mich abgefunden und mein Leben entsprechend eingerichtet.« Sie beugte sich über den Tisch und flüsterte: »Was unser Sexleben betrifft, liegt das Problem leider nicht am Zeitmangel allein …«

Nick hob die Hand und stoppte ihren Redeschwall. »Ich bin weder ein Moralwächter noch von der Sittenpolizei. Du musst mir dein Verhalten nicht erklären. Ich will nur Werners Alibi prüfen.«

»Ein Moralwächter bist du wahrlich nicht! Aber zu deiner Frage: Ja, Werner und ich waren zusammen. Ich kam am frühen Abend gegen neunzehn Uhr zu ihm und bin bis weit nach Mitternacht geblieben. Und bevor du misstrauisch wirst: Ich weiß das alles so genau, weil ich vor unserem Treffen darüber nachgedacht habe, wo ich an diesem Tag gewesen bin. Ich hatte so eine Ahnung, dass unser Gespräch mit Susanne zu tun haben würde.« Plötzlich schien ihr etwas einzufallen. In ihren Augen blitzte es verräterisch auf. »Hat dir das Arschloch eigentlich von seinem kleinen Liebesnest erzählt?«

»Werner? Nein, das hat er nicht.«

»Rache ist süß!« Leise pfiff sie durch ihre rot geschminkten Lippen. »Werner hat in einem Bürogebäude in Wien das Penthouse gemietet. Es läuft auf den Namen irgendeiner Firma, die er eigens dafür gegründet hat. Geld ist bei ihm ja kein Thema, auch wenn er immer jammert, dass er alles für seine Kinder und Exfrauen ausgeben muss.«

»Du kennst nicht zufällig die Adresse?«

»Süßer, ich kenne nicht nur die Adresse, ich habe auch einen Schlüssel und bin gewillt, ihn zu benutzen. Das heißt, wenn du mutig genug bist, dich mit mir in die Höhle des Löwen zu begeben.« Sie schnappte sich das Glas Prosecco und trank es in einem Zug leer. Zweifellos hatte sie den anfänglichen Schrecken überwunden und war wieder ganz die Alte.

»Mein Mut ist grenzenlos, Baby. Lass uns gehen«, antwortete Nick reflexartig. Am liebsten hätte er sich auf den Mund geschlagen, als er Tinas Blick erhaschte. Spontan wünschte er sich Peter als Aufpasser an seiner Seite.

Während der Fahrt sprachen sie kein Wort miteinander. Tina schien sich vollends auf den Verkehr zu konzentrieren und Nick nutzte die Gelegenheit, um am Beifahrersitz seinen Gedanken nachzuhängen.

Nachdem Tina die Autobahn beim Verteilerkreis Favoriten in südlicher Richtung verlassen hatte, bog sie zu den Wohnsiedlungen ab, manövrierte sicher durch die Gassen und parkte vor einem mehrstöckigen, verglasten Bürogebäude.

»Du kennst den Weg im Schlaf«, bemerkte Nick.

»In der Not frisst der Teufel auch Fliegen.« Sie lachte trocken auf. »Ach, vergiss den Teufel und die Fliegen. Werner ist in Ordnung, ich bin nur gerade stinkwütend auf ihn. Sonst hätte ich dich auch nicht hergebracht.« Von ihrer entwaffnenden Ehrlichkeit hatte Tina im Laufe der Jahre nichts eingebüßt.

»Niemand würde in diesem Haus ein Liebesnest vermuten«, stellte Nick sachlich fest, als er mit Tina die Treppe zum Foyer emporstieg. Sie passierten eine automatische Glastür und hielten vor dem Aufzug.

»Werner ist ein findiger Kerl. Wenn jemand jahrzehntelang seine Frauen betrügt und ein Doppelleben führt, muss er sich wohl geschickt anstellen.«

»Sprichst du aus eigener Erfahrung?«

»Wie ich schon sagte: Ich liebe meinen Mann. Daher passe ich verdammt gut auf, dass er nichts bemerkt.« In ihrer Stimme schwangen weder Groll noch Sarkasmus mit.

Schweigend betraten sie die Fahrstuhlkabine und Tina drückte den Knopf für das vierte Stockwerk. Als der Lift stoppte und die Aufzugstür zur Seite glitt, bot sich Nick ein unerwartetes Bild: Ein kahler, unbehaglicher Vorraum mündete auf beiden Seiten in einen offenbar im Kreis verlaufenden Gang. Mausgraue Filzteppichfliesen, weiße, grob strukturierte Wände, anthrazitfarbene Bürotüren – keine Bilder, keine Fotografien, keine Blumen, nichts, was einen freundlichen Eindruck vermittelt hätte.

»Das hier steht im krassen Gegensatz zu seinem Büro im Industriezentrum«, warf Nick erstaunt ein.

Tina zuckte mit den Schultern. »Dort war ich noch nie. Mein Mann hat einen anderen Steuerberater und ich brauche keinen.« Sie deutete auf den rechten Gang. »Diese Seite ist uninteressant. Hier hat Werner ein paar Büroräume eingerichtet. Ich habe ihn nie gefragt, ob er sie benutzt oder ob sie bloß zur Tarnung dienen. Es war mir immer egal. Hier lang, ab jetzt wird es wohnlich.« Sie bog nach links ab und öffnete eine Tür.

Das quadratische Zimmer maß etwa fünfundzwanzig Quadratmeter. Zwar war der graue Boden auch hier ausgelegt, doch hingen farbenfrohe Drucke von Gustav-Klimt-Gemälden an den Wänden und eine wuchtige, beigefarbene Sitzgarnitur beherrschte den Raum. Auf einem niedrigen Glastisch lagen Zeitschriften und auf einer weißen, schmucklosen Kommode standen ein Fernseher, ein DVD-Player und eine Xbox.

»Schon gemütlicher«, äußerte Nick.

Tina nahm ihn bei der Hand und zog ihn mit sich. »Es kommt noch besser!« Sie öffnete die nächste Tür. »Was sagst du dazu?«

Sofort richtete Nick sein Augenmerk auf das überdimensionale, den Raum beherrschende Doppelbett. Es war mit schwarzem Kunstleder überzogen und wirkte kitschig und stillos, wie die Kulisse einer billigen Pornofilmproduktion. Merkwürdigerweise strahlte es dennoch eine nicht unerhebliche Anziehungskraft aus. An einer Wand stand ein hoher, schmaler Metallschrank. Durch die gläserne Tür konnte Nick Vibratoren verschiedenster Größen und Formen erkennen, einen ganzen Berg von Kondomen, einige Plastiktuben sowie Glasfläschchen. Anhand der Etiketten identifizierte er sie vorrangig als Gleitcremes und Massageöle. Einige Bilder hingen an den Wänden und auf der dem Schrank gegenüberliegenden Seite befand sich ein Regal mit pornografischer Lektüre, wie die Titel allesamt verrieten. Nick setzte seinen Rundblick fort und hielt angesichts eines Objekts in der äußersten Ecke inne. Wie gebannt starrte er auf den Gegenstand, »Ein gynäkologischer Stuhl!«

Tina verzog den Mund zu einem breiten Grinsen, wobei sie makellose Zähne präsentierte. »Eine vielseitig einsetzbare Gerätschaft. Ich zeig's dir!« Mit wiegenden Schritten durchquerte sie den Raum und schob dabei ihr Kleid über die Oberschenkel, sodass Nick die breiten Abschlussbänder ihrer von spitzenbesetzten Strapsen gehaltenen Strümpfe sehen konnte. Sie blinzelte ihm kokett zu und drückte auf den Schalter einer neben dem Gynstuhl platzierten Stehlampe mit Schwenkarm. Helles

Licht flammte auf. »Starbeleuchtung! Damit dir nichts entgeht.« Sie kletterte auf den Stuhl und schob ihre Füße in die entsprechenden Vorrichtungen.

Geräuschvoll atmete Nick aus. Ihr blauer Slip hatte sich verschoben und gewährte ihm nicht mehr als eine andeutungsweise Sicht auf ihren intimsten Bereich. Er kannte ihren Körper, hatte er doch erst vor Kurzem jeden Quadratzentimeter neu entdeckt, doch diese vergleichsweise harmlose Zurschaustellung ließ ihn aufkeuchen wie einen Schuljungen und brachte ihn schier um den Verstand.

Im Zeitlupentempo setzte er sich in Bewegung und hob die Hand, bereit, sie zu berühren. Gerade noch rechtzeitig besann er sich, stoppte abrupt und ließ seinen Arm langsam wieder sinken. Seine Stimme klang tief und rau. »Ich kann nicht, Tina, ich darf nicht. Bitte, komm da wieder herunter. Und zwar sofort!«

Eine Weile sah sie ihn fragend an, schwang sich dann vom Stuhl und ordnete mit schnellen Handgriffen ihr Kleid. »Wenn das alles vorbei ist, entkommst du mir aber nicht mehr – Nick? Was ist los mit dir?« Sichtlich verwirrt griff sie nach seinem Arm, doch Nick achtete weder auf ihre Worte noch auf die Berührung. Wortlos schob er sie zur Seite und begann damit, den Stuhl konzentriert zu inspizieren.

»Was ist los?«, wiederholte sie voller Unbehagen.

»Ich sehe mir das hier an.« Gedankenversunken deutete er auf etwa fünf Zentimeter breite, braune Lederriemen mit Klettverschlüssen, die im Armbereich und an den Fußgestellen montiert waren. Dies war eine mögliche Erklärung für Susannes vermeintliche Fesselungsspuren! Hastig zog er sein Handy aus der Tasche und aktivierte die Kamera.

Während er fotografierte, zappelte Tina neben ihm wie ein Fisch an der Angel. Mit bebender Stimme wiederholte sie ständig: »Was ist los? Was soll das?«

»Darüber kann ich jetzt nicht sprechen. Gehen wir, ich habe genug gesehen.«

Verunsichert musterte sie ihn, unterließ es aber, weiterzubohren, und verließ mit zögerlichen Schritten hinter ihm den Raum.

15

Der Abendverkehr hatte bereits eingesetzt, als Nick auf der Südautobahn in Richtung Mödling fuhr. Bis zu dem Termin mit Fritz Dunkel, dem Arbeitskollegen von Susanne, waren es noch gut anderthalb Stunden. Den ganzen Tag hatte er im Büro verbracht und die Erkenntnisse des Vortags dem Gesamtbild hinzugefügt. Schritt für Schritt näherte er sich Susannes Mördern.

Ursprünglich hatte er vorgehabt, Carl anzurufen und einen kurzfristigen Termin zu vereinbaren. Da er jedoch nicht das Risiko eingehen wollte, auf einen anderen Tag vertröstet zu werden, hatte er beschlossen, unangemeldet in der Ordination zu erscheinen. Zumal er seinem Freund auch nur eine einzige Frage stellen wollte.

Vor Carls Haus parkte kein fremdes Auto. Er drückte auf den Türöffner und marschierte den Gartenweg entlang. Die Eingangstür zur Ordination war erwartungsgemäß nicht versperrt; er betrat den Warteraum.

»Nick?« Carina sprang aus einem der Rattan-Sessel auf, wo sie in einer Zeitschrift geblättert hatte; auf den Zehenspitzen küsste sie ihn auf die Wange.

»Ich habe einen Termin in der Gegend und bin zu früh aus Wien losgefahren. Nun habe ich unerwartet Zeit. Ich hätte nur eine Frage an Carl … es dauert wirklich nicht lange.« Er lächelte verlegen und zuckte entschuldigend mit den Schultern.

»Du hast Glück, die nächste Patientin kommt erst in zehn Minuten. Carl ist im dritten Behandlungsraum und bereitet alles für den Termin vor. Komm mit!« Beschwingt stolzierte sie vor ihm her und öffnete die Tür zu dem betreffenden Zimmer.

Es handelte sich um den klassischen Behandlungsraum eines Arztes, wobei man offenkundig versucht hatte, mit Hilfe verschiedener Accessoires und Einrichtungsgegenstände eine angenehme Atmosphäre zu schaffen. An den Wänden hingen Bilder sowie zumindest einige von Carls Fortbildungsnachweisen; in einem Aluminiumschrank mit Glastüren befand sich eine kleine Sammlung alter Instrumentarien; auf einem Regal standen Fachbücher, säuberlich angeordnet.

Carl beugte sich gerade über eine hochtechnisch anmutende Liege und hantierte an dem Metallgestell herum. Als er das Türgeräusch hörte, blickte er auf. »Stoni! Was verschafft mir die Ehre? Mittlerweile ist es ja beinahe wie früher, als wir uns jeden Tag gesehen haben.«

»Nicht jeden Tag, sondern jede verdammte dunkle Nacht«, korrigierte ihn Nick mit einem Grinsen und wunderte sich, wie locker ihm dieser alte Spruch über die Lippen kam. Der Mensch vergaß nicht, er verdrängte bloß.

»Oh ja, jede Nacht! Schön war sie, unsere Jugend, schön und unkompliziert.«

Nick ging nicht weiter auf Carls melancholische Worte ein. »Carl, ich habe eine Frage …«

»Susi betreffend?«

»Ja.«

Carl unterbrach seine Tätigkeit und vollführte eine auffordernde Handbewegung. »Schieß los!« Wieder beugte er sich über das Bett und klappte zwei Armlehnen aus, breite Ledermanschetten mit Klettverschlüssen kamen zum Vorschein.

Nick beäugte die Vorrichtung, ließ sich jedoch nicht ablenken. »Es geht um Susis letzten Besuch bei dir. Kannst du dich erinnern, ob es während der Narkose zu irgendwelchen Auffälligkeiten kam?«

Carls Oberkörper richtete sich alarmiert auf. »Geht ihr nun doch von einem Fehler bei der Narkose aus?«

»Mach dir diesbezüglich keine Sorgen. Meine Frage hat nichts mit deiner Arbeit zu tun. Es geht ausschließlich um Susannes Verhalten vor, während und nach der Narkose.«

»Sie war überdreht und witzig, wie immer«, meldete sich Carina hinter Nick an der Wand lehnend zu Wort.

»Stimmt«, pflichtete ihr Carl bei. »Susi war wie immer. Sie hat gelacht und war fröhlich. Auch während des Eingriffs war alles normal. Wenn du mir sagst, worauf du hinauswillst, könnte ich dir spezifischer antworten, aber so ...« Er verzog die Mundwinkel und sah Nick herausfordernd an.

»Leider kann ich nicht ins Detail gehen. Nur so viel: Ich versuche herauszufinden, ob Susanne vor ihrem Termin bei dir Drogen genommen hat.«

Carl stieß einen erstaunten Laut aus. »Drogen?« Mechanisch begannen seine Finger an der Oberlippe zu zupfen. Als er sich dessen bewusst wurde, ließ er die Hand sofort sinken. »Ich bleibe bei meiner Aussage, dass alles ohne Komplikationen verlaufen ist. Die Narkose war unauffällig, der Eingriff tadellos. Und ihr Verhalten? Wenn sie Drogen genommen hat, können es nur Schnellmacher gewesen sein, wenn du weißt, was ich meine? Einen Entspannungsjoint hatte sie sicherlich nicht geraucht.«

»Dann müsste sie allerdings bei jedem Treffen high gewesen sein, egal ob hier in der Ordination oder privat. Sie war immer aufgekratzt und lustig«, mischte Carina sich ein.

»Da muss ich Carina wieder recht geben«, entgegnete Carl und machte sich neuerlich an der Liege zu schaffen. Er drückte einen Hebel und die gesamte Beinauflage klappte nach unten.

Mit geübtem Griff zog er zwei Fußgestelle hervor und ließ sie einrasten. Auch daran baumelten zwei Manschetten.

Nick schluckte und starrte auf das umgebaute Bett. Carina musterte ihn misstrauisch. »Was hast du?«

Um den plötzlich entstandenen Knoten in seinem Hals loszuwerden, hustete Nick mehrmals kräftig. »Wozu brauchst du einen gynäkologischen Stuhl?« Selbst für seine Begriffe klang seine Stimme merkwürdig hohl.

Carl sah ihn verständnislos an, dann lichtete sich sein Blick. »Du meinst mein geniales Multifunktionsbett?! Eine herausragende Erfindung, ich habe es importieren lassen. Es ist jeden Cent wert, den ich dafür bezahlt habe.«

»Wozu brauchst du einen gynäkologischen Stuhl?«, wiederholte Nick monoton. Natürlich ging es ihm nicht um das Multifunktionsbett insgesamt, sondern um die Ledermanschetten, die eine verblüffende Ähnlichkeit mit den Manschetten des Gynstuhls in Werners Liebesnest aufwiesen.

»Vorrangig für die G-Punkt-Injektion. Was soll die komische Frage?« Carls Stimme hatte einen genervten Ton angenommen.

»Was – zum Teufel – ist eine G-Punkt-Injektion?« Auch Nick war dabei, die Geduld zu verlieren.

In diesem Augenblick ertönte die Glocke.

Carl wandte sich an Carina. »Sag ihr bitte, dass es eine kleine Verzögerung gibt, und unterhalte sie ein wenig, bis ich hier fertig bin. Ich hasse es, wenn meine Patienten warten müssen.« Der letzte Satz galt zweifellos dem Freund.

Nick ließ sich davon nicht beirren. Ungerührt verharrte er in seiner Position und wartete auf die ausständige Antwort.

Notgedrungen gab Carl Auskunft: »Es gibt eine relativ neue Behandlungsmethode, die bei sexuellen Störungen oder einfach zur Luststeigerung zum Einsatz kommt. Dabei wird der G-Punkt der Frau entweder mit Hyaluronsäure oder mit körpereigenem Fett durch Aufspritzung vergrößert. Angeblich wirkt das bei den meisten Frauen hervorragend.« Carl zog die Brauen hoch. »Wo sich der G-Punkt befindet, muss ich dir aber nicht auch noch erklären, oder?!«

»Danke für die aufschlussreiche Erläuterung«, erwiderte Nick emotionslos. Carls süffisanter Unterton gefiel ihm ganz und gar nicht. Trotzdem arbeitete er sich beharrlich zu seinem eigentlichen Ziel vor. »Und wozu dienen die Hand- und Fußfesseln?«

»Ach, diese Dinger ... Die kommen nur fallweise zum Einsatz. Ich verwende sie zur Fixierung der Arme, wenn eine Infusionsnadel in der Vene steckt, und für die Füße, wenn ich zum Beispiel den soeben beschriebenen Eingriff durchführe. Ich will nicht Gefahr laufen, einen Fußtritt ins Gesicht zu bekommen, weil sich ein Nerv verselbstständigt oder die Lady auf dem Stuhl Panik bekommt. Soll alles schon vorgekommen sein.«

Nick warf einen demonstrativen Blick auf seine Uhr. »Danke, dass du dir Zeit für mich genommen hast, ich halte dich jetzt nicht mehr länger auf. Wir sehen uns ...«

»Stoni!«

Nicks Hand schwebte bereits über dem Türgriff. »Was?«

»Entschuldige, wenn ich vorher ruppig zu dir gewesen bin. Ich kann es nur nicht ausstehen, wenn meine Patienten warten müssen. Damit verdiene ich mein Geld. Mittlerweile gibt es viele fähige Ärzte, die sich auf kosmetische Eingriffe spezialisiert haben. Wenn nicht alles einwandfrei läuft, gehen die Patienten sofort zu einem anderen Arzt.«

»Beim nächsten Mal rufe ich vorher an.« Mit diesen Worten verließ Nick endgültig den Behandlungsraum und marschierte zügig auf den Ausgang zu. Im Wartezimmer unterhielt sich Carina angeregt mit einer älteren Frau. Sie winkte ihm zu.

Gedankenversunken trat er aus dem Haus. Nun durfte er bloß nicht ins falsche Fahrwasser geraten. Jetzt musste er sich aber ohnehin erst einmal auf den nächsten Termin konzentrieren. Er stieg in sein Auto, drückte den Startknopf und fuhr los.

16

Monika Schwinsky und Peter Westernschmidt hatten es sich bereits in einem Polizeiauto bequem gemacht. Monika saß am Steuer, Peter hatte auf dem Rücksitz Platz genommen.

»Du darfst vorn sitzen!«, rief er Nick schon von Weitem zu und lachte. Dabei begann sein freundliches Gesicht zu strahlen. »Ich bin so gespannt auf unseren Termin!«

Nick schaffte es nicht, sein Schmunzeln zu verbergen. Er konnte Peter ausgesprochen gut leiden. Der Polizist erledigte sein Arbeit mit Umsicht und Verstand und bewies ein feines Gespür, wenn es um Menschen ging. Zudem verfügte er über ein bedingungslos positives Naturell. Dennoch: Dieser Mann trug ein Geheimnis mit sich herum! Jeder Mensch ließ früher oder später eine Bemerkung über sein Privatleben fallen: ein Hinweis auf die Größe des Wohnzimmers oder eine Nachricht, in welchem Beziehungsstatus man sich befand. Und bei einer Familie bekam man unweigerlich Geschichten von zankenden Kindern und entnervten Ehepartnern erzählt. Peter hingegen vermied es auffallend, auch nur ein Wort darüber zu verlieren, was er außerhalb seiner Arbeit trieb. Nick war das im Moment ganz recht. Susannes Fall beanspruchte seine volle Aufmerksamkeit, da war kein Platz für detektivische Nebensächlichkeiten. Irgendwann im Laufe ihrer Zusammenarbeit würde er jedoch hinter das Geheimnis des Polizisten kommen, vielleicht durch einen Zufall.

»Du siehst aus wie ein Kind vor dem Christbaum, das seine Geschenkpäckchen bestaunt«, bemerkte Nick eine Spur zu kühl.

Monika gluckste. »Bald werden sie ausgepackt.« Dann trällerte sie los: »Stille Nacht, heilige Nacht!«

»Macht euch nur lustig über mich. Ich sage euch, dieser Fritz Dunkel ist kein rechtschaffener Mensch, das spüre ich wie schlechtes Wetter.«

»Peter hat recht. Auch wenn es bloß eine vage Vermutung ist: Der Kerl hat Dreck am Stecken. Es muss nichts mit unserem Fall zu tun haben, aber er ist auffällig«, bestätigte Monika.

»Auf seine Gefühle zu achten, ist unerlässlich. Vergesst das nicht und lasst euch nie vom Gegenteil überzeugen«, erwiderte Nick bedeutungsvoll und legte den Sicherheitsgurt an, als Monika den Wagen startete.

Skeptisch äugte sie in seine Richtung. »Gibst du so viel auf Intuition und Gefühl?«

Von Beginn an war Nick klar gewesen, dass Monika nicht über Peters Gespür verfügte. Doch auch ihre kühle Berechnung brachte Vorteile mit sich. Sie musste nur ein wenig sensibilisiert werden. »Dass mit diesem Fritz Dunkel etwas nicht stimmt, ist momentan natürlich nicht mehr als ein Gefühl, allerdings eines, das auf unseren Erfahrungswerten und logischem Denken basiert.«

»Du meinst, das eine ist mit dem anderen untrennbar verbunden?« Monika klang noch immer argwöhnisch.

»Ganz genau. Ich habe ein gutes Beispiel: Bei jeder Ermittlung kommt der Zeitpunkt, wenn es gilt, einen bestimmten Weg einzuschlagen. Leider ist dieser Weg nicht immer mit hieb- und stichfesten Indizien gepflastert. Das richtige Feeling braucht man dann sogar zweimal: zum Erkennen des geeigneten Moments und zum Einschlagen des zielführenden Wegs. Im Übrigen wird es bei uns bald so weit sein – ich *fühle* es.« Er zwinkerte ihr zu und holte zu einem kameradschaftlichen Schubs aus. Gerade noch rechtzeitig zog er seinen Ellbogen zurück. Hätte er ihr nur in dieser unseligen Nacht widerstanden! »Hast du begriffen?«, setzte er gereizt nach.

»Hm.«

»So etwas hört die Eisenlady gar nicht gern!« Peters Kopf erschien zwischen den beiden Vordersitzen.

Unweigerlich lachte Nick auf. Der beklommene Moment war vorüber. »Eisenlady! Das merke ich mir.« Sofort wurde er jedoch wieder ernst. »Gemeinsam seid ihr ein gutes Team. Das habt ihr hinlänglich unter Beweis gestellt. Ihr ergänzt euch – und so etwas kommt seltener vor und ist schwerer zu erreichen, als man denkt.«

»Mit vertauschten Rollen«, bemerkte Peter sachlich und zog seinen Kopf wieder zurück.

Anstelle einer Antwort deutete Monika auf eine mehrere Straßen flankierende Reihenhaussiedlung direkt vor ihnen. »Wir sind da. Gleich das erste Eckhaus muss es sein.« Langsam fuhr sie bis zum Eingang. »Genau.«

Sie parkte und hatte den Motor noch nicht abgestellt, als Peter schon aus dem Auto sprang und zielstrebig auf den Hauseingang zusteuerte. Monika und Nick beeilten sich, ihm nachzukommen. Peter betätigte die Türglocke. Kurz darauf vernahmen sie Schritte; die Haustür öffnete sich und vor ihnen stand Fritz Dunkel. »Guten Abend, Frau Schwinsky, guten Abend, Herr Westernschmidt.« Er wandte sich an Nick. »Sie müssen Doktor Stein sein.«

Einer nach dem anderen betraten sie das Gebäude und befanden sich zunächst in einem für ein Reihenhaus erstaunlich geräumigen Vorraum. In der äußersten Ecke führte eine offene Treppe vermutlich in den Keller und ließ das Zimmer noch größer erscheinen. Ein breiter Durchgang gestattete einen Blick auf das Wohnzimmer.

»Behalten Sie bitte Ihre Schuhe an.« Eine schlanke Frau kam auf sie zu. Sie lächelte freundlich und schüttelte allen die

Hände. »Es freut mich, Sie kennenzulernen. Setzen wir uns doch, das ist gemütlicher.« Sie ging voran und zeigte auf einen massiven Holztisch mit acht Sesseln, der im rechten Wohnraumbereich direkt vor der offenen Küche stand. »Möchten Sie einen Kaffee?«

Nick antwortete prompt. »Da sage ich nicht Nein.«

Frau Dunkel spitzte die Lippen. »Genauso sehen Sie aus, wenn ich mir diese Bemerkung erlauben darf.« Sie hatte ihre Worte so sanft und liebenswürdig ausgesprochen, dass Nick darin keine Unhöflichkeit erkennen konnte. Was bezweckte sie mit dieser schelmischen Anzüglichkeit? Er musste höllisch achtgeben. Argwöhnisch sah er ihr hinterher, wie sie in die Küche eilte und sich dort mit selbstsicheren Bewegungen daranmachte, die Kaffeemaschine mit Wasser zu befüllen.

»Ich richte auch für Sie beide eine Tasse her«, rief sie Monika und Peter über die Schulter zu.

Fritz Dunkel zog sich indessen ebenfalls einen Sessel heran. Er war der klassisch unauffällige Typ: solide, ordentliche Kleidung, kurz geschnittenes Haar, durchaus sympathisches Gesicht. Er wirkte kultiviert und seriös, nahezu bieder. Nichts deutete darauf hin, dass dieser Mann auch eine andere Seite – eine Swingerklub-Seite – in sich barg. Nicks Augen wanderten zurück zur Frau des Hauses. Mit ihren schulterlangen schwarzen Haaren, der kleinen Nase und den wasserblauen Augen erschien sie ihm viel zu attraktiv für so einen Biedermann.

Mittlerweile hatte Frau Dunkel die Kaffeetassen, eine Zuckerdose, ein Milchkännchen und einen Behälter mit Süßstoff auf ein großes silbernes Tablett gepackt und hievte alles in die Mitte des Esstischs. Jeder bekam eine Tasse, dann setzte sie sich. Erwartungsvoll blickte sie in die Runde. »Mein Mann sagte mir, dass Sie eine Bestätigung brauchen, wonach ich zum

Zeitpunkt von Susannes Tod mit meinem Mann zusammen war.«

Monika war die Einzige, die sich nicht mit ihrem Kaffee beschäftigte. »Susanne Rippel wurde am dreiundzwanzigsten September abends ermordet.«

Frau Dunkel sah die Polizistin eine Weile nachdenklich an, bevor sie antwortete: »Ich weiß sehr wohl, wann Susanne gestorben ist. Sie war meine Freundin, auch wenn das für Sie eigenartig klingt.« Sie bedachte Monika, Peter und abschließend Nick mit einem festen Blick. »Mein Mann und ich haben ausführlich miteinander gesprochen und sind zu dem Schluss gelangt, dass wir offen mit Ihnen reden wollen.«

Monika reagierte pflichtgemäß entrüstet. »Das hoffe ich, Frau Dunkel!«

Fritz Dunkel hob beschwichtigend seine Hand. »Es gibt in unserem Leben Bereiche, die wir normalerweise nur mit Gleichgesinnten teilen.«

»Von den Swingerklubbesuchen haben Sie uns bereits erzählt«, stellte Peter lakonisch fest.

Frau Dunkel beugte sich nach vorn. »Ich möchte es so formulieren: Unsere Swingerklubbesuche sind nur die Spitze des Eisbergs. Mein Mann und ich haben spezielle Neigungen. Sie sollen im Vorfeld wissen, dass alles, was wir gemeinsam mit anderen Menschen tun, in bestem beiderseitigem Einvernehmen geschieht. Auch Susanne war stets auf freiwilliger Basis Gast in unserem Haus.«

»Sie müssen uns endlich sagen, worum es eigentlich geht«, ereiferte sich Monika.

Nick zog anerkennend die Augenbrauen hoch. Monika musste den bösen Cop nicht mimen, sie verkörperte ihn. Er räusperte sich. »Ich vermute, dass Sie von unüblichen sexuellen Praktiken sprechen. Handelt es sich dabei um Sadomasochismus?« Die Frage lag für ihn am nächsten.

Fritz Dunkel murrte; seine Frau streckte beruhigend die Hand nach ihm aus und streichelte seinen Arm. »Leider ist das zu banal, Herr Doktor Stein. Nichts gegen die ehrenwerten Herren de Sade und Sacher-Masoch, unsere Passion geht allerdings einen Schritt weiter.« Sie blickte Nick mit einem schalkhaften Ausdruck an. »Sie werden staunen!«

»Am besten wir zeigen es Ihnen.« Fritz Dunkel erhob sich. »Kommen Sie mit in den Keller.«

Auch Frau Dunkel stand auf und trat an die Seite ihres Mannes. Sie fasste nach seinem Arm und einen Augenblick lang bedachten sich die beiden mit einem intensiven Blick.

Nick hatte den innigen Moment beobachtet. Zwischen diesen Eheleuten herrschte eine Art von Harmonie, die sicherlich nicht gekünstelt war. Generell schien es ihm so, als spielte Frau Dunkel in dieser Partnerschaft eine einflussreiche, tonangebend Rolle, die ihr Fritz Dunkel sehr gern und freiwillig zugestand. Menschen wie die Dunkels konnten gefährlich sein, denn sie waren ohne Zweifel gebildet und wussten mit ihren geistigen Fähigkeiten so manches anzustellen, das anderen versagt blieb.

Gemeinsam verließen sie den Wohnbereich und stiegen im Vorzimmer die Treppe in den Keller hinab. Unten angekommen, schaltete Fritz Dunkel das Licht ein und führte sie in einen Seitenraum.

Sofort erfasste Nicks geschultes Auge den gynäkologischen Stuhl, der wie ein Thronsessel auf einem roten Teppich prangte. Widerstrebend riss er sich von dem Anblick los und nahm zuerst das restliche Umfeld in sich auf: weiß getünchte Wände sowie eine auffallende Sauberkeit mit der Tendenz zum Klinischen, einige Fotografien und gerahmte Schriftstücke an den Wänden, mit denen er sich noch intensiver befassen wollte; außerdem ein Regal und ein Glasschrank mit metallenen Seitenelementen, in dem sich allerlei Gegenstände befanden, die er ebenfalls unter die Lupe zu nehmen gedachte. Im hinteren Teil des Raums drei weitere Schränke, die an überdimensionale Spinde erinnerten, allesamt mit Vorhängeschlössern versehen.

»Wir sind eine kleine, erlesene Gruppe, die sich in regelmäßigen Abständen trifft, um ihre Fantasien auszuleben. Deswegen nennen wir uns schlicht ›Die Fantasievollen‹. Susanne gehörte zu unserem Klub.« Fritz Dunkel hatte seine Hände gefaltet und sprach bedächtig. »Weil Sie es angesprochen haben: Ja, unsere Fantasien schließen auch sadomasochistische Praktiken mit ein.« Er wies auf den gläsernen Schrank.

Nick machte einen Schritt auf das Möbelstück zu und betrachtete die akkurat platzierten Objekte: Lederpeitschen verschiedenster Machart, Dildos und Vibratoren in unterschiedlichen Größen, Metallobjekte, die wie winzige Handschellen aussahen, Kettchen mit Klammern an den Enden und andere Spielzeuge, die Nick weder zu benennen noch einzuordnen vermochte.

Frau Dunkel kam ihm zu Hilfe. »Die Peitschen mit den vielen dünnen Lederbändern nennen wir Flogger, die schwarze dort ist eine normale Reitgerte. Und hier sehen Sie Brustklammern, Handschellen für die Daumen, während das hier –«

Nick hob abwehrend die Hand. »Danke, es ist mir klar, welche Bedeutung diesem Schrank zukommt. All das steht, wie ich annehme, in enger Verbindung mit dem gynäkologischen Stuhl?« Endlich war er beim Objekt seiner detektivischen Begierde angelangt. Ohne eine Antwort abzuwarten, bewegte er sich zielstrebig darauf zu und inspizierte das Modell in all seinen Details. Im Vergleich zu dem Gynstuhl in Werners Wohnung war dieser hier eine wahre Luxusausführung; Carls

Multifunktionsliege spielte ohnehin in einer anderen Liga. Der gemeinsame Nenner: Alle drei Stühle waren mit breiten ledernen, fest am Gestell montierten Manschetten für Hände und Füße versehen.

Nachdem er sich reichlich Zeit gelassen hatte, die es ihm erlaubte, das Gesamtbild in sich aufzunehmen, wandte er sich wieder dem Ehepaar Dunkel zu. In Ruhe wartete er auf weitere Erklärungen.

Nach einem Moment des Schweigens räusperte sich Frau Dunkel, doch ihr Mann hielt sie mit einer sanften Bewegung zurück. »Lass mich.« Zögerlich begann er zu sprechen: »Wir haben recherchiert, Herr Doktor Stein, und Ihren Lebenslauf im Internet nachgelesen. Auch einige Ihrer Fälle haben wir im Detail ausgekundschaftet.«

»Was Fritz damit sagen will: Wir beabsichtigen, die *ganze* Wahrheit vor Ihnen auszubreiten. Auch wenn wir nichts mit Susannes Tod zu tun haben, würden wir ein Geheimnis mit uns herumtragen und Sie damit misstrauisch machen. Unberechtigterweise misstrauisch machen, möchte ich betonen«, kürzte Frau Dunkel den umständlichen Erklärungsversuch ihres Mannes ab. Sie öffnete ihre Handflächen und übergab ihrem Ehemann wieder das Wort.

»Sie müssen wissen, ich hege eine spezielle Neigung, ein Faible, das in seiner ursprünglichen Form nicht in die Praxis umzusetzen ist, ohne Gesetze zu brechen.« Er stockte und suchte nach Worten. Auf einmal sprudelte es förmlich aus ihm heraus. »Meine Frau liebt die Ausübung von Dominanz, sie ist der Stern, um den sich alles dreht, der Motor, der alles vorantreibt. Sie ist meine Sonne bei Tag, mein Mond in der Nacht. Susanne hingegen war meine Muse, meine schillernde Inspiration, wenn sie sich im richtigen Zustand befand.«

Wieder schaltete sich Frau Dunkel ein. »Es fällt meinem Mann schwer, vor Uneingeweihten über seine Leidenschaft zu sprechen. Um auf den Punkt zu kommen: Mein Mann findet Gefallen an Leblosem. Den Fachbegriff Nekrophilie hören wir nicht gern; immerhin fällt er unter die sogenannten psychischen Störungen der Sexualpräferenz.«

»Wie Sadomasochismus.« Nicks Stimme klang rau.

Fritz Dunkel richtete sich auf. »Ich habe noch nie Hand in begehrlicher Weise an eine Leiche gelegt, das müssen Sie mir glauben! Aber ich stelle Szenen nach, um einen für mich befriedigenden Zustand herzustellen. Auf diese Weise bin ich sogar zum Künstler geworden. Ich zeige es Ihnen!« Seine Augen leuchteten auf, als er resolut auf die drei spindartigen Schränke zuging, einen kleinen Schlüssel aus seiner Hosentasche hervorkramte und den ganz rechten Schrank öffnete.

Erschrocken quietschte Monika auf und sprang intuitiv einen Schritt zurück. Peter, der im Begriff stand, auf den Schrank zuzugehen, verharrte, wie zur Salzsäule erstarrt. Sogar Nick benötigte einen Moment, um sich zu fassen und zu realisieren, was er sah.

Vor ihnen standen auf Stative gespannte Gesichtsmasken: drei Regalreihen mit jeweils drei Köpfen. Dabei handelte es sich jedoch keineswegs um einfache Masken mit verschiedenen Ausdrücken aus dem normalen Leben, sondern um die Abbildungen toter Gesichter – Totenmasken! Gleich vier der Masken trugen das Gesicht von Frau Dunkel; das erste schön wie Dornröschen im Schlaf, das letzte mit schreckensgeweitetem Mund und verzerrten Zügen.

»Sie dürften mich wohl erkennen. Die anderen sind Mitglieder unseres Zirkels, die Fritz zur Verfügung stehen – freiwillig, versteht sich.«

»Es hat viele Jahre gedauert, bis ich diese Fingerfertigkeit erworben habe. Natürlich gehört ein gewisses künstlerisches Talent dazu.« In Fritz Dunkels Stimme klangen Stolz und Unruhe mit. Er erweckte den Eindruck, noch nicht alles preisgegeben zu haben.

Frau Dunkel reagierte prompt. »Warum gehst du mit unseren Gästen nicht in deinen Hobbyraum?«

Fritz Dunkel ließ sich nicht zweimal bitten. Wie ein Fremdenführer hob er die Hand. »Folgen Sie mir. Sobald wir uns in dem Raum befinden, ersuche ich den Letzten, umgehend die Tür zu schließen. Das Zimmer verfügt über eine Klimaanlage, die dafür sorgt, dass eine konstante Temperatur von zweiundzwanzig Grad Celsius herrscht, was für meine Kunstwerke sehr wichtig ist.« Er betrat den Flur und zauberte einen weiteren Schlüssel aus seiner Hosentasche hervor, mit dem er eine massive Stahltür aufschloss. Alle folgten ihm und Peter zog wunschgemäß die Tür hinter sich zu.

»Madam Tussauds' Werkstatt!«, entfuhr es Monika. Verlegen biss sie sich auf die Unterlippe. »Entschuldigung.«

»Nein, nein!« Fritz Dunkel lächelte sie verständnisvoll an. »Ich verstehe Ihre Reaktion. Dieser Raum ähnelt wohl tatsächlich Madam Tussauds' Werkstatt, hat aber sonst nichts damit gemein.« Jede Form von Verlegenheit war aus seinem Verhalten verschwunden; er befand sich inmitten seiner Welt!

»Stellen Sie die alle selbst her?« Nick blickte sich um. An den Wänden zu seiner Rechten und Linken reichten Regale bis zur Decke; eine geschlossene Leiter lehnte an der hinteren freien Wand. In der Mitte des Raums stand ein riesiger Holztisch. Sowohl die Regale als auch der Tisch waren mit fremdartigen Utensilien und Masken in den verschiedensten Fertigungsstadien übersät.

»Früher habe ich die Masken anfertigen lassen. Dabei ergaben sich allerdings etliche Probleme. Nicht jeder wollte solche Aufträge übernehmen, die Ergebnisse waren nicht immer zufriedenstellend und die Kosten stiegen ins Unermessliche. Also besuchte ich jahrelang entsprechende Kurse und gab viel Geld für Einzelschulungen aus. Inzwischen bin ich ein Meister dieses Fachs«, erklärte Fritz Dunkel.

»Faszinierend!«, rief Peter plötzlich völlig unerwartet aus. Wie magisch angezogen, näherte er sich dem Tisch und deutete auf eine über einen Kunstkopf gespannte, unfertige Maske.

»Sie steht kurz vor ihrer Fertigstellung. Ich bin dabei, sie zu bemalen.«

»Werden die Haare angeklebt?«, fragte Peter wissbegierig.

Fritz Dunkel grinste überlegen. »Ich bin Perfektionist. Jedes Haar wird einzeln gestochen.«

»Verwenden Sie echtes Haar?« Im Gegensatz zu Peters ehrlichem Interesse konnte Monika ihren Ekel nicht verbergen.

»Selbstverständlich verwende ich echtes Haar!« Fritz Dunkel klang entrüstet. »Mittlerweile beziehe ich die Haare sogar direkt vom Importeur; einwandfreies asiatisches Haar.«

Monika gab einen widerwilligen Ton von sich.

Peter ignorierte sie und fuhr ungerührt fort: »Die Erstellung einer Maske ist wohl eine ungemein zeitraubende und diffizile Angelegenheit …«

»Sie ahnen es nicht! Bis man so weit ist, die Maske endlich bemalen zu dürfen, vergeht in der Tat eine halbe Ewigkeit. Jeder Arbeitsschritt ist wichtig und muss mit peinlichster Genauigkeit durchgeführt werden.« Fritz Dunkel schenkte Peter ein herzliches Lächeln. »Ich beginne damit, dass ich von der Person, die die Maske tragen wird, einen Abdruck erstelle. In manchen Fällen fertige ich daraus dann gleich mehrere Positive an. Anschließend –«

»Ich habe einmal gelesen, dass die Maske in Teile zerlegt wird, um sie besser an das Gesicht anpassen zu können«, unterbrach ihn Peter.

»Grundsätzlich haben Sie völlig recht, Herr Westernschmidt. Jedoch wird die Maske nicht in Teile zerlegt, wie Sie sagen. Im professionellen Bereich werden Masken bereits in Einzelteilen gefertigt, da die Übergänge zur Haut sonst zu dick würden. Ich modelliere die Masken im Ganzen, weil der Aufwand des Einschminkens zu groß wäre.«

Nun schaltete sich auch Nick ein. »Sie erstellen gleich mehrere Abdrücke von einer Person?«

Fritz Dunkel schüttelte den Zeigefinger. »Sie haben mich falsch verstanden. Ich erstelle einen einzigen Abdruck, aus dem ich im Bedarfsfall mehrere Positive erzeuge. Etwa bei meiner Frau oder Susanne.«

»Bei dir ging das nicht, Liebster.«

Fritz Dunkel schenkte seiner Frau einen zärtlichen Blick. »Ganz recht. Meinen Abdruck musste ich notgedrungen anfertigen lassen.« Er sah in die Runde, als hätte er einen besonders guten Witz erzählt.

Nick überging die Bemerkung. Er würde später darauf zurückkommen. »Das heißt, Susanne Rippel trug ebenfalls Masken?«

»Gewiss! Ich erwähnte bereits, dass sie meine Muse war. Susis intensive Art zu leben, ihre überaus quirlige Natur brachte ihre Wandlung noch drastischer zur Geltung als bei anderen Menschen, was für mich wiederum einen nahezu perfekten Zustand herbeiführte.«

»Ihre Wandlung?«

Fritz Dunkel nickte eifrig. »Ihre Wandlung von der Lebenden zur Toten natürlich!« Kaum hatte er die Worte ausgesprochen, besann er sich und klatschte sich mit der flachen Hand auf die Stirn. »So wollte ich es nicht ausdrücken! Am besten … ach, kommen Sie!« Energisch schritt er zum Ausgang, öffnete die Tür und bedeutete allen Anwesenden, den Raum wieder zu verlassen. Draußen marschierte er zielgerichtet auf den geöffneten Spind zu und entnahm dem obersten Regal einen Schlüssel, mit dem er den mittleren Schrank öffnete: wieder drei Reihen mit je drei Masken; neun Köpfe, diesmal alle von derselben Person – Susanne Rippel. Die Unterschiede fielen mitunter nur sehr gering aus; aber von der Maske links oben bis zur Maske rechts unten bot sich dem Betrachter ein Gesamtbild, das von »sanft entschlafen« bis »grausam entstellt« reichte.

»Wie hat sie ausgesehen? Danach … meine ich?«, flüsterte Fritz Dunkel heiser.

»Das müssten Sie doch am besten wissen!«, peitschte Monikas Stimme auf einmal wie aus dem Nichts. Sie hatte sich gefangen und stand nun breitbeinig, die Arme in die Hüften gestützt, mitten im Raum; eine steile Falte furchte ihre Stirn.

Mit einem knappen Wink brachte Nick sie zum Schweigen. »Sie müssen meine Kollegin entschuldigen. Diese Masken können den unvorbereiteten Betrachter schon gewaltig irritieren. Apropos Masken: Mir ist offen gestanden noch nicht klar, Herr Dunkel, warum Sie eine Maske getragen haben. Oder habe ich da wieder etwas falsch verstanden?«

»Nein, Sie haben es völlig richtig verstanden, Herr Doktor Stein!«, lobte Fritz Dunkel. »Im Normalfall trage ich tatsächlich keine Masken. In diesem speziellen Fall handelte es sich um einen Liebesdienst, den ich Susanne erwiesen habe.«

»Zeig ihnen noch den linken Schrank.« Frau Dunkel fuhr sich mit der Zunge kurz über die Lippen. Nun waren es ihre Augen, die leuchteten.

Fritz Dunkel fischte einen weiteren Schlüssel, diesmal aus dem untersten Regal des rechten Schranks, und öffnete damit den linken.

»Ach du Scheiße!«, entfuhr es Peter. Entsetzt über seinen Ausruf, murmelte er eilig eine Entschuldigung. Niemand beachtete ihn.

Frau Dunkel war nahe an Nick herangetreten. »Ich sagte Ihnen doch, dass Sie staunen werden.« In ihrer Stimme lag ein Hauch von Schadenfreude.

Auch in diesem Spind waren neun Masken untergebracht. Der Unterschied zu den anderen bestand darin, dass die Gesichter von neun verschiedenen Personen stammten; acht Frauen und, mitten unter ihnen, ein Mann, den alle sofort erkannten.

»Nick!« Monika rang nach Luft.

»Ich sehe mich«, erwiderte er gedehnt. Gern hätte er sich ihr zugewandt, schaffte es aber nicht, seine Augen vom Inhalt des Schranks abzuwenden. Was er da betrachtete, schien ihm zunächst unfassbar. Er blickte in sein eigenes Antlitz, sein verschmitzt lächelndes, ein wenig überheblich anmutendes Gesicht im Alter von vielleicht achtzehn Jahren – und im Unterschied zu den anderen Köpfen wirkte es sehr lebendig.

»Susanne hatte ihre eigenen Vorlieben. Sie war nicht unser Opfer, vielmehr haben wir uns gegenseitig gegeben, was wir brauchten. Verstehen Sie nun die Orientierung unserer Gruppe?! Die Fantasievollen! So etwas lässt sich nicht in schnöde Begriffe fassen.« Fritz Dunkel klang ruhig und selbstsicher.

»Gibt es noch etwas, das Sie uns erzählen oder zeigen wollen?« Schon bei Susannes Masken hatte Nick sich gefragt, was noch auf ihn zukommen würde. Nun stand er der jüngeren Ausgabe seines Ichs gegenüber. Zu seiner Verwunderung entsetzte es ihn weniger, als es ihn neugierig stimmte.

Frau Dunkel hob die Arme und verschränkte sie demonstrativ vor ihrer Brust. »Wir haben Ihnen wirklich alles offen dargelegt.«

Nick deutete eine Verbeugung an. »Dafür danke ich Ihnen. Um Ihre Aussagen zu überprüfen, benötigen wir allerdings noch eine Liste der Mitglieder Ihrer Vereinigung.«

Fritz Dunkel senkte den Kopf. »Damit haben wir gerechnet. Geben Sie uns Zeit, damit wir allen Bescheid sagen können. Spätestens morgen Nachmittag werde ich Ihnen eine vollständige Liste aushändigen. Darf ich sie Ihnen per Mail zusenden?«

»Ja.« Nick übergab dem Mann seine Visitenkarte und wandte sich um. Jetzt wollte er so rasch wie möglich an die frische Luft.

Hintereinander stiegen sie die Treppe zum Vorraum empor und verabschiedeten sich. Ruhig und höflich. An der Türschwelle drehte Nick sich nochmals um. »Herr Dunkel, was meinten Sie mit Ihrer Bemerkung, dass Susanne Rippel im richtigen Zustand Ihre Inspiration gewesen war?«

»Wenn sie Liquid Ecstasy genommen hatte. Wussten Sie nichts von ihrem Drogenkonsum? Sie war ganz verrückt danach.« Sein Kinn hob sich und er zeigte seine Zähne, ohne dabei zu lachen. »Was hätte ich mit einer schüchternen, traurigen Gestalt wie der normalen Susanne anfangen sollen!«

Da war sie, endlich. Die düstere, herzlose Seite Fritz Dunkels. Für gewöhnlich gut verborgen hinter der gediegenen Fassade.

»Uns persönlich interessieren Drogen überhaupt nicht«, beeilte sich Frau Dunkel hinzuzufügen.

»Wir sind nicht auf der Suche nach Drogen, wir verfolgen Susanne Rippels Mörder«, entgegnete Nick kalt und verließ endgültig das Haus.

Monika und Peter folgten ihm und in derselben Formation, wie sie gekommen waren, bestiegen sie das Polizeiauto.

17

»Du willst es wirklich noch einmal tun?« Seine Stimme klang seltsam hohl.

»Wenn du es nicht schaffst, lassen wir es.« Mit einer hastigen Geste fuhr sie durch ihr Haar und warf den Kopf in den Nacken. Ihre Augenlider flatterten unruhig.

»Wird sie lange genug schlafen?«, erwiderte er anstelle einer Antwort.

»Natürlich! Was soll die Frage?«

»Rein rhetorisch. Entschuldige, ich bin nervös.« Er stieß einen Seufzer aus und ließ seinen Blick unstet durch den Raum wandern.

Mit einer blitzschnellen Bewegung fuhr ihre Hand nach vorn und griff in seinen Schritt. Ihre Finger verkrallten sich in seinem Hosenstoff und in dem, was sich darunter befand. »Du entscheidest«, raunte sie. Ihre Stimme war kaum mehr als ein Hauch und drang wie durch dichte Nebelschwaden an sein Ohr.

Einige Sekunden lang herrschte völlige Stille. Dann veränderte sich sein Gesichtsausdruck, peu à peu. Er kniff die Augen zusammen, wobei die Pupillen wie schwarze Edelsteine blitzten, und aus seinem Mund drang ein knurrender Laut. Kaum merklich nickte er.

»Das dachte ich mir.« Ihre Lippen verzogen sich zu einem Grinsen. Ohne ein weiteres Wort schritt sie auf die bewusstlose Frau zu. Die Arme waren bereits an den Handgelenken fixiert, nun musste sie noch die Beine in Position bringen. Als Erstes rollte sie das Becken der Frau zur Seite und öffnete den

Reißverschluss des Rocks. Mit einem Ruck zog sie das Kleidungsstück über die Schenkel und ließ es achtlos fallen.

»Sei vorsichtig mit dem Gewand«, ermahnte er sie, doch sie zog nur vielsagend die Augenbrauen hoch und machte sich wieder an die Arbeit. Für den Bruchteil einer Sekunde durchfuhr ihn blankes Entsetzen, als die Vermutung in ihm aufkeimte, dass sie das Unaussprechliche abermals zu tun gedachte. Dann legte sich die Schwärze rückhaltloser Begierde erneut über seinen Verstand und er schwieg.

Die Frau trug halterlose, beigefarbene Strümpfe, deren Gummibänder sich eng um die leicht erschlafften Oberschenkel spannten. »Die lasse ich ihr an«, stellte sie sachlich fest, griff nach dem weißen Slip, streifte ihn ab und warf ihn zu dem Rock. Seelenruhig fasste sie nach dem linken Bein, brachte es in eine geeignete Lage und legte die ledernen Manschetten um die Fußgelenke. Nachdem sie auch den rechten Fuß festgeschnallt hatte, begutachtete sie ihr Werk und gab einen zufriedenen Laut von sich.

Die Haut des Opfers war vom Sommer noch tief gebräunt, nur die Stelle, an der sie den Slip getragen hatte, wies eine helle Tönung auf. Das getrimmte Schamhaar stach dunkel hervor. »Schau dir das an, wie Schneewittchen!« Dabei hob sie den Zeigefinger und drückte ihn auf seine Lippen. »Sag nichts. Gleich ist es so weit!« Während sich ihre Hände an seiner Hose zu schaffen machten, beäugte sie weiterhin den schlaffen Leib, der wie aufgespannt vor ihnen lag.

Opferbereit!

Allein dieser Gedanke schoss sternförmige Hitzewellen von ihrer Körpermitte ausgehend bis in ihre Zehen und Finger. So gelassen, wie sie bislang agiert hatte, so ungeduldig war sie nun auf einmal. Stürmisch zerrte sie an seinem Gürtel und öffnete den Reißverschluss. Noch durfte sie ihm nicht sagen, dass sie fest entschlossen war, es wieder zu tun; ein zweites Mal bis zu diesem fantastischen, ungeheuerlichen Ende zu gehen, das ihrem eigenen explosionsartigen Tod und einer strahlenden Wiedergeburt gleichgekommen war.

Er war nicht schwach, doch sie hatte erkannt, dass ihm das Finale ihrer letzten Aktion zu viel gewesen war. Zumindest jetzt ließ sie ihm noch die Illusion, dass sie nur ihr übliches Spiel wieder aufgenommen hatten. *Ich muss behutsam vorgehen,* ermahnte sie sich und richtete einen verstohlenen Blick auf ihn. Ob er es schon in ihren Augen entdeckt hatte?! Das Blitzen, die Vorfreude, den puren Genuss?

Mit einem gurrenden Laut zog sie ihm die Hose mitsamt der Boxershorts bis zu den Knien hinunter und musterte seine erhobene Männlichkeit. Er war bereit, der erste Akt konnte beginnen. Sie griff nach der viereckigen Plastikverpackung eines Kondoms und riss sie auf. Bedächtig legte sie das Kondom an und rollte es über seinen Penis. Dann griff sie zu, packte sein erigiertes Glied wie einen hölzernen Stock und zog ihn daran zu dem ausgestreckten Körper. Während ihre linke Hand ihn nach wie vor umklammerte, glitten ihre freien Finger prüfend in die Vagina der Bewusstlosen. Jetzt! Mit höchster Konzentration führte sie seinen Penis vorsichtig ein.

Opferbereit!

»Stoß zu!«, presste sie atemlos zwischen ihren Lippen hervor und schlug mit der flachen Hand auf sein entblößtes Gesäß.

Das ließ er sich nicht zweimal sagen. Die ersten Bewegungen vollführte er noch stockend, fast zaghaft, doch als sie ihre Hände um seine Taille legte und den Rhythmus bestimmte, gab es auch für ihn kein Halten mehr. Sein Kopf pendelte im Takt vor und zurück, während er den Atem ruckartig durch den Mund ausstieß. Seine Züge schienen mittlerweile gänzlich entrückt.

Opferbereit!

In aller Ruhe begann sie, ihre Bluse zu öffnen. Gemächlich, Knopf für Knopf. Nichts an ihrem Verhalten ließ darauf schließen, was in ihrem Inneren vorging. Sie machte sich nicht die Mühe, ihren Stretchrock auszuziehen, sondern schob ihn einfach über ihre Hüften. Außer ihren schwarzen halterlosen Strümpfen trug sie nichts darunter.

Sie drängte sich neben ihn, zwischen die Beine der Frau, und berührte deren leicht gerundeten Bauch. Dann glitt sie tiefer, umfasste zielstrebig den Schaft seines Penis und zog ihn mit einem Ruck heraus. Ein schmatzendes Geräusch ließ ihn zusammenfahren, doch ihre Stimme brachte ihn sofort wieder auf Kurs.

»Jetzt bin ich an der Reihe«, hauchte sie.

Der zweite Akt war angelaufen. Nun wollte sie keine unnötige Zeit mehr vergeuden. Sie brannte; die Flammen loderten und brachten ihre Nervenenden zum Glühen. Entschieden bestieg sie den besinnungslosen Körper und positionierte sich so, dass ihre Brüste auf denen der Frau zu liegen kamen. Sie hielt sich an den Schultern des Opfers fest und streckte ihr Hinterteil weit von sich. Die Stellung war unbequem, doch gehörte das zum Spiel, war die Quintessenz des Ganzen; nur in dieser Lage spürte sie genau das, was sie spüren wollte, konnte sie genau das tun, was sie tun wollte …

Erwartungsvoll wandte sie sich um. »Los!«

Als Antwort erhielt sie ein ersticktes Keuchen, dann spürte sie, wie er behutsam in sie eindrang. Vorsichtig begann er sich zu bewegen und streichelte dabei sanft ihren Rücken. Seine Mimik hatte sich verändert. Ein beseeltes Lächeln umspielte seine Lippen und seine Augen strahlten. Als er in ihrem Inneren Kontraktionen zu spüren meinte, warf er stöhnend den Kopf in den Nacken. Allmählich wurden seine Stöße fordernder. Schließlich vermochte er sich nicht mehr zu beherrschen und rammte seinen Penis bis zum Anschlag in sie hinein.

Damit hatte er den Startschuss für das Finale gegeben. Ihre Hände schnellten vor und packten den Hals der bewusstlosen Frau unter ihr.

»Ni-nicht!«, presste er gepaart mit einem Klagelaut hervor. Doch es war zu spät.

Wie mit Klauen hielt sie das wehrlose Opfer umklammert und drückte mit aller Kraft zu. »Weiter! Weiter!«, schrie sie.

Seine immer heftigeren Stöße spornten sie an und mit verbissenem Ehrgeiz kämpften ihre Finger gegen die natürliche Barriere aus Knochen, Haut und Muskeln.

»Hilf mir endlich!«, zischte sie. »Mach schon!«

Abermals erzeugten seine Stimmbänder einen qualvollen Ton, der nichts Menschliches an sich hatte. Er ließ den Oberkörper nach vorn fallen und streckte wie befohlen seine Arme aus.

Trotz der tiefen Besinnungslosigkeit hatte die Frau zu keuchen begonnen. Als nun auch er seine Hände an ihren Hals legte, durchlief ein Beben ihren Körper. Automatisch wandte sie den Kopf hin und her und versuchte sich instinktiv zu befreien, doch ihre Peiniger erwiesen sich als unerbittlich. Immer wieder bäumte sich ihr geschundener Leib auf, bis sie mit einem einzigen tiefen Röcheln in sich zusammensackte.

Im Augenblick des Todes seines Opfers riss er den Oberkörper hoch und seine Finger krallten sich in die Hüften seiner Geliebten. Er achtete nicht auf die erstickten Schreie, die sie plötzlich unkontrolliert ausstieß, und presste ihre Hinterbacken gegen seine Lenden. Hart stieß er zu, einmal, zweimal, dreimal, bis er abrupt innehielt. Kurz rang er nach Luft und ein stimmloses »Oh« entwich seiner Kehle. Er spürte, wie sich sein Sperma in das Kondom ergoss, und atmete tief durch. Wie aus einem

Traum erwacht, starrte er entgeistert auf ihren vornübergebeugten Rücken, dann wanderte sein Blick weiter zu dem geisterhaft verzerrten Gesicht der toten Frau. Unvermittelt überflutete ihn das blanke Grauen. Voller Entsetzten riss er seinen Penis aus ihr heraus und ging keuchend in die Knie.

»Au, bist du wahnsinnig?!« Sie glitt von dem Körper hinab und fasste sich zwischen die Schenkel. »Verdammter Idiot! Du hast mich aufgerissen! Wenn jetzt etwas auf sie getropft ist …?« Wütend hielt sie ihm ihre blutigen Finger vor die Nase.

Abwehrend hob er die Hände in die Höhe. »Lass mich nachdenken, lass mich einfach kurz nachdenken. Ich werde eine Lösung finden …«

18

Nick hatte das ganze Wochenende durchgearbeitet. Die neuen Informationen waren so umfassend, dass er mehrere Stunden benötigt hatte, um sie in seinem Gedankenmosaik an der richtigen Stelle zu platzieren und anschließend das Gesamtbild einer Analyse zu unterziehen. Ganz zu schweigen von der Notwendigkeit, jedes Detail persönlich zu verarbeiten.

Nun stand er mit Samantha vor einer großen Tafel und erläuterte ihr die einzelnen Punkte.

»Das heißt, Susanne Rippel hat das Zeug definitiv selbst genommen?«, fragte sie, als Nick geendet hatte.

»Davon können wir ausgehen. Die Dunkels hatten keinen Grund, mir diesbezüglich etwas vorzumachen. Ob sie es vor oder nach der Faltenbehandlung konsumiert hat, wird sich allerdings nie mit Sicherheit sagen lassen. So wie Carl Wallenberg und Carina Singer ihr Verhalten beschrieben, dürfte sie sich aber schon vorher bedient haben. Susanne führte ein richtiges Doppelleben, wobei sie sich die schrille, von schrägen Sexgelüsten durchwachsene Welt mit Hilfe von Drogen erschaffen hat.«

»Wie gehst du mit alldem um?«

»Womit?«

»Don't be stupid, Boss!«

»Du meinst, dass sie einem Mann *mein Gesicht* übergezogen hat und sich so von ihm ...?« Er stockte und strich sich mit der flachen Hand über das Haar. »Ich komme damit klar. Susanne muss große psychische Probleme gehabt haben. Du selbst hast ihre Arztakte für mich aufbereitet. Sie hatte im Laufe ihres Lebens nur eine einzige Therapie, die über fünfzehn Jahre zurückliegt. Dabei hätte sie in Dauerbehandlung gehört. Was sie getan hat, kann ich nicht für voll nehmen. Somit darf es mich auch nicht berühren.«

»Du solltest einige Stunden lang abschalten. Nimm dir eine Auszeit und kehr diesem Sumpf für eine Nacht den Rücken. Das würde dir guttun.«

»Und was schlägst du vor?«

»Ruf deine neue Eroberung an, entschuldige dich bei ihr und dann … besorge es ihr richtig.« Sie rollte amüsiert mit den Augen.

»So spricht man nicht mit seinem Chef!«, tadelte er sie lachend. Aber sie hatte recht. Er benötigte tatsächlich eine Pause. Sein Geist musste zur Ruhe kommen, sich sammeln, um neue Energie zu schöpfen. Und natürlich hatte sie auch mit der anderen Sache recht: Er brauchte Sex – unproblematischen, normalen und ehrlichen Sex.

Um es sich nicht doch noch anders zu überlegen, zückte er sogleich sein Handy und verfasste mit geübten Fingern eine SMS: Isabella! Wie würdest du reagieren, wenn ich heute reumütig mit einer Pizza vor deiner Tür stünde?

Einen Moment lang ließ er seinen Daumen unentschlossen über dem *Senden*-Symbol schweben, dann senkte er ihn auf das Display.

Knappe vier Stunden später stand er vor Isabellas Wohnungstür. Er trug dunkle Jeans und ein weißes, lose herabhängendes Hemd; seine feuchten Haare waren aus der Stirn gekämmt. Der Duft des Duschgels hatte sich mit dem Geruch der beiden Pizzen vermengt, die er in den typisch flachen Pizzakartons auf seiner rechten Hand wie ein Serviertablett balancierte.

Als sie die Tür öffnete und ihn so vor sich stehen sah, sog sie geräuschvoll die Luft ein und setzte ein sichtlich ungeplantes

Lächeln auf. »Komm herein«, murmelte sie und spazierte ins Wohnzimmer voran.

Auf dem Tisch standen zwei Teller und zwei Gläser. Eine Flasche Wein wartete im Kühler.

Nick hätte nicht erklären können, was sich verändert hatte, doch war das heimelige Gefühl, das er ursprünglich in diesem Raum empfunden hatte, einem alles beherrschenden Unbehagen gewichen. Auch Isabella schien verkrampft; jede ihrer Bewegungen wirkte gekünstelt und rief in ihm noch mehr Anspannung hervor. Der Streit saß offensichtlich tiefer, als er angenommen hatte.

Um nicht untätig herumzusitzen, griff er nach der Weinflasche, öffnete sie und goss ein. Es handelte sich um einen spritzigen Veltliner, wieder vom Freigut Thallern, der hervorragend zur Pizza passen würde. Der würzige Duft stieg ihm in die Nase und gleich fühlte er sich um einen Tick besser.

Isabella zerteilte die beiden Pizzen in Tortenstücke und legte je eines der Dreiecke auf einen Teller. »Mit der Hand?«, fragte sie tonlos.

Anstatt einer Antwort griff Nick demonstrativ nach einem Stück, ließ es aber sofort wieder fallen. Die Situation war unerträglich, er hatte nicht einmal mehr Appetit! Entweder er ging oder er redete. Spontan entschied er sich für ein klärendes Gespräch. »Ich bedaure unsere Auseinandersetzung und habe ein schlechtes Gewissen. Ich möchte –«

Isabellas bebte förmlich. »Seit unserem Streit habe ich kaum mehr ein Auge zugemacht. Ich habe überreagiert. Ich weiß nicht, was mit mir los war. Bitte, lass uns nicht mehr darüber sprechen! Nach deiner SMS habe ich für dich sogar eine Folge Columbo besorgt.« Sie deutete auf einen Stapel DVDs neben dem Fernseher; der Anblick strafte ihre Worte Lügen. Offenbar hatte sie gleich mehrere Staffeln gekauft.

Nick überlegte nicht lange und zog sie in seine Arme. »Ich für meinen Teil kann auf Columbo verzichten.«

»Und ich auf die Pizza.«

»Gut so«, flüsterte er ihr ins Ohr und obwohl seine Alarmglocken aus unerfindlichen Gründen wieder zu läuten begannen, öffnete er ihre Bluse.

Sie trug keinen BH und Nick beugte sich über sie, um ihre Brustwarzen zu küssen. Isabella stöhnte auf und versuchte, sich aufzurichten, aber er hatte anderes im Sinn. Er streifte ihr Hose und Slip über die Schenkel, dann entledigte er sich seiner eigenen Kleider. Nur mit den Fingerspitzen ging er zu Werk, berührte sie sanft – vom Hals abwärts über ihre Brüste – und verharrte zu guter Letzt mit einer kreisenden Bewegung an ihrer empfindlichsten Stelle. Isabellas Oberkörper schnellte empor, doch Nick drückte sie mit der freien Hand behutsam in die Kissen zurück. Schwer atmend ließ sie sich fallen, wobei sie eine Hand auf den Mund presste. Nick erhöhte den Druck, was einen erstickten Schrei bei ihr auslöste. Sie bäumte sich auf und ein Zittern durchlief ihren Körper. Entschieden schob er ihre Knie auseinander und drang ohne Vorankündigung in sie ein. Er konnte nicht länger warten. Ungestüm stieß er so lange zu, bis er, mitten in der Bewegung, innehielt und lautlos auf ihr zusammenbrach. Plötzlich hatte sich völlig überraschend das sommersprossige Gesicht der Anästhesistin aus dem Krankenhaus Mödling in seine Gedanken gedrängt. Erschrocken über dieses unerwartete Bild, kniff er die Augenlider zusammen. Diese Frau gefiel ihm offenbar nicht nur oberflächlich. Sie musste ihn nachhaltiger beeindruckt haben, als er sich eingestehen wollte. Doch was war mit Isabella, leibhaftig unter ihm?

Als hätte sie ihren Namen vernommen, reckte sie den Kopf. »Ich könnte ein Stück Pizza vertragen.«

»Und ich habe nichts gegen ein bisschen Columbo.« Zum Glück hatte sich die spontane Fantasie verflüchtigt. Er blickte auf Isabella hinab und wie auf Befehl begannen beide zu lachen.

Nackt und entspannt machten sie es sich bequem und Nick entschied sich für die Folge Mord im Bistro mit William Shatner. Er lehnte sich zurück und Isabella legte ihre Beine über seine Oberschenkel.

Seine anfängliche Beklemmung hatte sich in eine wohlige Gelassenheit verwandelt. Er spürte sogar einen Ansatz von Ruhe in sich aufsteigen. Dennoch: Isabellas Zauber war verflogen. *So etwas nennt man Realität. Besser jetzt als später,* versuchte er sich einzureden und drückte auf die Start-Taste der Fernsteuerung. Sie waren über den Vorspann noch nicht hinausgekommen, als sein Handy mit einem neutralen Ton zu läuten begann. Weil er nicht sofort reagierte, klopfte ihm Isabella auf die Schulter.

Ich brauche unbedingt meinen »Amadeus« zurück, fuhr es ihm durch den Kopf, während er das Gespräch annahm. »Nick Stein.«

Kurz herrschte Stille, dann antwortete er: »Geben Sie Bescheid, dass ich in spätestens fünfundvierzig Minuten da bin, und informieren Sie Monika Schwinsky und Peter Westernschmidt vom Revier in Mödling; ich will die beiden vor Ort haben.«

Er legte auf und warf Isabella einen bedauernden Blick zu. »Ich muss weg, ein Notfall. Lass dir eine Entschädigung einfallen. Vielleicht darf ich dich morgen Abend zum Essen einladen?«

Isabella starrte ihn mit offenem Mund an. »Du willst jetzt wirklich gehen?«, zischte sie leise.

Nick hatte die Situation noch nicht vollends begriffen, denn er entgegnete ungerührt: »Von *wollen* kann keine Rede sein, ich *muss*!« Dabei beugte er sich nach vorn, um ihr einen Kuss auf den Mund drücken.

Ihr Zorn traf ihn unerwartet und mit voller Wucht. Sie sprang auf, schnappte sich die Fernbedienung des DVD-Players, holte aus und schleuderte das Gerät in seine Richtung. Nick hob gerade noch rechtzeitig die Hände schützend vor das Gesicht, sodass die Fernbedienung an seinem Unterarm abprallte. Mit einem lauten Poltern landete es auf dem Glastisch.

Isabella war außer sich. »Du verdammter Dreckskerl!«, schrie sie. »Kommst, fickst mich und verschwindest wieder! Was bildest du dir eigentlich ein?! Du – du …« Ihre Stimme ging in ein markerschütterndes Schluchzen über.

Nick stand fassungslos vor ihr und betrachtete ungläubig die zur Furie gewordene Frau. Für den Bruchteil einer Sekunde spielte sein Gehirn alle möglichen Szenarien und Reaktionen durch. Natürlich konnte er ihre Enttäuschung nachvollziehen, allerdings war dieser irrationale Ausbruch keinesfalls angemessen und erschreckte ihn zutiefst. Seine Alarmglocken hatten also wieder einmal recht gehabt.

Sein Gewissen mahnte ihn, abzuwarten und in Ruhe mit ihr zu sprechen. Aber die Zeit dazu hatte er nicht. »Isabella … das ist mein Beruf. Ich muss zu einem Tatort; ein Mord ist geschehen«, erklärte er detaillierter, als er es eigentlich beabsichtigt hatte.

Sie verzog ihr tränenüberströmtes Gesicht zu einer Fratze. »Hau ab.«

Nick versuchte es ein letztes Mal: »Isabella, ich …« Doch sie hob nur den Arm und zeigte ihm den erhobenen Mittelfinger.

Das war das Ende. Sie wussten es beide. Mit verhaltenen Bewegungen sammelte er seine Kleidungsstücke ein, zog sich an und verließ so geräuschlos wie möglich das Wohnzimmer. Nachdem er die Wohnungstür hinter sich zugezogen hatte, stürmte er los.

Auf einmal hatte er es unendlich eilig, von diesem Ort wegzukommen.

19

Bereits von der Straßenkreuzung aus konnte Nick den hell erleuchteten Platz zwischen den Büschen und Bäumen hervorblitzen sehen. Er stieg heftig auf das Gaspedal, querte mit quietschenden Reifen die Vorrangstraße und stellte seinen Wagen am Parkplatz der Burg Liechtenstein ab. Im Hintergrund erhob sich die Silhouette des majestätischen Gemäuers, das der Mond schemenhaft beleuchtete. Die weitläufige, bis zum Parkplatz reichende Wiese vor der Burg lag völlig im Dunkeln.

Energisch bewegte sich Nick auf den Tatort zu und schlüpfte behände unter dem Polizeiabsperrband hindurch. Im Scheinwerferlicht hatten sich einige Personen versammelt. Eine hochgewachsene Gestalt löste sich aus der Gruppe und kam auf ihn zu. Sofort erkannte er Peter Westernschmidt an seinem typischen Gang. Monika Schwinsky folgte ihrem Kollegen auf den Fersen; auch sie hätte er mittlerweile unter vielen ausmachen können.

Beide machten ernste Gesichter. Monikas Ausdruck zeugte sogar von blankem Entsetzen. Etwas stimmte nicht mit ihr.

Peter begann sogleich zu berichten: »Bei dem Opfer handelt es sich um eine Frau. Sie wurde von einem nächtlichen Spaziergänger gefunden. Das heißt, genau genommen hat sein Hund sie aufgespürt. Der Täter gab sich keine allzu große Mühe, die Leiche zu verbergen. Er hat sie einfach im Gestrüpp abgeladen, so wie man eine leere Coladose wegwirft.«

»Dort drüben?«

»Ganz genau. Doktor Hofer ist bei ihr. Ich durfte diesen Herrn ja bereits am Kursalon-Parkplatz erleben. Für Monika war es allerdings die erste Begegnung mit der dritten Art!«

Monika nickte, enthielt sich jedoch jeglicher Aussage. Nick hatte mit einem zumindest knackigen bis im Extremfall bissigen Kommentar gerechnet. In der Tat, irgendetwas stimmte ganz und gar nicht mit ihr. »Alles in Ordnung, Monika?«, fragte er betont sachlich.

»Ich weiß auch nicht, was mit mir los ist, der Anblick dieser Frau hat mich …« Sie suchte nach den passenden Worten.

»Ist das deine erste Leiche?«

Sie schüttelte den Kopf. »Leiche nein, Mordopfer ja.«

Nick legte seine Hand auf ihre Schulter. »Beim ersten Mal kann das sehr schwer sein. Wenn es dich beruhigt: Du bist nicht die Einzige, die so reagiert. Versuche, dieses Bild nicht zu nahe an dich heranzulassen. Zeichne einen gedanklichen Kreis und bleib außerhalb der Begrenzung.«

»Nicht zu nahe heranlassen geht nicht mehr, es ist schon in mir drin und hat sich festgebrannt.« Trotz ihrer Bestürzung folgten ihre Pupillen seinem Arm und ihre Mundwinkel zuckten.

Mit einer schnellen Bewegung zog Nick seine Hand zurück, atmete aber innerlich auf; die Eisenlady steckte noch in ihr. »Gehen wir hinüber.« Er wies auf Monika. »Für dich ist es besser, wenn du dich im Hintergrund hältst.«

Energisch setzten sich die beiden Männer in Bewegung. Knapp vor ihrem Ziel verlangsamte Nick seinen Gang und betrachtete die schwach beleuchtete Umgebung. »Einfacher geht es kaum. Man fährt mit dem Auto hierher, öffnet den Kofferraum und lädt seine Fuhre im Unterholz ab. Aus einem vorbeifahrenden Auto erkennt man nichts und in der Nacht ist die Gegend ohnehin wie ausgestorben. Sollte doch jemand vorbeikommen oder auf den Parkplatz fahren, sieht er ein Auto am anderen Ende – das ist auf einem Parkplatz nichts Besonderes.« Sein Blick fiel auf ein Schild vor einem Weg, der zu einer schmalen, zwischen der Straße und dem Parkplatz verlaufenden Wiese führte: *Hundewiese.*

Vor der Fundstelle war ein kleiner Teil des Gestrüpps zur Seite geräumt worden. Dort kniete Robert Hofer neben einer leblosen Gestalt. Als er Nick kommen sah, hob er die Hände beschwichtigend in die Höhe. »Alles unter dem wachsamen Auge des großen Spurensuchers …«

Freddy, der in der Nähe stand, deutete auf das Unterholz. »In diesem Dschungel wären wir nicht an sie herangekommen. Wenn du auch zu ihr willst, müssen wir noch mehr davon wegräumen.«

»Danke, Freddy, lass es zunächst. Für einen ersten Eindruck genügt mir, was ich von hier aus sehe. – Kannst du mir schon etwas sagen?«, wandte er sich an den Rechtsmediziner.

»Sie liegt bereits seit einigen Tagen hier, so viel ist fix. Bis auf ansehnliche Würgespuren und einige Kratzer, die wahrscheinlich das Buschwerk verursacht hat, kann ich keine Verletzungen erkennen.«

»Mich wundert, dass sie nicht früher gefunden wurde«, überlegte Nick laut.

»Wieso?« Robert Hofer zog fragend die Oberlippe hoch. Er konnte richtiggehend ungehalten sein, wenn er eine Aussage nicht verstand.

Nick ließ ihn nicht lange im Ungewissen. »Da vorn ist ein Schild. Die Wiese neben dem Buschwall ist eine Hundewiese, das heißt, die Vierbeiner können sich frei bewegen. Ich denke, ein so interessantes Objekt müssten sie rasch aufspüren, oder?«

»Das ist leicht zu erklären!« Peter Westernschmidt präsentierte eine allwissende Miene: »Erstens war das Wochenende verregnet, zweitens handelt es sich um keine allzu beliebte Hundewiese – ich wohne in der Nähe. Sie wird selten gemäht, liegt direkt neben einer Durchzugsstraße und ist nicht eingezäunt.«

»Hast du einen Hund?«, staunte Nick.

»Zwei sogar. Italienische Windspiele.« Peter lächelte sanft. »Meine beiden Babys.«

Nick ging nicht weiter auf Peters Worte ein, im Augenblick zumindest. Die Information hatte er jedoch gespeichert. Auch wenn er mit Klischees hantierte, bestärkte es ihn in seiner Vermutung, was das kleine Geheimnis des Polizisten betraf. »Zeigen die Würgemale irgendwelche Auffälligkeiten?«, wandte er sich wieder an den Rechtsmediziner.

»Ich weiß, worauf du hinauswillst. Aber dazu hörst du von mir nichts, bevor ich es nicht mit Sicherheit bestätigen kann.«

»Sag mir wenigstens, ob du *glaubst*, dass es wieder zwei verschiedene Abdrücke gibt.«

»Du verstehst nicht: Erst wenn ich mir einer Sache völlig sicher bin, gebe ich sie bekannt. Wegen dir ändere ich meine Einstellung nicht.« Der Rechtsmediziner seufzte. »Bis zu meiner Pensionierung werde ich dir das wohl noch tausendmal erklären müssen.«

»Und ich werde es – versehentlich – noch tausendmal ignorieren«, konterte Nick.

Robert Hofer richtete sich ächzend auf und kletterte aus dem Unterholz. Er stemmte seine Hände in die Hüften und streckte sich. »Weißt du was? Zieh dir den Schutzanzug über und schau es dir selbst an. Meine Wirbelsäule braucht ohnehin eine Pause. Ich räume das Feld.«

Nick drehte sich zu Freddy um. »Kannst du mir einen Überzieher bringen lassen?«

»Meine Leute sind alle beschäftigt; ich hole dir einen.« Er machte kehrt und entschwand in die Dunkelheit.

Robert Hofer trat nahe an Nick heran. »Es sieht ganz danach aus«, flüsterte er so leise, dass selbst Nick Probleme hatte, ihn genau zu verstehen.

»Du meinst die Abdrücke am Hals?«

»Was denn sonst!«, zischte der Rechtsmediziner und blickte sich verstohlen um, als hätte er soeben ein ungeheures Geheimnis preisgegeben.

Nick schaffte es gerade noch, ein wieherndes Geräusch durch lautes Husten zu übertönen, und entgegnete schnell: »Ich weiß deine unerwartete Offenheit zu schätzen.«

Robert wollte etwas erwidern, machte aber stattdessen einen weiten Schritt zur Seite und schnitt eine undefinierbare Grimasse. Plötzlich schien er mit seinem Gewissen zu kämpfen, weil er eine seiner heiligen Regeln gebrochen hatte.

Da sich Freddy mit dem Schutzanzug näherte, schenkte Nick dem Rechtsmediziner keine weitere Beachtung. Eilig schlüpfte er in das Gewand und ging auf das Gestrüpp zu. Kurzerhand übersprang er ein kleines Hindernis aus Ästen und vertrockneten Gräsern und landete auf dem freien Platz direkt neben der Leiche.

Die Frau lag auf dem Rücken; Arme und Beine waren abgewinkelt und wirkten wie dicke Seile, die jemand unaufgerollt weggeworfen hatte. Der zur Seite gedrehte Kopf ermöglichte einen Blick auf die linke Gesichtshälfte. Automatisch prüfte Nick ihre Physiognomie und atmete unwillkürlich erleichtert auf; es handelte sich um eine Unbekannte. Seine Augen wanderten ihren Körper entlang. Sie trug einen weißen BH und eine vollständig geöffnete weiße Bluse; beide Kleidungsstücke waren zwar verschmutzt und die Bluse zerknittert, dennoch schienen sie verhältnismäßig unversehrt zu sein. Von der Taille abwärts war sie bis auf halterlose Strümpfe nackt. Die Strümpfe wiesen zwar einige Laufmaschen auf, waren jedoch nicht zerrissen und unterstrichen den intakten Gesamteindruck. Wirklich auffällig war allein der verfärbte, fleckige Hals. Beinahe sah es so aus, als hätte sie sich einen dunkel gemusterten Schal eng um die Kehle geschlungen.

Nick rutschte näher und beugte sich über ihren Oberkörper. Sofort war ihm klar, warum der Rechtsmediziner letztendlich seinem Vorsatz untreu geworden war und ihm seine Vermutung zugeflüstert hatte: Die halbmondförmigen Abdrücke hinter manchen Würgemalen waren unübersehbar. Robert Hofer war über sein eigenes Geltungsbedürfnis gestolpert. Wäre die Situation nicht dermaßen prekär gewesen, Nick hätte sich köstlich amüsiert. Langsam erhob er sich, stieg über das Gehölz und trat wieder auf den Parkplatz hinaus.

Robert Hofer, Peter und Freddy blickten ihn erwartungsvoll an.

Weil Nick nichts daran lag, den Rechtsmediziner vorzuführen, ließ er dessen Aussage komplett außen vor. »Es gibt auffällige Übereinstimmungen beim Würgemuster«, erklärte er knapp.

Auch Monika, die mit blassem Gesicht, aber sichtlich wieder gefasst, etwas abseits stand, hatte Nicks Worte vernommen. »Zwischen den beiden Morden liegt ein verdammt kurzer Zeitabstand«, bemerkte sie.

»Nur wenig mehr als zwei Wochen«, bestätigte Peter.

»Sie sollten mich zuerst meine Arbeit machen lassen und erst dann entsprechende Überlegungen anstellen«, mischte sich Robert Hofer ein und bedachte sowohl Monika als auch Peter mit einem herablassenden Blick.

Peter Westernschmidt runzelte die Stirn. Seine Lippen zuckten.

Nick hatte den Polizisten noch nie ärgerlich oder verstimmt erlebt, jetzt wirkte er richtiggehend aufgebracht. Weil er eine Auseinandersetzung zwischen dem Rechtsmediziner und seinen beiden Polizisten unter keinen Umständen gebrauchen konnte, wandte er sich rasch an Robert Hofer: »Wann kannst du erste Ergebnisse liefern?«

Der Rechtsmediziner legte den Kopf zur Seite und zog die Mundwinkel nach unten. »Aus gegebenem Anlass ändere ich meine normale Reihenfolge. Die wichtigste und dringlichste Frage ist ja wohl, ob sich *deine* Vermutung bestätigt.« Er pausierte und prüfte, ob ihm jeder in der Runde aufmerksam zuhörte. »Morgen Nachmittag weiß ich mehr.«

Freddy, der die Szene schweigend mitverfolgte, meldete sich nun zu Wort: »Ich mache mit meiner Crew bis zum Morgengrauen weiter, dann kommt eine neue Truppe. Ich will nicht Gefahr laufen, dass wir wegen Übermüdung irgendetwas übersehen. Am Vormittag durchkämmen wir noch die umliegende Gegend in alle Himmelsrichtungen. Bis zum Nachmittag müssten wir es geschafft haben. Sollte ich etwas Wichtiges finden, melde ich mich unverzüglich bei dir, Nick.«

»Danke Freddy. Du weißt, ich bin rund um die Uhr am Handy erreichbar.«

»Da es für mich im Moment nichts weiter zu tun gibt, verabschiede ich mich.« Robert Hofer nickte, machte kehrt und marschierte zackig zu seinem Wagen, den er auch dieses Mal augenfällig und unkorrekt geparkt hatte.

Sogleich löste sich die angespannte Stimmung in nichts auf.

Peter trat von einem Bein aufs andere. Er musste seinem Unmut Luft machen. »So ein …« Er suchte nach dem geeigneten Wort.

»Meinen Sie womöglich: Kotzbrocken? Widerling? Angeber?«, kam ihm der Spurensucher zu Hilfe und streckte ihm die Hand entgegen. »Mein Name ist Freddy.«

Der Polizist ergriff sie. »Ich bin Peter. Wir sind uns bereits beim ersten Mord am Kursalon-Parkplatz begegnet.«

Freddy grinste. »Entschuldige, eine Kappe ist für mich wie die andere.« Er drehte sich zu Monika um und reichte auch ihr die Hand, wobei er ihr zuzwinkerte. »An meine erste Leiche vor vielen Jahren darf ich gar nicht denken.« Er beugte sich zu ihr. »Ich habe auf meine eigenen Schuhe gekotzt, aber schschsch!« Dabei führte er seinen Zeigefinger an die Lippen.

Sie versuchte ein klägliches Lächeln. »Mein Magen ist ein zähes Kerlchen.«

»Das Beste ist, du gehst nach Hause, schluckst eine Tablette und gönnst dir einige Stunden Schlaf.« Nick schenkte ihr einen mitfühlenden Blick.

20

»Und du schließt jeden Irrtum aus?« Schon als ihm die Frage über die Lippen rutschte, wusste Nick, dass er nun unweigerlich die übliche mühsame Erklärungsprozedur durchlaufen musste.

Robert Hofer reagierte entsprechend unbarmherzig. Doch nachdem er sich hinlänglich ausgelassen und sein Können ins rechte Licht gerückt hatte, kam er endlich zur Sache. »Ich bin felsenfest davon überzeugt, dass die Morde miteinander in Zusammenhang stehen und von denselben Tätern durchgeführt wurden. So steht es auch in meinem Bericht.«

Nachdenklich strich sich Nick übers Kinn. »Trotzdem geht mir die unterschiedliche Intensität der Würgemale nicht aus dem Kopf. Die Abweichung zu den Spuren auf Susanne Rippels Hals sind eklatant. Dafür suche ich noch eine stichhaltige Erklärung.«

»Neben der Tatsache, dass jeder Körper auf Gewalteinwirkungen anders reagiert, habe ich dazu meine eigene Theorie.«

»Die nicht in deinem Bericht steht?«

»Selbstverständlich nicht, es ist nur eine Theorie und als solche hat sie in meinem Bericht nichts verloren. Natürlich handelt es sich dabei aber um keine dieser waghalsigen, an den Haaren herbeigezogenen Hypothesen. Sieh her!« Der Rechtsmediziner hatte nahe dem Obduktionstisch einen Metallwagen mit einigen Nahaufnahmen von Susanne Rippels Hals platziert. Nun zog er den Wagen dicht an den Kopf der Frau heran und drehte die Fotos so, dass Winkel und Ansicht exakt zueinander passten. »Bei unserem ersten Opfer wurde abwechselnd oder nacheinander zugedrückt, einmal der Täter mit den langen Fingernägeln, einmal der mit den kurzen Fingernägeln.« Er deutete auf den Hals der Leiche. »Hier haben sie ihre Vorgehensweise meiner Ansicht nach geringfügig geändert. Zuerst hat sich die Person mit den langen Fingernägeln am Hals zu schaffen gemacht. Erst in Folge kam Täter Nummer zwei mit helfenden Händen hinzu und hat seine Finger über die mit den langen Nägeln gelegt. Sie haben das Opfer gemeinsam – quasi Hand in Hand – gewürgt.«

Nick zeigte auf eine der schwarz verfärbten Stellen. »Du meinst, dass diese ausgeprägten Male daher stammen?!«

»Ganz genau. Die Frau wurde auf jeden Fall auch einzeln gewürgt, da es sonst keine fingernägellosen Abdrücke geben würde, jedoch nicht in der Art und Weise wie Susanne Rippel.«

Für eine Weile betrachtete Nick die Fotos und den Hals der Leiche. Die Vorstellung jagte selbst ihm eine Gänsehaut über den Rücken. Wie ein Pfeil schoss das Wort Lustmord durch sein Gehirn und blieb mitten in seinem Bewusstsein stecken. »Das erscheint mir durchaus einleuchtend. Gibt es Anzeichen für eine Vergewaltigung?«

»Nein, aber sie war kurze Zeit vor ihrem Tod sexuell aktiv. Ich habe die Vaginalwände genau ausgeleuchtet und untersucht. Generell lässt der Zustand des Gewebes auf keine übermäßige Beanspruchung schließen, dazu sind die Blessuren zu geringfügig – doch es sind welche vorhanden und sie sind frisch.«

»Bei Susanne Rippel war das anders.«

Der Rechtsmediziner stieß einen grunzenden Laut aus. »Die Dame hatte im Gegensatz zu dieser hier Sex im Ausmaß einer aktiven Prostituierten.«

»Irgendwelche Fesselungsspuren?«

»Ich würde es eher als Druckstellen bezeichnen. Sie befinden sich sowohl an den Händen als auch an den Beinen. Ich habe sie vermessen: Sie stimmen mit den Spuren von Susanne Rippel überein.«

»Drogen?«

»Du meinst 4-Hydroxybutansäure? Die Ergebnisse der Blutanalyse stehen zwar noch aus, aber selbst wenn sie bis oben mit GHB vollgepumpt war, ist ein Nachweis schon lange nicht mehr möglich. Immerhin hat sie einige Tage im Freien verbracht. Einen Hoffnungsschimmer habe ich allerdings: An den Strümpfen habe ich einen winzigen Blutfleck entdeckt. Das Labor hat bereits bestätigt, dass die Rückstände für eine Analyse ausreichen. Natürlich kann er vom Opfer selbst stammen. Sie weist keine gröberen Verletzungen auf, hat aber von den Büschen, in denen sie gelegen hat, ein paar Kratzer und Abschürfungen davongetragen. Genauso besteht die Möglichkeit, dass es sich um einen älteren Fleck handelt. Dessen ungeachtet könnte er von einem der Mörder herrühren!«

Nick nickte. »Immerhin ein kleiner Lichtblick. Erst wenn wir etwas Stichhaltiges in den Händen halten, komme ich an die Täter heran. Sonst kann ich nur hoffen, dass ihnen irgendwann ein Fehler unterläuft.« Er seufzte. »Hoffentlich nicht bei einem weiteren Opfer.«

»Du denkst an Serienmord?« Der Rechtsmediziner sprach mit verschwörerisch gesenkter Stimme und taxierte Nick voller Interesse.

»Ich glaube, dass der erste Mord zufällig geschehen ist. Irgendetwas muss passiert sein, das die Täter veranlasst hat, Susanne Rippel zu töten.«

»Wie kommt du darauf, dass der Mord nicht geplant war?«

»Die Wunde an der Schläfe war eindeutig eine Affekthandlung und die Art des Würgens offensichtlich unausgegoren; da steckte keine ausgereifte Überlegung dahinter. Jetzt sieht die Sache allerdings ganz anders aus. Sie sind auf den Geschmack gekommen. Das Opfer hat keine weiteren Verletzungen und wenn zutrifft, was du über den Würgeprozess gesagt hast, hat der Akt zwei Personen viel Spaß bereitet.«

»Oder nur einer und die andere hat aus Solidarität oder einem anderen befremdlichen Grund mitgemacht«, folgerte Robert Hofer lapidar.

»Bei zwei Tätern herrscht immer ein Ungleichgewicht der Kräfte; der Lehrer und der Schüler, der Kluge und der Dumme, … die Varianten sind mannigfaltig – wie in der Liebe: Auch hier ist einer immer der Schwächere, will mehr und empfindet intensiver als der andere.«

»Das klingt nach Liebeskummer!«

»Für echten Liebeskummer reicht es wohl nicht aus.« Nick gab einen bitteren Laut von sich, fasste sich jedoch gleich wieder; beinahe hätte er vergessen, wer vor ihm stand. »Wann kann ich mit dem Testergebnis des Blutflecks rechnen?«

»Vor morgen habe ich nichts in der Hand. Ich melde mich bei dir. Apropos melden: Haben die Spurensucher etwas zu vermelden?«

»Leider komplette Fehlanzeige. Wieder waren weder Handtasche, Handy noch persönliche Gegenstände zu finden. Auch sonst haben sie nichts entdeckt, keinen einzigen Hinweis, der mir weiterhelfen könnte.«

»Wir haben es also mit einer *Jane Doe* zu tun! Zumindest so lange, bis die DNS-Analyse fertig ist; möglicherweise ist die Gute ja im Computer.«

»Genau, mit einer *unbekannten Person*«, entgegnete Nick. Robert Hofer schaffte es doch immer wieder, ihn mit seiner demonstrativen und in diesem Fall sogar völlig deplatzierten Großtuerei zu verblüffen. Ihm war schleierhaft, warum der Rechtsmediziner den in den USA offiziell gebräuchlichen Ausdruck *Jane Doe* dermaßen hervorhob. Schließlich war der

Terminus im deutschsprachigen Raum seit Langem allseits bekannt. Wahrscheinlich hatte er zu viele CSI-Folgen im Fernsehen gesehen und wollte nun mit seinem vermeintlich besonderen Wissen prahlen. Wie Nick wusste, hatte Robert Hofer im Gegensatz zu ihm selbst nämlich nie in den USA gelebt. Folglich nicht mehr als eine weitere Aussage des Rechtsmediziners, die es zu überhören galt. »Im Büro sehen sich Kollegen die Vermisstenmeldungen durch, bis jetzt sind sie aber auf niemanden gestoßen, der passen könnte.« Nick zuckte mit den Schultern. »Wenn sie nicht als vermisst gemeldet wurde und ihre Analyse nichts ergibt, werde ich die Medien einschalten müssen.« – *Und nachdem ich ihr Foto gewissen Personen gezeigt habe,* fügte er in Gedanken hinzu.

Nachdem Nick die Rechtsmedizin verlassen hatte, begab er sich auf direktem Weg zum Bürgermeister von Mödling. Er fuhr gemächlich und ließ sich Robert Hofers Worte immer wieder durch den Kopf gehen. Wenn die Täter wirklich Gefallen am Töten gefunden hatten, galt es unverzüglich und ohne jegliche Rücksichtnahme zu handeln. Dem Wiederholungsdrang konnten sie heute, in einer Woche, einem Monat oder auch nie mehr nachgeben. Leider war Letzteres reines Wunschdenken; in den Statistiken wies es die kleinste Prozentzahl auf.

Draußen begann es zu dunkeln. Ein rauer Wind wehte und Nick fröstelte, obwohl er in seinem wohltemperierten Wagen saß. Er war ein ausgesprochener Sommermensch, der in den Wintermonaten gern für zwei oder drei Wochen in die Wärme eines fernen Landes flüchtete. Ob er den Fall bis dahin gelöst haben würde?

Der Bürgermeister erwartete ihn offenbar schon voller Ungeduld. Nick war kaum aus dem Auto gestiegen, als die Eingangstür bereits geöffnet wurde. Einnehmend lächelnd, jedoch sichtlich angespannt, begrüßte ihn Elisabeth Frey. »Herr Doktor Stein! Endlich!«

»Die neuesten Entwicklungen im anstehenden Fall machten es mir leider unmöglich, Ihnen eine verbindliche Uhrzeit zu nennen«, entschuldigte er sich höflich und betrat den Vorraum.

Diese Halbwahrheit schien sie zufriedenzustellen. Fürsorglich legte sie ihre Hand auf seinen Arm. »Dafür haben wir natürlich Verständnis. Sind Sie hungrig? Wir haben noch nicht zu Abend gegessen. Es würde uns freuen, wenn Sie bleiben.«

»Leider muss ich nach der Besprechung sofort wieder ins Büro.«

Sie lachte dezent. »Ich hätte möglicherweise Besseres anzubieten, als Sie es in solch einer Situation gewohnt sind.«

»Das unterschreibe ich, Elisabeth. Mein Abendmahl wird über ein Fertigsandwich von der Tankstelle nicht hinausgehen.«

Wieder lachte sie und vollführte eine einladende Handbewegung. »Mein Mann erwartet Sie in seinem Büro.« Mit wiegenden Schritten, pure Eleganz ohne einen Anflug von Frivolität ausstrahlend, ging sie ihm voran.

Martin Frey saß hinter einem Schreibtisch aus dunklem Holz. An den Wänden hingen eine Porträtaufnahme seiner Frau sowie einige Urkunden, die ihn als leidenschaftlichen Tennisspieler auswiesen. Er erhob sich und streckte Nick seine Hand über den Schreibtisch hinweg entgegen. »Bitte setzen Sie sich. Möchten Sie einen Kaffee?«

»Sehr gern sogar.«

»Kommt sofort«, meldete sich Elisabeth Frey, die an der Türschwelle ausgeharrt hatte.

»Wie schrecklich«, eröffnete der Bürgermeister das Gespräch.

Nick war für diesen direkten Einstieg durchaus dankbar. Entsprechend unumwunden antwortete er: »Unsere Vorgangsweise hat sich seit Auffinden der zweiten Leiche drastisch verändert.«

»Das heißt im Klartext: Sie können auf meine Konzertreihe keine Rücksicht mehr nehmen?«

»Ich versprach Ihnen, Sie rechtzeitig zu informieren.«

»Ich weiß das nach wie vor zu schätzen. Was planen Sie als Nächstes?«

»Die Identität der Frau ist noch nicht geklärt. Wenn wir bis zum Ende der Woche kein Ergebnis haben, informieren wir die Medien.«

Wie Peitschenhiebe knallten die Sätze in den Raum. Elisabeth Frey, die so lautlos wie möglich das Zimmer betreten hatte, stellte die beiden Kaffeetassen, ein Schälchen mit Zuckerwürfeln und einen Süßstoffbehälter auf dem Schreibtisch ab und beeilte sich, rasch wieder fortzukommen.

»So knapp vor Festivalbeginn! Schon die normale Berichterstattung des Falls erschlägt uns!« Der Bürgermeister schnaubte.

»Ich hatte gesagt, dass ich im Ernstfall keine Rücksicht auf solche Szenarien nehmen werde. Die Situation ist ernst, viel ernster, als Sie möglicherweise annehmen.«

Mit zusammengekniffenen Augen musterte Martin Frey sein Vis-à-Vis. Bis auf das leise Klirren des Löffels, den er rhythmisch im Kreis bewegte, herrschte vollkommene Stille. Allmählich veränderte sich seine Mimik und das aufgesetzte Politiker-Gesicht machte einem Ausdruck echter Bestürzung Platz. »Bevor Sie gekommen sind, haben Elisabeth und ich darüber gesprochen … Was, wenn noch jemand ermordet wird?«

Nick griff nach dem Süßstoffbehälter und ließ zwei Tabletten in den Kaffee fallen, dann nahm auch er den Löffel in die Hand und begann umzurühren. »Ich will ehrlich zu Ihnen sein: Wir haben die Serientätertheorie bereits aufgegriffen. In so einem Fall ist die Zeit unser größter Feind.«

»Neben dem Mörder selbst …«

»Stimmt, Martin, neben dem Mörder selbst.«

21

»Und?« Nicks erwartungsvoller Blick war auf Monika und Peter gerichtet.

»Fehlanzeige«, entgegnete Peter mit ernster Miene. Zum ersten Mal erkannte Nick dunkle Ringe unter den Augen seines Mitarbeiters. Dem sonst so sonnigen Polizisten setzten die Ereignisse ohne Zweifel ebenfalls arg zu.

»Fritz Dunkel haben wir in seiner Mittagspause in einem Gasthaus in der Nähe der EVER AG getroffen. Er schwor Stein und Bein, die Frau noch nie gesehen zu haben.« Peter zuckte mit den Schultern. »Er zeigte sich zuvorkommend und hat unsere Fragen freundlich und neutral beantwortet. Wir könnten nicht sagen, ob er gelogen hat oder nicht. Das Gleiche gilt für Frau Dunkel, die wir anschließend befragt haben.«

»Wenn sich Menschen in völliger Sicherheit wiegen, ist es nicht ungewöhnlich, dass sie Unwahrheiten glaubwürdig darbringen. Die Lüge kann in der Fantasie sehr rasch zur Wahrheit mutieren. Ich nehme an, die beiden hatten für den Zeitraum der Tat ein Alibi?«

»Hatten sie! Im Übrigen dasselbe wie beim Mord an Susanne Rippel. Sie kamen gegen sechzehn Uhr nach Hause und haben ihr Heim bis zum Mittag des Folgetags nicht mehr verlassen.«

»Wie hat er auf das Foto reagiert?«

Monika schüttelte sich. »Widerlich!«

»Widerlich? Unheimlich und abstoßend trifft es besser.« Voller Ekel verzog Peter den Mund.

»Er hat also Gefallen an dem Foto gefunden?«, fragte Nick mehr aus rhetorischen Gründen, da er die Antwort bereits kannte.

Monikas Stimme überschlug sich. »Was heißt Gefallen gefunden! Richtiggehend geil ist er geworden und hat wie gebannt auf das Bild gestarrt. Ich möchte nicht wissen, was er angestellt hätte, wenn er mit dem Foto allein gewesen wäre.«

»Er hätte sich einen runtergeholt«, bemerkte Peter überraschend trocken.

Monika zuckte zusammen. Der Schock über den Anblick ihres ersten Mordopfers hatte zweifellos die empfindsamste Seite in ihr zum Vorschein gebracht. Bis ihr inneres Gleichgewicht wiederhergestellt sein würde, musste wohl noch einige Zeit vergehen, aber so, wie Nick die Polizistin einschätzte, konnte sie alles in den Griff bekommen.

»Auch ich hatte keinen Erfolg. Werner Schneider behauptet ebenfalls, sie nicht zu kennen. Ob es die Wahrheit war? Frostigen Mienen lässt sich nur schwer etwas entnehmen«, berichtete Nick im Gegenzug.

»Hat er wenigstens ein gutes Alibi?«, fragte Peter.

»Nein. Er behauptet, zu Hause gewesen zu sein, allein.«

In diesem Moment steckte der kleine Polizist, den Nick am ersten Tatort kennengelernt hatte, seinen Kopf durch die Tür des Aufenthaltsraums. »Herr Doktor Stein! Eine Frau Tina Krammer ist für Sie da.« Bedeutungsvoll zuckte er wie Groucho Marx mit den Augenbrauen und setzte nach: »Eine sehr attraktive Dame!«

Monika grinste breit und vollführte eine anzügliche Geste, die zweifelsfrei auf die Schwärmerei des Polizisten abzielte.

»Bringen Sie sie bitte her«, entgegnete Nick, nicht auf Monika achtend. Unter keinen Umständen wollte er Tina in dem sterilen Besprechungsraum befragen. Hier, im Privatbereich, war die Atmosphäre freundlicher und ließ zumindest ein wenig Behaglichkeit aufkommen. Werner hatte sich ihm bereits entzogen, das sollte ihm mit Tina nicht passieren.

»Na schön«, erwiderte der Polizist überrascht und bedachte Monika mit einem unmissverständlichen Gegenhandzeichen.

Es dauerte eine ganze Weile, bis er mit Tina im Schlepptau wieder zurückkehrte. »Bitte treten Sie ein, gnädige Frau«, forderte er sie galant auf und schloss die Tür betont langsam hinter sich.

»Tina!« Nick hatte sich erhoben und drückte seine Wange gegen ihre. »Ich hoffe, es stört dich nicht, wenn wir uns hier zusammensetzen.« Er wandte sich um. »Ich möchte dir meine Kollegen vorstellen: Monika Schwinsky, Peter Westernschmidt.«

Tina ergriff die angebotenen Hände und murmelte jedes Mal: »Freut mich … freut mich.«

»Setz dich.« Nick deutete auf einen freien Sessel. »Möchtest du einen Kaffee? Mittlerweile habe ich gelernt, diese herrliche Maschine zu bedienen.«

»Nein danke. Guten Kaffee bekomme ich von meinem Mann zur Genüge. Hast du nichts *Richtiges* für mich?« Mit einem Stöhnen stützte sie ihre Arme auf dem Tisch ab und ließ ihren Kopf darauf fallen, dabei zeigte sie keine Befangenheit vor den beiden Polizisten. »Das Arschgesicht hat mich zuerst angerufen. Ich weiß, was mir blüht. Gib mir dieses schreckliche Foto, damit ich schnell wieder verschwinden kann.« Auf einmal schien sie den Tränen nahe. »Wenigstens jetzt hat er sich gemeldet. In der Zwischenzeit herrschte Funkstille; er musste Susis Verlust betrauern.« Ihre Empörung klang eher traurig als wütend.

»Beruhige dich«, versuchte Nick den plötzlichen Ausbruch zu dämpfen, doch Tina sah ihn nur verständnislos an. Ohne Zweifel hatte er die falschen Worte gewählt.

Während Peter fragend mit den Schultern zuckte, erhob sich Monika mit einem vorwurfsvollen Blick auf Nick und entnahm einem Schrank eine halb volle Flasche Tequila. »Mit Zitronen kann ich leider nicht dienen, Salz haben wir aber.«

»Ich brauche weder das eine noch das andere.«

»Gut.« Monika schnappte sich zwei Schnapsgläser, stellte sie auf den Tisch und befüllte sie zu zwei Drittel mit der hellgelben Flüssigkeit. »Zum Wohl.« Energisch setzte sie ihr Glas an die Lippen und kippte den Tequila hinunter. »Ah.«

Tina folgte Monikas Beispiel. Ein breites Grinsen überzog ihr Gesicht und Monika schenkte wortlos nach. Nachdem die Damen ihr Ritual ein weiteres Mal wiederholt hatten, schienen sie fürs Erste zufrieden.

»Das war jetzt wirklich nötig! Vielen Dank, Frau Schwinsky. Ich denke, Sie werden mir nach unserem Gespräch ein Taxi rufen müssen.«

»Das denke ich auch.«

Wie auf Befehl brachen beide Frauen in schallendes Gelächter aus. Nicks erstaunter Laut ging dabei völlig unter. Er würde das andere Geschlecht wohl nie verstehen.

»Zeig mir jetzt dieses Foto«, forderte Tina ihn auf.

»Hier.« Nick legte das Bild der Toten vor ihr auf den Tisch. »Kennst du sie?«

»Nein.« Die Antwort kam prompt.

»Bist du dir sicher?«

»Oh ja. Ich habe sie noch nie gesehen. Glaub mir, ich kenne viele Menschen, aber sie zählt definitiv nicht dazu. Mein Gedächtnis verfügt über einen zuverlässigen Gesichtsspeicher.« Wie ein störrisches Kind schob Tina die Unterlippe vor. Plötzlich verfinsterte sich ihre Miene. »Dass ich durch Werner in Susis Fall geschlittert bin, kann ich nachvollziehen. Was aber habe ich mit dieser Frau zu tun?« Ihre Pupillen bewegten sich unruhig von Monika zu Peter und erfassten schließlich Nick.

»Tina –«

»Bin ich etwa verdächtig?«, unterbrach sie ihn aufgebracht.

Peter Westernschmidt richtete sich kerzengerade auf. Seine sonst so freundliche Stimme klang hart und bestimmend. »Wir müssen jeder Spur nachgehen.«

Verlegen senkte Tina den Kopf. »Entschuldige, Nicki, ich weiß. Aber die ganze Situation zermürbt mich. Ich habe Angst, dass mein Mann hinter diese dumme Sache mit Werner kommt.«

»Mach dir vorläufig keine allzu großen Sorgen, okay?«

Langsam zeigte sie ein tapferes Lächeln. »Die mache ich mir doch nie! Tiefgründigkeit passt nicht zu mir.« Ihr Gesichtsausdruck strafte sie Lügen.

Nachdem er Tina in ein Taxi verfrachtet hatte, bestieg Nick sein Auto und fuhr seinem nächsten Ziel entgegen. Der Parkplatz direkt vor Carls Haus war frei und er stellte seinen Wagen dort ab.

Carinas Schelte ereilte ihn bereits an der Tür. »Ich bin gespannt, was so wichtig ist, dass es nicht warten konnte, Stoni. Wegen dir musste ich zwei Patienten verschieben.«

»In der Tat, es ist wichtig. Wo ist Carl?« Sich seiner unwirschen Art bewusst werdend, setzte er versöhnlicher nach: »Es ist wirklich sehr wichtig.«

»Er wartet im Büro.«

Ohne weiter auf Carina zu achten, machte er sich auf den Weg. Schleunigst folgte sie ihm.

Carl saß mit verschränkten Armen hinter seinem Schreibtisch und blickte aus dem Fenster. Als Nick eintrat, drehte er seinen Kopf im Zeitlupentempo zu ihm herum. Seine ernsten Züge hellten sich auf. »Nick! Setz dich. Was kann ich für dich tun?« Anders als bei Carina deutete nichts an seinem Verhalten auf Missmut und Ärger hin.

»Ich möchte euch bitten, einen Blick auf das Foto dieser Frau zu werfen.« Bedächtig zog Nick das Bild hervor und platzierte es auf der Glasplatte.

Carina und Carl beugten sich vor.

»Das ist Emma Langthaler. Was ist mit ihr? Sie sieht so ...?« Carina stockte mitten im Satz.

Um die Tragweite ihrer Worte zu realisieren, benötigte Nick einen Augenblick. Nur mit äußerster Konzentration schaffte er es, Ruhe zu bewahren und seine plötzlich aufkeimenden Emotionen im Zaum zu halten. Susanne Rippel, Emma Langthaler! Beide Carls Patientinnen! Trotz seiner Gemütsbewegung entgegnete er mit fester, besonnener Stimme: »Ihr kennt sie?«

»Sie ist meine Patientin; eine sehr gute sogar«, erklärte Carl.

»Was ist mit ihr?«, wiederholte Carina eindringlich.

»Sie ist tot. Ermordet.«

»Nein.« Carina schluchzte auf. »Schon wieder ist ...« Sie brachte es nicht fertig, ihre Erkenntnis auszusprechen. »Was hat das alles zu bedeuten?«

»Das versuche ich gerade herauszufinden«, erwiderte Nick bestimmt und wandte sich an Carl, von dem er genauere Informationen erwartete. »Was weißt du über sie?«

Carls Gesicht hatte jegliche Farbe verloren, nichtsdestoweniger wirkte er gefasst und antwortete übergelegt: »Emma Langthaler gehörte zu jenem Typ von Patienten, die im Laufe der Zeit eine gewisse Affinität zu kosmetischen Eingriffen entwickeln. Ihre Unzufriedenheit galt nicht ausschließlich ihrem Gesicht, sondern bezog sich auf den gesamten Körper. Für mich ist das wie ein kleiner Lottogewinn, wobei ich genau darauf achten muss, dass die Eingriffe in einem vernünftigen Rahmen bleiben und ethisch vertretbar sind. Das habe ich dir bereits im Zuge eines Gesprächs über Susanne erklärt ... Susanne ...« Er zauderte. »Die beiden waren sich sehr ähnlich, was ihre Eingriffswünsche betraf.«

Nick speicherte diese Information, ging jedoch nicht weiter darauf ein. Unbedingt wollte er seinen Gesprächsrhythmus beibehalten und sich nicht von Carl dirigieren lassen. »Wann war sie zum letzten Mal bei euch?«, setzte er also unbeirrt fort.

Carina und Carl tauschten einen bedeutungsvollen Blick aus. »Das ist nicht lange her. Donnerstag oder Freitag vergangener Woche«, meinte Carl.

»Ich muss es genau wissen.«

Carl hob die Hand. »Moment, ich sehe im Computer nach.« Er öffnete sein MacBook und griff nach der Maus. Kurz darauf hob er zufrieden den Kopf und drehte den Bildschirm zu Nick hin. »Freitag um achtzehn Uhr fünfundvierzig hatte sie einen Termin bei mir. Ich habe viel bei ihr gemacht, lauter kleine Korrekturen.«

»Wann ist sie gestorben?« Carina hielt sich nur mit Mühe aufrecht.

»Wie Susanne muss sie knapp nach dem Besuch bei euch ermordet worden sein.«

Unvermittelt gab Carina einen heiseren Ton von sich und sank vornüber. Nick reagierte prompt. Mit einem Satz war er bei ihr und fing sie auf. Sie stöhnte. »Danke. Das ist einfach zu viel für mich.«

Carl, der ebenfalls sofort aufgesprungen war, strich ihr sanft über den Kopf. »Beruhige dich, Liebste.« Zögernd wandte er sich in Nicks Richtung. »Das macht uns zu Verdächtigen, oder?«

»Wir haben fremdes Blut auf der Leiche gefunden. Wenn ihr nichts damit zu tun habt, und davon bin ich überzeugt, seid ihr rasch entlastet.« Bewusst erwähnte er nicht, dass er noch keine Ahnung hatte, ob es sich bei dem Blut tatsächlich um fremdes Blut, möglicherweise das eines Täters, oder nur um das Blut des Opfers handelte.

»Du kannst gern Blutproben von Carina und mir mitnehmen. Es dauert keine zwei Minuten.«

Nick schüttelte den Kopf. Als er antwortete, lag wieder der vertrauliche Freundschaftston in seiner Stimme: »Danke für deine Kooperation, Carl. Für eine Blutabnahme müsst ihr allerdings zu uns ins Labor kommen. Diesen Weg kann ich euch leider nicht ersparen.«

»Gib mir die Adresse. Morgen um acht Uhr früh sind wir zur Stelle.«

»Je schneller, desto besser – für euch wie für mich.« Nick räusperte sich. »Carl, ich brauche von dir dringend die gesamte Akte von Emma Langthaler und darüber hinaus eine Liste all deiner Patienten.«

Carl nickte. »Es sieht so aus, aus hätte es jemand auf meine Patienten abgesehen.«

»Wir finden es heraus.«

»Wenn das an die Öffentlichkeit kommt, kann ich meine Praxis schließen.« Carl schlug die Hände vors Gesicht.

22

»Guten Morgen.« Nick küsste Carina zurückhaltend auf die Wange und schüttelte Carls Hand. Er hatte kaum geschlafen, fühlte sich aber wach und voller Tatendrang. In Situationen wie diesen hatte ihn sein Körper noch nie im Stich gelassen; er verlangte nur nach mehr Kaffee und sehnte sich nach einer Droge, der er vor vielen Jahren den Rücken gekehrt hatte: Nikotin.

Carl wirkte gelassen. Ganz im Gegensatz zu Carina, die sich hektisch in dem kleinen Warteraum umblickte. »Ich habe eine Spritzenphobie. Nadeln in meinem Körper sind das Schlimmste für mich!« Ein Schauer durchlief sie.

Carl strich ihr sanft über die Wange. »Denk an das Emla-Pflaster, das ich dir vor über einer Stunde auf die Stelle geklebt habe. Du wirst nichts spüren.«

»Was ist ein Emla-Pflaster?«, erkundigte sich Nick.

»Emla ist ein Lokalanästhetikum, das örtlich betäubend wirkt. In der Dermatologie habe ich es früher oft bei Kindern angewendet. Heute benutze ich es nur gelegentlich. Etwa bei einer Patientin, die sich vor den winzigsten Stichen fürchtet.«

»Hast du die richtige Vene genommen?«, fragte Carina in bangem Ton.

»Natürlich.« Er wandte sich an Nick. »Wenn man bei Carina in die falsche Vene sticht, geht sie auf wie ein Luftballon – die Vene, meine ich.« Er schmunzelte und rollte vielsagend mit den Augen.

»Du hast leicht lachen«, murrte Carina und kauerte sich auf einem Wartesessel zusammen. Sie hatte kaum Platz genommen, als die Tür des Behandlungsraums geöffnet wurde und ein

Mann in einem weißen Kittel erschien. Er begrüßte Nick flüchtig und vollführte eine einladende Handbewegung.

Carina fuhr hoch und betrat als Erste den nüchtern anmutenden Raum. »Darf ich zuerst?«, murmelte sie angsterfüllt.

Der Arzt deutete auf einen Sessel. »Nehmen Sie bitte Platz und legen Sie den rechten Arm frei.«

»Nein! Den linken bitte!« Aufgeregt zog sie den Ärmel ihres Pullovers hoch und wies auf das Emla-Pflaster.

»Mir soll's recht sein, den linken … Entfernen Sie bitte das Pflaster.«

Mit verkniffenem Gesicht zupfte Carina vorsichtig so lange an dem Pflaster, bis es sich allmählich löste. Die Haut darunter war stark gerötet. »Sie müssen diese Vene nehmen!«, bat sie den Mann.

»Wie Sie wünschen«, entgegnete er knapp, legte ihr den Stauschlauch um den Oberarm, zog das Band fest und desinfizierte die Einstichstelle.

Panisch riss sie den Kopf zur Seite. »Ich kann nicht hinsehen! Eins, zwei, drei, vier, fünf, sechs, sieben …«

»Fertig.« Der Arzt löste den Schlauch. »Drücken Sie den Tupfer einige Minuten fest darauf.« Endlich zeigte er ein Lächeln. »Ich dachte schon, ich komme nicht durch, die Vene war ziemlich widerspenstig.«

»Ich war total verkrampft.« Carina erhob sich.

Carl löste sie ab und durchlief die gleiche Prozedur. Nachdem auch er einen Tupfer erhalten hatte, verließen die beiden den Behandlungsraum.

Nick hatte die Szene von der Türschwelle aus beobachtet. Mit leiser Stimme instruierte er nun den Arzt: »Die Analyse hat oberste Priorität. Leiten Sie die Ergebnisse umgehend an Doktor Robert Hofer weiter.«

»Geht in Ordnung.«

Sie nickten sich zu und Nick verließ ebenfalls den Raum.

Im Wartezimmer saß Carina zusammengesunken auf einem Sessel; Carl stand neben ihr und sprach beruhigend auf sie ein.

»Nochmals vielen Dank, dass ihr euch so rasch Zeit genommen habt«, unterbrach Nick die beiden.

Carl winkte ab. »Das ist auch ganz in unserem Sinn. Ich empfinde es nicht als besonders angenehm, Verdächtiger in einem Mordfall zu sein. Außerdem ist mir unsere wiederbelebte Freundschaft wichtig. Nichts soll zwischen uns stehen.«

In diesem Augenblick läutete Nicks Handy. »Stein!« Nach einem kurzen Schweigen antwortete er: »Ich bin gleich bei dir.« Mit wohldosierter Hektik wandte er sich an Carina und Carl. »Ich muss leider weg. Entschuldigt mich bitte.«

»Geh nur! Ich bleibe noch ein wenig sitzen, damit sich mein Kreislauf beruhigt«, wisperte Carina und schenkte ihm ein klägliches Lächeln.

»Du hättest dich nicht so beeilen müssen«, teilte der Rechtsmediziner Nick mit. »Ich wollte dich nur darüber in Kenntnis setzen, dass ich die neuesten Angaben überprüft habe.«

»Offen gestanden, war dein Anruf für mich eine willkommene Gelegenheit, mich von Doktor Wallenberg und seiner Lebensgefährtin zu verabschieden. Die beiden waren zur Blutabnahme gekommen.« Er zuckte mit den Schultern. »Heißt das, du hast nichts Auffallendes entdeckt?«, kehrte er zum eigentlichen Thema zurück.

»Du sagst es. So interessant der Körper unseres ersten Opfers war, so wenig gibt der Zweite her. Wie ich den Unterlagen dieses Herrn Doktor Wallenberg entnehmen konnte, hat sich Emma Langthaler zwar an den unmöglichsten Stellen Botox und andere Substanzen spritzen lassen, sonst aber zeigen sich keinerlei Auffälligkeiten. Sie war ihrem Alter entsprechend ausgezeichnet in

Form und führte, wie gesagt, ein klägliches Sexualleben. Leber, Lunge und alle anderen Organe sind in vorbildlichem Zustand; da waren weder Zigaretten, Alkohol noch Drogen im Spiel. Diese beiden Frauen könnten kaum unterschiedlicher gelebt haben. Der einzige gemeinsame Nenner waren die umfangreichen kosmetischen Eingriffe.«

»Von Anfang an bin ich nicht davon ausgegangen, dass es zwischen Susanne Rippel und Emma Langthaler eine persönliche Verbindung gab. Deine Information stützt meine These. Die Parallele sind die kosmetischen Eingriffe, wie du richtig sagst, und der wesentliche Punkt dabei ist das Schlagwort umfangreich.« Nick seufzte. »Alles läuft bei den Tätern zusammen, sie sind das Zentrum, um das sich alles dreht. In ihre Gedankenwelt müssen wir vorstoßen und sie verstehen lernen.«

Robert Hofer sah ihn skeptisch an. »Das ist mir zu hoch. Ich bevorzuge echtes Fleisch, das ich untersuchen kann und das mir echte Fakten liefert. Mit Theorien, psychologischen Methoden und ungesicherten Mustern kann ich nichts anfangen.«

Unwillkürlich musste Nick lächeln. »Dann haben wir beide den richtigen Job gewählt. Ich möchte nämlich ebenfalls nicht mit dir tauschen.«

»Davon gehe ich aus«, erwiderte der Rechtsmediziner und bedachte ihn mit einem eigentümlichen Blick. »Was hast du noch über Emma Langthaler herausgefunden? Gibt es einen Anhaltspunkt, von dem ich ausgehen und weitersuchen kann?«

»Das meiste weißt du bereits. Sie war achtundvierzig Jahre alt und arbeitete in einer kleinen Parfümerie als Filialleiterin; geschieden, keine Kinder. Ihre Wohnung im dritten Wiener Bezirk hat sie allein bewohnt. Einen beträchtlichen Teil ihrer Freizeit dürfte sie in einem Fitness-Studio verbracht haben. Ersten Berichten aus ihrem Umfeld zufolge war sie gelegentlich mit einem großen blonden Mann zusammen. Angeblich ihr Freund, aber niemand weiß Genaueres.«

»Wohl eine platonische Beziehung, wenn ich an meine Daten denke«, bemerkte Robert Hofer.

»Die Identität dieses Mannes ist noch nicht geklärt. Ich gehe davon aus, dass die Spurensicherer entsprechende Hinweise finden. Sie nehmen sich gerade Emma Langthalers Wohnung vor.«

»Besonders viel ist das wahrlich nicht.«

»Noch nicht! Wir kennen ihre Identität erst seit wenigen Stunden. Ein Team ist unterwegs und recherchiert jeden Schritt, den sie in der Vergangenheit gemacht hat. Es ist nur eine Frage der Zeit, bis wir mehr wissen.«

»Ich hoffe, die Täter schlagen nicht vorher wieder zu.«

»Der Zeitfaktor ist auch meine größte Sorge.«

»Ich gehe nochmals alles durch und höre nicht auf zu suchen, bis ich etwas finde. Wenn die Blutergebnisse vorliegen, melde ich mich umgehend.«

»Danke.« Nick hüstelte. »Ich muss wieder ins Büro.« Wie immer, wenn alles Notwendige besprochen war, hielt ihn nichts mehr in der Nähe dieses Mannes.

Er trat auf den Gang hinaus und zückte sein Handy. Martin Frey hatte sich von Anfang an korrekt verhalten und unverhüllt agiert. Es war nur fair, ihn zu informieren, dass die Identität des Opfers geklärt war und er die Medien nicht mit einer Suchmeldung beauftragen würde.

23

Eine Besprechung folgte auf die nächste. Nun saß Nick in seinem Büro und ging die Unterlagen abermals Punkt für Punkt durch. Er durfte nicht das geringste Detail übersehen. Eigentlich sollte er für heute Schluss machen und nach Hause fahren, doch er wusste, dass er ohnehin keine Ruhe finden würde. Der nächste Schritt stand unmittelbar bevor.

Sams Getrampel riss ihn aus seinen Gedanken. »Teatime!«, rief sie aufgekratzt und stellte geräuschvoll eine Tasse auf seinem Schreibtisch ab.

Nick stöhnte auf. »Du kannst es noch so oft probieren: Ich mag keinen Tee.«

Sie deutete auf die Tasse. »Earl Grey mit einem Schuss milk, no sugar. Das gibt dir Kraft. Selbst Jean-Luc Picard schwört auf Earl Grey.«

»Du meinst den Raumschiff-Enterprise-Captain?«

»Yep.« Ihre Miene war todernst. Sie setzte sich rittlings auf seinen Schreibtisch und schlug mit der flachen Hand auf die Tischplatte. »Trink den Tee und entspann dich für ein paar Stunden ... Ein Glas Whisky in einer Bar, eine Frau im Bett, whatever.«

»Vor knapp einer Woche hast du mir diesen vermeintlich wunderbaren Vorschlag mit der Frau schon einmal gemacht.«

Sam schnaubte. »Was kann ich dafür, wenn du dir immer die falschen Ladys aussuchst!«

»Und welchen hübschen Fehltritt sollte ich deiner Meinung nach anrufen?«

»Probier es mit einer Neuen. Wer weiß, vielleicht findest du ja endlich die Richtige?«

»Die Hoffnung stirbt zuletzt.«

»Du sagst es!« Mit einer schwungvollen Bewegung löste sie sich vom Schreibtisch und marschierte ohne ein weiteres Wort aus dem Büro. Samantha, wie sie leibte und lebte!

Mit einem resignierten Seufzer aktivierte Nick seinen Computer, öffnete den Browser und gab in das Eingabefeld den Suchbegriff »Krankenhaus Mödling« ein. Als er die Telefonnummer gefunden hatte, griff er nach seinem Handy und tippte die Zahlenfolge ein. Nach einmaligem Läuten meldete sich die Zentrale. »Guten Tag. Bitte verbinden Sie mich mit Frau Doktor Luisa Feres, Abteilung Anästhesie.« Es knackte und das Freizeichen ertönte.

»Anästhesie«, meldete sich eine übellaunige Stimme.

»Ich bin auf der Suche nach Frau Doktor Luisa Feres«, entgegnete er kühl. Wenn die Person am anderen Ende nicht höflich war, musste auch er es nicht sein.

»Wer ist am Apparat?«

»Nick Stein. *Doktor* Nick Stein.« Im richtigen Moment bewirkte ein Titel oft wahre Wunder.

In der Tat reagierte die Stimme nun deutlich umgänglicher. »Einen Augenblick bitte, Herr Doktor Stein, ich hole sie ans Telefon.« Der Hörer wurde zur Seite gelegt; undefinierbare Geräusche drangen wie durch einen Wattebausch an sein Ohr.

Endlich nahm jemand den Hörer wieder auf. »Hallo, Herr Stein.«

Wie von selbst erhellte ein Lächeln seine Züge. »Hallo, Frau Feres. Ich freue mich aufrichtig, Sie zu hören!« Es war nicht gelogen.

»Was kann ich für Sie tun? Brauchen Sie weitere Informationen zum Thema Anästhesie?«

»Um ehrlich zu sein, wollte ich Sie spontan auf einen Kaffee oder einen Drink einladen, rein privat.«

Sie überlegte kurz, bevor sie antwortete: »Warum nicht. Ich bin nicht mehr im Dienst und habe längst genug von all dem Papierkram. Ich kann keine Akte mehr sehen!«

»Fein! Haben Sie ein Lieblingslokal oder soll ich einen Vorschlag machen?«

Erneut folgte ein kurzes Schweigen. »In Perchtoldsdorf gibt es in der Nähe des Hauptplatzes ein ausgesprochen nettes Lokal: die *Eventlounge*. Ich könnte gegen siebzehn Uhr dreißig dort sein.«

Ihr Vorschlag und ihre Art gefielen ihm. Sie hatte sich nicht mit langen Überlegungen aufgehalten, sondern direkt Ort und Uhrzeit genannt. »Ich war seit einer Ewigkeit nicht mehr in Perchtoldsdorf. Bitte entschuldigen Sie, falls ich mich um ein paar Minuten verspäte, aber der Abendverkehr lässt sich schwer einschätzen.«

»Kein Problem. Brauchen Sie die Adresse des Lokals?«

»Die finde ich heraus, vergessen Sie nicht, ich bin Polizist.«

Sie lachte. »Bis später.«

Unvermittelt überflutete ihn die Vorfreude auf das Rendezvous; und mit einem Mal konnte er es nicht mehr erwarten, das Gebäude zu verlassen. Im Computer suchte er nach der *Eventlounge* und betätigte gleichzeitig die Gegensprechanlage: »Sam, ich verabschiede mich.«

»Ein Date?«

»Die Anästhesistin aus dem Krankenhaus Mödling.«

»Oh my god!« Samantha quietschte vor Vergnügen auf.

»Bis morgen, Sam.« Er ließ den Knopf los, erhob sich und schlüpfte in seinen Kurzmantel. Den Computer ließ er nicht zum ersten Mal eingeschaltet.

Angesichts seiner Ungeduld ermahnte er sich, den Abend gemächlich anzugehen. Bewusst langsam schritt er zu seinem Auto, kontrollierte, ob er auch nichts vergessen hatte: Handy,

Geld, Polizeiausweis, und machte sich beschwingt auf den Weg. Je näher er seinem Ziel kam, desto mehr fühlte er Spannung und sogar Nervosität in sich aufsteigen. Zeit seines Erwachsenenlebens hatte er bei Verabredungen für gewöhnlich ein bestimmtes Ziel verfolgt. Heute wünschte er sich erstaunlicherweise nichts dergleichen. Sein einziges Ansinnen war es, einige entspannte Stunden an der Seite einer faszinierenden Frau zu verbringen. *Ich stecke inmitten einer Ausnahmesituation,* relativierte er in Gedanken seine gefühlsintensiven Anwandlungen. Dann umklammerte er das Lenkrad, drückte den Rücken gegen die Sitzlehne und genoss den Augenblick.

Die *Eventlounge* lag nur wenige Schritte vom Perchtoldsdorfer Hauptplatz entfernt. In Schrittgeschwindigkeit fuhr Nick die Straße entlang und suchte einen freien Parkplatz; erst am entgegengesetzten Ende wurde er fündig.

Spontan wünschte er sich, ein kleines Präsent für Luisa Feres besorgt zu haben. Er sah auf seine Uhr; noch hatte er einige Minuten Zeit. Ein Strauß Blumen oder überhaupt Rosen wären die falsche Wahl. Etwas anderes musste her! Seine Augen wanderten suchend über den Hauptplatz und blieben an einer hellblauen Fassade mit der unaufdringlichen Aufschrift *Metzger* hängen. Ein zufriedener Ausdruck überzog sein Gesicht. Er kannte dieses Geschäft seit Kindertagen und verband es mit etwas ganz Besonderem. Jedes Jahr im Herbst war seine Mutter mit ihm nach Perchtoldsdorf zur Lebzelterei Metzger gefahren und hatte die Familie mit genügend Lebkuchen für die nächsten Monate eingedeckt. Das war es! Selbst die Jahreszeit passte.

Entschlossen steuerte er auf die Eingangstür zu und betrat den Laden. Würzig warmer Lebkuchenduft strömte ihm entgegen. Nick ließ die Atmosphäre auf sich wirken. Einen Moment lang wähnte er sogar, das Gefühl von einst wieder tief in seinem Inneren zu spüren: die Innigkeit des unverkennbaren Aromas, die Vorfreude auf den ersten Biss – alles Vorboten des Weihnachtsfests.

»Was kann ich für Sie tun?«, ertönte eine sanfte Stimme. Die Verkäuferin erschien ihm wie die Verkörperung ihres Umfelds.

Nick wanderte vor der lang gestreckten Vitrine auf und ab. »Wenn ich das wüsste! Am liebsten von jeder Sorte ein Päckchen.« Er lächelte sie an. »Aber ich muss mich wohl entscheiden. Geben Sie mir je zweimal die Pistazienwürfel, das Orangendessert und die Weichselschnitten. Und davon.« Er deutete auf eine Packung mit klassischem Lebkuchen. »Bitte separat einpacken.«

Während die Verkäuferin alles in zwei Papiertaschen verstaute, wandte er sich um und warf einen Blick in den benachbarten Raum. Nun wusste er, woher das leise Murmeln stammte, das ihm gleich am Eingang aufgefallen war. Direkt an das Lebzelter-Geschäft schloss ein Kaffeehaus an. Nick fühlte sich auf Anhieb wohl. Man hatte nicht versucht, die alten, unebenen Mauern mit Gewalt und viel Baumaterial zu glätten, sondern die Gegebenheiten harmonisch mit bequem anmutenden, zeitgemäßen Möbeln verbunden.

Als Nick zur Verkaufstheke zurückkehrte, standen zwei prall gefüllte Säckchen für ihn bereit. Er bezahlte, verließ die Lebzelterei und lief zu seinem Wagen, wo er eine der beiden Taschen deponierte. Die andere behielt er in der Hand.

Nun war es aber höchste Zeit. Mit ausladenden Schritten überquerte er die Straße und marschierte seinem Ziel entgegen.

Der Eingang zur *Eventlounge* lag unter einem zur Straße hin von Rundbögen getragenen Gewölbe verborgen. Er öffnete eine verglaste Tür, betrat das Lokal und registrierte sogleich die imposante, um die Ecke reichende Bar, eine Bühne im hinteren Bereich und die dominierende Farbe Weiß. Die Einrichtung wirkte geradlinig und leicht. Am meisten beeindruckte Nick jedoch die durch sanftes, orangefarbenes Licht in Balance gehaltene kühle Atmosphäre. Hier war zweifellos jemand zu Werke gegangen, der Sinn für Ästhetik hatte und über Stilsicherheit verfügte.

Luisa Feres saß an der Bar und winkte ihm ungezwungen zu. Sie trug enge Jeans, schwarze Stiefeletten und einen weiten, schwarzen Pullover. Ihr offenes rotes Haar fiel in Form unzähliger dicker Locken über ihre Schultern. Passend zu ihrem Typ hatte sie einen rötlich braunen Lippenstift aufgetragen. Darüber hinaus trug sie kein Make-up.

»Ich habe Ihnen eine Kleinigkeit mitgebracht.« Er hielt ihr das Lebkuchen-Säckchen entgegen.

Neugierig blickte sie auf das Geschenk und stieß ein vergnügtes Glucksen aus. »Vielen Dank! Damit machen Sie mir eine große Freude. Ich liebe den Metzger-Lebkuchen. Er zergeht förmlich auf der Zunge. Und dann die herrlichen Geschmacksrichtungen …« Genießerisch schloss sie die Augen.

Nick lächelte zufrieden. Er legte seinen Mantel ab und erklomm den Barhocker neben Luisa. Sofort näherte sich der Barkeeper. »Bitte einen kleinen Schwarzen und eine Cola light. Möchten Sie auch etwas, Frau Feres?«

Sie deutete auf ihr Glas. »Nein danke, das hier ist noch halb voll. Nennen Sie mich bitte Luisa. Meine Mutter heißt Frau Feres.« Sie schmunzelte.

»Nick.« Er verzichtete darauf, ihr der Form halber die Hand entgegenzustrecken.

»Nick …«, sie wiegte den Kopf und nippte an ihrem Mineralwasser, »wie laufen die Ermittlungen? Viel konnte ich ja leider nicht beitragen, aber ich hoffe, meine Informationen brachten dich zumindest ein kleines Stück weiter.« Schlagartig veränderte sich ihre Mimik und der Schalk verschwand aus ihren Augen.

Statt der quirligen, Funken sprühenden Person hatte es Nick plötzlich mit einer ernsthaften, aufgeschlossenen Frau zu tun.

Da es ohnehin nur eine Frage weniger Stunden war, bis die Medien mit dem Wort Serienmörder um sich schlagen würden, sah er keinen Anlass, ihr die Wahrheit vorzuenthalten. »Du hast sicherlich von der zweiten Frau gelesen, die Anfang dieser Woche gefunden wurde?«

Luisa nickte.

»Wir sind mittlerweile zum Schluss gelangt, dass beide Frauen vom selben Täter ermordet wurden.« Dass es sich mit ziemlicher Sicherheit um zwei Täter handelte, verschwieg er; davon wusste nur der innere Kreis.

»Ab wann spricht man eigentlich von Serienmord?«, fragte sie unverblümt.

Er beugte sich zu ihr. »Bei uns im deutschsprachigen Raum gibt es eigentlich keine exakte Definition. Das FBI kennt so etwas sehr wohl. Demnach gelten zwei oder mehrere Morde, die zu unterschiedlicher Zeit von derselben Person durchgeführt werden, als Serienmord. Ein Doppelmord oder auch ein Massaker, bei dem viele Menschen auf einmal ums Leben kommen, fallen also nicht unter diesen Begriff.«

»Ich verstehe.« Sie schwieg kurz und blickte ihn mit ihren grün schimmernden Augen nachdenklich an. »Das heißt, es besteht die Möglichkeit, dass der Mörder bald wieder zuschlägt?«

Nick senkte die Lider. »Willst du die Wahrheit wissen? Jedes Mal, wenn mein Handy klingelt, denke ich mir: Bitte nicht! Ich habe bereits erste Schritte zur Unterstützung aus den USA eingeleitet. Es ist schwer einzuschätzen, was da noch auf uns zukommt.« Die Worte kamen wie selbstverständlich über seine Lippen. Überhaupt gestaltete sich die Unterhaltung mit Luisa ausgesprochen unkompliziert. Zwischen ihnen beiden gab es nichts Gekünsteltes.

»Ich bewundere dich. Mein Nervenkostüm wäre einer solchen Herausforderung nicht gewachsen.« Mit ernster Miene griff sie nach ihrem Glas und trank es in einem Zug leer.

»Ich hatte viele Jahre Zeit, um in diese Aufgabe hineinzuwachsen. Dabei ist es zu meinem Lebensinhalt geworden.«

»Das verstehe ich gut. Es gibt Dinge, die es wert sind, im Zentrum unseres Lebens zu stehen.«

Prüfend betrachtete er sie. Weder las er in ihrem Gesicht falsche Schmeichelei, noch tönten seine Alarmglocken. Er wollte gerade etwas erwidern, als sein Handy zu läuten begann. Entschuldigend verzog er die Mundwinkel und nahm den Anruf entgegen: »Nick Stein.« Während er seinem Gesprächspartner zuhörte, zeigte er nicht die geringste Regung. Auch als er antwortete, klang seine Stimme unauffällig und monoton: »Ich kann in etwa fünfzehn Minuten da sein.«

»Ist es wieder geschehen?«, fragte Luisa tonlos. Nicks Worte von vorhin zeigten ihre Wirkung.

»Nein, dieser Anruf könnte sogar das Gegenteil bedeuten. Jemand, der in den Fall verwickelt ist, hat angeblich wichtige Informationen für mich.« Er zögerte kurz. »Ich verfolge eine Spur …«

Luisas Erleichterung war unübersehbar. »Dann musst du dich beeilen.«

»Und du bist nicht böse, weil ich dich so abrupt verlasse?« Einen Augenblick lang meinte er, ein Déjà-vu zu erleben, doch ihre Antwort ließ ihn aufatmen.

»Was, denkst du wohl, würde ich tun, wenn mich das Krankenhaus anriefe und mich dringend bräuchte? Wenn du mir versprichst, dass wir unser Treffen nachholen, ist alles in Ordnung.«

»Wir sehen uns so bald wie möglich wieder!« Noch im Reden fischte er in der Sakkotasche nach seiner Geldbörse.

Luisa wehrte ab. »Ich erledige das schon. Geh!«

»Jetzt bin ich dir ein piekfeines Abendessen schuldig!«

Sie zwinkerte ihm zu. »Ich nehme dich beim Wort, Nick Stein.«

Einer spontanen Eingebung folgend, drückte er ihr einen Kuss auf den Mund, schnappte sich seinen Mantel und startete auf den Ausgang zu. Kaum hatte er die Türschwelle der *Eventlounge* überschritten, begann er zu laufen.

Es war so weit, er näherte sich der Zielgeraden.

24

Samantha stand im Begriff, ebenfalls Feierabend zu machen. Ihr Kopf brummte und ihr Rücken schmerzte. Sie wollte gerade ihren Computer ausschalten, als sich eine neue Mail mit dem typischen Piepton ankündigte.

»Okay«, flüsterte sie und öffnete die Nachricht. Die Sozialversicherung hatte ihr die Unterlagen zum Fall Langthaler geschickt.

Natürlich entsprach es nicht dem Standardablauf, dass hochsensible Informationen via Mail transportiert wurden, doch es herrschte Ausnahmezustand.

Sam stöhnte auf. Wäre die Mail nur fünf Minuten später gekommen, hätte sie sich bereits auf dem Heimweg befunden. Jetzt allerdings war sie neugierig und wollte unbedingt noch einen Blick auf die Daten des Opfers werfen. Mit einem Doppelklick öffnete sie den Mail-Anhang und begann zu lesen.

Emma Langthaler hatte ihre Stelle in der Parfümerie, in der sie bis zu ihrem Tod tätig gewesen war, im August 2010 angetreten. Vor dieser Zeit hatte sie zwei Jahre als Styleberaterin in einem Beautysalon gearbeitet und davor … Samantha stockte der Atem. »That's impossible!«, entfuhr es ihr. Aufgeregt strich sie mit dem Ärmel ihres Pullovers über ihre Lippen und las die Textpassage ein zweites Mal: Emma Langthaler war von 2004 bis 2008 bei der EVER AG im Bereich Kosmetik & Drogeriebedarf für die Promotion zuständig gewesen. »Shit! Shit! Shit!« Alles passte zusammen: die Firma, der Zeitraum, das Tätigkeitsfeld.

Das war die Verbindung zu Fritz Dunkel!

Beide Frauen hatte er also am Arbeitsplatz kennengelernt, sie kalt berechnend verführt, manipuliert und schließlich in den Strudel des Verderbens gezogen; so lange mit ihren Unzulänglichkeiten gespielt, bis sie ihm nicht mehr genügend Inspiration geboten hatten. Und seine Komplizin? Die Person mit den langen Fingernägeln? Die eigene Ehefrau!

Fiebrig griff Sam nach ihrem Diensthandy und drückte die Kurzwahltaste eins. Nick hob nicht ab. Sie besprach die Mailbox: »Nick! Ruf mich schnellstens zurück, ich habe eine Spur, eine verdammt heiße!« Sie legte auf und wiederholte den Vorgang.

Warum hob er nicht ab? Nick war normalerweise immer erreichbar. War er gerade auf der Toilette? Oder damit beschäftigt, die Anästhesistin flachzulegen? Egal, auch dann würde er ans Telefon gehen. Sie versuchte es erneut – wieder meldete sich nur der Anrufbeantworter.

Was nun? Ruckartig schnellte sie aus ihrem Bürosessel hoch und sprintete los. Sie riss die Tür zu Nicks Büro auf, lief zu seinem Schreibtisch und drückte auf die Leertaste der Tastatur. Das Display flammte auf und Sam gab das Passwort ein. Eine Internetseite mit einer Adresse erschien: Eventlounge, Brunnergasse 1–9, Perchtoldsdorf, Telefon: +43 664 35 83974.

Eventlounge! Dort musste er sich mit der Anästhesistin getroffen haben. Warum sonst hatte er nach der Adresse gesucht?! Erneut drückte Sie die Kurzwahltaste eins und lauschte auf den Freizeichenton, bis sich die Mailbox einschaltete. Er hob einfach nicht ab. Kurzerhand tippte sie die Telefonnummer des Lokals ein. Nach viermaligem Läuten meldete sich eine männliche Stimme: »Eventlounge!«

»Hello! Ich suche einen Mann, der wahrscheinlich bei Ihnen zu Gast ist … gemeinsam mit einer Frau. Er ist groß, schlank, hat dunkles Haar … die Frau an seiner Seite ist höchstwahrscheinlich attraktiv. Sein Name ist Nick Stein.«

»Noch ist es ruhig bei uns, zwei Paare, eine Frauenrunde und eine Frau allein an der Bar. Attraktiv? Das ist bloß die Einzelne an der Bar.«

»Können Sie Ihre Gäste bitte fragen, ob Nick Stein unter ihnen ist? Es ist sehr wichtig!« Noch wollte sie nicht die Polizei-Karte ausspielen; die war ihr Trumpf, falls er sich sträuben sollte.

Aber das tat er nicht. »Kein Problem! Einen Moment …«

Sam hörte, wie er den Hörer beiseitelegte. Sie wartete. Nervös tippte sie mit dem Nagel ihres Zeigefingers auf die Holzplatte von Nicks Schreibtisch. Wo blieb der Mann nur? Endlich nahm er den Hörer wieder auf. »Ich habe jeden hier gefragt, auch die Frau an der Bar. Mir ist eingefallen, dass sie zuerst mit einem Mann zusammen war, auf den Ihre Beschreibung passt.«

»Ja und?«, fragte Samantha ungeduldig.

»Er war hier. Mehr weiß ich nicht.«

»Können Sie die Frau ans Telefon holen?« Kurz herrschte Schweigen. Offenbar überlegte er, was er seinem Gast zumuten wollte. Immerhin hatte er keine Ahnung, mit wem er sprach. Sam räusperte sich. »Mein Name ist Samantha Smith, ich bin vom Bundeskriminalamt Wien. Ich muss mit dieser Frau sprechen, straight away.«

Der Trumpf war ausgespielt – und wirkte. »In Ordnung!«

Wenig später meldete sich eine Frau. »Hallo? Mein Name ist Luisa Feres.«

Sofort sprudelte Samantha los: »Smith. Ich bin Nick Steins Assistentin … Sie sind die Anästhesistin, mit der sich Nick heute verabredet hat, oder?«

»Ja.« Luisas Stimme klang zurückhaltend.

Kein Wunder!, dachte Sam und bemühte sich, betont höflich zu reagieren. »Ich kann ihn nicht auf seinem Handy erreichen, muss aber dringend mit ihm sprechen. Hat er erwähnt, warum er aufgebrochen ist? Oder wohin er wollte?«

Sams Anstrengungen halfen. Die Ärztin antwortete nun bereitwilliger: »Offenbar hatte jemand, der in den Fall involviert ist, Informationen für ihn.«

»Was hat er genau gesagt?«, ereiferte sich Samantha. Fast im gleichen Moment bemerkte sie, dass sie sich in der Aufregung schon wieder im Ton vergriffen hatte. Sie spürte förmlich, wie die Frau am anderen Ende zurückschreckte.

»Wörtlich benutzte er die Formulierung: Jemand, der in den Fall verwickelt ist.«

Samantha atmete tief durch; sie hatte genug erfahren. Es galt, unverzüglich zu handeln. »Es muss auf Sie verrückt wirken, Frau Doktor Feres, und Sie können auch nicht wissen, dass ich wirklich diejenige bin, die ich behaupte zu sein. Aber ich muss Sie auffordern, mir für eventuelle Rückfragen Ihre Handynummer zu geben. Sie haben doch ein Handy dabei?«

»Natürlich habe ich mein Handy dabei. Warum wollen Sie …?« Luisa stockte.

Langsam wurde Sam ungeduldig. »Okay, dann machen wir eben Folgendes: Wenn Sie mit dem Auto in Perchtoldsdorf sind, dann setzten Sie sich auf der Stelle in Ihren Wagen und fahren zum Polizeirevier in Mödling. Warten Sie dort auf mich. Ich weiß nicht, ob Sie mir helfen können, aber Sie sind offensichtlich die letzte Person, die Nick gesehen hat.«

Luisa Feres antwortete zögerlich: »Na gut … Wenn das allerdings ein schlechter Scherz ist, fände ich das gar nicht lustig.«

»Sobald Sie das Polizeirevier betreten und mit einem Polizisten gesprochen haben, werden Sie wissen, dass ich definitiv nicht spaße. Ich bin in Kürze bei Ihnen.« Damit unterbrach

Samantha das Gespräch und wählte eine andere Nummer. »Smith. Wir haben ein akutes Problem!«

»Ich werde noch wahnsinnig, wenn wir nichts unternehmen«, jammerte Monika und marschierte wie ein Tiger in einem zu engen Käfig hin und her.

Peter zuckte mit den Schultern. »Hör auf, so herumzulaufen! Du machst mich nervös. Uns sind die Hände gebunden. Wir können nichts tun.«

Ruckartig blieb sie stehen, ließ sich auf den Sessel fallen und öffnete die Akte mit den neuesten Unterlagen, die sie von Nick in Kopie erhalten hatten. Doch auch das befriedigte sie nicht. Sie zerrte ihr Mobiltelefon aus der Hosentasche und wählte Nicks Nummer. Nach einer Weile unterbrach sie die Verbindung und legte das Handy auf den Tisch. »Er hebt nicht ab. Sehr merkwürdig …«

Peter kratzte sich am Kinn. »Unser Besuch am Arbeitsplatz von Susanne Rippel war ein Erfolg. Vielleicht sollten wir diese Parfümerie in Augenschein nehmen, in der das zweite Opfer gearbeitet hat. Nick stört es sicher nicht.«

Monika sprang auf. »Worauf warten wir noch!« Voller Tatendrang stürmte sie los, ohne sich die Mühe zu machen, ihre Kaffeetasse in den Ausguss zu stellen.

Peter ging es bedächtiger an. Er nahm Monikas Tasse und seine eigene, deponierte beide ordnungsgemäß und zog die Tür hinter sich in aller Ruhe ins Schloss. Auch ihm war nicht entgangen, dass seine Partnerin eine innere Wandlung durchlief. Sie war empfindsam und rastlos, ihre Nerven glichen gespannten Drahtseilen. Aber sie würde es schaffen. Er hatte ihre Energie und Tatkraft kennengelernt.

Monika erwartete ihn auf dem Treppenabsatz vor dem Revier. Sie nahm die Stufen in einem Satz und umrundete das Polizeiauto.

Hier gebot er ihr Einhalt. »Ich fahre.«

Ein Murren drang über ihre Lippen, doch dann ließ sie sich einsichtig auf den Beifahrersitz fallen.

Peter musterte sie von der Seite. »Gleich können wir loslegen. Die Parfümerie ist nicht weit. Vielleicht erfahren wir ja etwas. Hast du damit gerechnet, dass wir Fritz Dunkel aufstöbern?«

»Was für ein krankes Scheusal!« Ihr Gesicht verzog sich und nahm einen angewiderten Ausdruck an.

»Ob Nick ihn als Hauptverdächtigen ins Visier genommen hat? Manchmal würde ich einiges dafür geben, seine intimsten Gedanken kennenzulernen.«

»Intimste Gedanken!« Monika zog die Worte in die Länge und schnalzte mit der Zunge.

Peter schmunzelte. »Ich meinte *seine*, nicht *deine* ...«

»Glaubst du ihm, wenn er behauptet, dass er immer so lange wie möglich versucht, neutral zu bleiben?«

»Er verbindet Logik mit Intuition wie kein Zweiter. Ob er bei mehreren Verdächtigen in seinem Innersten allerdings unparteiisch bleibt, weiß ich nicht.«

Sie deutete nach vorn. »Wir sind da.«

Weil sie direkt vor dem Geschäft keinen Parkplatz fanden, stellte Peter das Polizeiauto auf dem ersten freien Schrägparker vis-à-vis ab. Das kleine Stück zum Eingang legten sie zu Fuß zurück und betraten die Parfümerie. Umgehend fanden sie sich in eine andere Welt versetzt. Es duftete verführerisch und raffiniert platzierte Lichtquellen ließen unzählige Fläschchen glitzern. Ein Teil der linken Wand war mit den verschiedensten Kosmetika bedeckt und im hinteren Bereich des Lokals standen ein Schminksessel, ein Scheinwerfer sowie ein mannshoher Spiegel auf Rädern. Eine auffallend gepflegte Frau in einem engen anthrazitfarbenen Kleid, eine lange Perlenkette zweimal um den Hals geschlungen, kam auf sie zu. Trotz des reichlichen Make-ups waren die dunklen Augenringe nicht zu übersehen; ihre Lidränder waren gerötet und die Wangen wirkten eingefallen. Nichtsdestoweniger lächelte sie freundlich. »Guten Tag. Was kann ich für Sie tun?«

»Mein Name ist Monika Schwinsky, das ist mein Kollege Peter Westernschmidt. Wir kommen wegen Frau Langthaler.«

Augenblicklich verschwand das Lächeln aus ihrem Gesicht; sie reichte zuerst Monika, dann Peter die Hand. »Ich bin Maria Reither, die Besitzerin dieses Geschäfts.« Sie blickte die beiden fragend an. »Schon gestern waren Kollegen von Ihnen hier und haben mir jede Menge Fragen gestellt.«

»Wir arbeiten direkt für Doktor Nick Stein, er leitet diesen Fall. Uns geht es im Moment darum, ein möglichst umfassendes Bild von Frau Langthaler zu bekommen. Deswegen wollen auch wir mit Ihnen sprechen«, erwiderte Peter sanft.

Sie schluchzte auf und ihre Augen füllten sich mit Tränen. Verstohlen zog sie ein Kosmetiktuch aus einem silbernen Behälter und betupfte vorsichtig ihre Augenwinkeln. »Gehen wir in den Aufenthaltsraum. Die Eingangstür ist mit einer Glocke verbunden; ich höre, wenn ein Kunde kommt.«

Über einen schmalen Gang mit zwei Türen, deren Schilder – *WC* und *Lager* – ihren Verwendungszweck kennzeichneten, gelangten sie in einen Raum, der von seinen Dimensionen her zwar kleiner als der Aufenthaltsraum des Polizeireviers war, dafür aber unvergleichlich gemütlicher. Ein weißer Tisch mit sechs gepolsterten Sesseln nahm die Hälfte des Zimmers ein; in der Mitte des Tisches stand eine Schüssel mit grünen Äpfeln und auf der Stirnseite ein Laptop; mehrere Ordner und zwei riesige Papierstöße türmten sich im Halbkreis um das Gerät.

»Setzen Sie sich. Darf ich Ihnen einen Tee oder ein Wasser anbieten?«

»Nur ein Wasser für uns«, antwortete Peter.

Während sich Maria Reither an dem kleinen Küchenblock zu schaffen machte, begann sie zu erzählen: »Emma fehlt mir an allen Ecken und Enden, müssen Sie wissen. Sie war eine gute Mitarbeiterin und ein wunderbarer Mensch; ruhig, besonnen, eine hervorragende Verkäuferin und gute Styleberaterin. Sie packte überall mit an, ohne mit der Wimper zu zucken, und wenn es darum ging, ihre menschliche Seite zu zeigen, war sie wie ein Engel.«

»Sie war nicht verheiratet. Wissen Sie, ob sie eine Beziehung hatte?«, erkundigte sich Peter betont höflich.

Maria Reither zuckte mit den Schultern. »Was ihr Privatleben betraf, hat sie sich immer sehr verschlossen gezeigt. Sie lebte allein, aber ich glaube, es gab jemanden, mit dem sie ab und zu ausging. Ich kenne weder seinen Namen, noch habe ich den Mann jemals gesehen.« Mit einer verhaltenen Bewegung wandte sie sich um und stellte zwei Wassergläser auf den Tisch. Für sich selbst hatte sie eine Tasse heißes Wasser und einen Teebeutel vorbereitet. Endlich nahm sie ebenfalls Platz und erklärte mit einem entschuldigenden Blick auf die Papierstapel: »Ich bereite gerade die Buchhaltung für meinen Steuerberater vor.«

Peter verdrehte die Augen. »Bevor ich zur Polizei ging, habe ich eine kaufmännische Ausbildung absolviert. Rechnungswesen war mir verhasst.« Er schüttelte sich. »Wobei der Unterricht damals mit dem heutigen sicherlich nichts mehr zu tun hat. Man darf nicht vergessen, ich wuchs in einer Zeit auf, in der ein Computer noch etwas Besonderes war.«

Seine aufmerksamen Worte zeigten Wirkung. Maria Reither drückte den Rücken durch und ihre Mundwinkel hoben sich. »Und dabei sind Sie noch so jung! Ich hingegen bin schon achtundfünfzig Jahre alt.«

»Ich habe Sie um zehn Jahre jünger geschätzt.«

Trotz ihrer Trauer huschte ein kokettes Lächeln über ihr Gesicht. »Sie sind sehr charmant.«

Monika hatte Peters Beweggründe von seinem ersten Satz an verstanden. So unauffällig wie möglich erhob sie sich und gab vor, sich ein wenig die Beine zu vertreten. Ihre Augen glitten über die Küchenfront, die nichts Interessantes hergab, und wanderten weiter zu der gegenüberliegenden Wand, an der eine ganze Reihe Fotos hingen. Sie trat näher. Die Bilder zeigten hauptsächlich Szenen von Veranstaltungen und Feiern, die im Geschäftslokal stattgefunden hatten: lachende Menschen mit Sektgläsern und Brötchen in den Händen, die obligatorischen Umarmungsposen, Gruppenaufnahmen. Emma Langthaler war auf vielen Bildern zu sehen. Zwar konnte Monika auf den meisten Fotos die einzelnen Personen nicht genau erkennen, doch entdeckte sie einen Mann auffallend oft an Emmas Seite. Unvermittelt fiel ihr eine Großaufnahme in Susanne Rippels Akte ein. Die Ähnlichkeit war verblüffend. Das konnte nicht sein! Um Fassung bemüht, wandte sie sich um.

Peter und Maria Reither waren noch immer damit beschäftigt, Komplimente auszutauschen.

»Darf ich fragen, wer dieser Mann neben Frau Langthaler ist?«, unterbrach Monika das Gespräch der beiden.

Frau Reither erhob sich und betrachtete die Fotowand. »Ach, das ist mein Steuerberater, Werner Schneider. Ich hatte immer den Eindruck, dass ihm Emma gut gefiel, obwohl sie ein paar Jährchen älter war als er.« Wieder füllten sich ihre Augen mit Tränen, diesmal half kein Tüchlein mehr.

Peter war ebenfalls aufgestanden und deutete unmerklich mit dem Kopf in Richtung Ausgang. »Frau Reither, mein aufrichtiges Beileid. Wir werden uns jetzt verabschieden. Vielen Dank für den freundlichen Empfang.« Er drückte ihre Hand und schenkte ihr ein warmes Lächeln.

Mit gemessenen Schritten durchquerten sie den Verkaufsbereich und verließen das Geschäft. Endlich auf der Straße angelangt, sprinteten sie wie auf Befehl los.

»Werner Schneider! Er stand mit beiden Opfern in Kontakt. Du weißt, was das bedeutet!«, keuchte Monika, während sie die Autotür aufriss.

Peter verharrte und sah sie über das Wagendach hinweg durchdringend an. »Wir müssen sofort mit Nick sprechen!«

Panik stieg in Monika auf. »Nick hätte uns längst zurückrufen müssen. Peter, ich habe ein ganz schlechtes Gefühl.«

Er nickte. »Lass uns schnellstens Alarm schlagen.«

Robert Hofer saß in seinem Büro und starrte zur Decke. Die Golfsaison war vorüber und in seinem Haus erwartete ihn gähnende Leere. Seine Tochter lebte seit zwei Jahren in Italien und seine Ex-Frau war mit ihrem neuen Lebenspartner irgendwohin aufs Land gezogen, um Inspiration zu finden, wie sie sagte. Aber auch wenn sie in Wien gewohnt hätten, wäre keine der beiden Frauen von seinem Besuch begeistert gewesen. Er lachte spröde auf. Kurzerhand griff er nach seinem Handy und wählte erneut Nick Steins Nummer. Er wartete, bis sich die Mailbox einschaltete, und legte wieder auf. Noch nie war der Ermittler so lange nicht erreichbar gewesen. Mittlerweile musste es eine gute halbe Stunde her sein, seit er es zum ersten Mal probiert hatte.

Es klopfte an seiner Tür.

»Herein!«

Eine Frau in einem weißen Arbeitsmantel trat ein. »Wie gut, dass ich Sie noch antreffe, Herr Doktor.«

»Was gibt es?«

»Die Blutanalysen sind fertig.«

»Das wurde auch Zeit! Habt ihr geschlafen?«

Sie schüttelte energisch den Kopf und nahm unaufgefordert Platz. Seine unwirsche Art ließ sie offensichtlich unberührt. »Sie wissen ja, wie lange die Vergleichssuche am Computer dauern kann. Zudem mussten wir einen zusätzlichen Durchlauf starten, weil wir das erste Ergebnis angezweifelt haben.«

Ungeduldig wedelte Robert Hofer mit der Hand. »Berichten Sie.«

Sie schob ihm einen dünnen Stoß Papiere zu. »Das dem Strumpf entnommene Blut stammt nicht vom Opfer. Es konnte auch keiner Person in der Datenbank zugeordnet werden. Was uns Sorgen bereitet, ist das Blut von …«, sie kramte in ihren eigenen Unterlagen, »Carina Singer. Hier gab es nämlich einen Treffer in der Datenbank.«

»Und was hat Frau Singer angestellt?«

»Carina Singer hat gar nichts angestellt. Der Computer hat eine gewisse Elisabeth Mayer ausgespuckt. In den Siebzigerjahren war sie verdächtigt worden, mit einer terroristischen Gruppe zu sympathisieren. Die Vermutung konnte nicht bestätigt werden, der Vermerk blieb.«

Der Rechtsmediziner wiegte den Kopf. »Terroristische Vergehen bleiben ein Leben lang an einem kleben. Wer ist nun diese Elisabeth Mayer?«

»Eine verwöhnte Göre aus steinreichem Haus mit politischen Hirngespinsten … typisch Siebziger, wenn Sie mich fragen. Wahrscheinlich war ihr einfach langweilig; zu viel Geld, zu wenig sinnvolle Beschäftigung.« Ein abschätziger Laut entschlüpfte ihren Lippen. »Heute ist sie natürlich ein erwachsene und wohl auch gänzlich gewandelte Frau, weil … Halten Sie sich fest! Sie ist verheiratet und heißt Frey. Ihr Ehemann ist der Bürgermeister von Mödling.«

Robert Hofer brauchte einige Sekunden, um wieder klar denken zu können. Seine Miene war regelrecht schockgefroren.

Endlich löste er sich aus der Starre, griff abermals zu seinem Handy, öffnete die Anrufliste und wählte die oberste Nummer. »Warum hebt er nicht ab?«, murmelte er zu sich selbst; an die Frau dachte er schon nicht mehr. Noch das Handy in der Hand, kramte er auf seinem Schreibtisch in den Unterlagen. Als er die gesuchte Telefonnummer gefunden hatte, tippte er hastig die Zahlen ein.

Jemand meldete sich.

»Herr Westernschmidt! Hier spricht Robert Hofer, der Rechtsmediziner. Ich kann Nick Stein nicht erreichen«, stieß er hervor. Peters Worte ließen ihn besorgt aufstöhnen. »Ich habe soeben eine unglaubliche Nachricht erhalten. Am besten komme ich sofort zu Ihnen nach Mödling.«

Eilig schnappte er sich die Papiere, riss seinen Mantel vom Kleiderständer und hetzte davon. Die noch immer in seinem Büro sitzende Frau hatte er tatsächlich völlig vergessen.

25

»Hoffentlich kam unser Anruf nicht ungelegen.«

Nick wehrte ab. »Ungelegen oder nicht, ich bin für jede Hilfe dankbar. Die Uhr tickt.«

»Wir denken, dass unser Hinweis die Lösung bringen wird!«

Nick zog die Augenbrauen hoch. Äußerlich wirkte er ruhig und entspannt, doch in seinem Inneren brodelte es. Er nahm noch einen Schluck von dem starken, bitteren Kaffee und blickte aufmerksam in die Gesichter, die ihn konzentriert beobachteten.

Worauf warten sie?, überlegte er und griff sich an den Nacken. Vorsichtig bewegte er seinen Kopf hin und her. Irgendetwas stimmte nicht mit ihm. Wie aus dem Nichts überfiel ihn ein Schwindelgefühl. Er versuchte, die Augen aufzureißen, und wollte etwas sagen, doch es gelang ihm nicht, ein einziges Wort hervorzubringen; seine Zunge schien kontinuierlich anzuschwellen und ließ sich nicht bewegen.

Der Schwindel übermannte ihn. Mit einem gurgelnden Laut fiel er vornüber.

Zuerst kostete es ihn eine ungeheure Anstrengung, die Lider nur einen kleinen Spalt zu heben, doch mit einem Mal funktionierte es wieder automatisch. Nick zwinkerte, um die milchige Trübung über seinen Pupillen loszuwerden, und drehte behutsam den Kopf. Als sich seine Augen an das grelle Licht gewöhnt hatten, sah er sich um und unterzog Finger und Zehen zugleich einem Bewegungstest. Zu seinem Erstaunen konnte er alles klar erkennen und mit einem Schlag kehrte auch die Erinnerung zurück. Er presste sein Kinn an die Brust, um aus der liegenden Position seinen

Körper betrachten zu können. Seine Arme waren mit breiten Ledermanschetten fixiert. Man hatte ihm das Hemd geöffnet und die Enden unter seine Hüften gesteckt. Er trug keine Hose. Auch keine Shorts. Seine Oberschenkel standen beinahe senkrecht zur Seite, die Unterschenkel ruhten auf metallenen Halterungen; seine Fußgelenke waren ebenfalls gefesselt.

Genauso müssen hier auch Susanne und Emma Langthaler gelegen haben! Verflucht! Ich hätte nie gedacht, dass ich gefährdet bin.

Unvermittelt überfiel ihn die blanke Angst. Zum ersten Mal in seinem Leben befand er sich seines Berufs wegen in einer Situation, die er weder steuern noch maßgeblich beeinflussen konnte. Sein Jagdinstinkt war ein Motor, der ihn stets vorangetrieben hatte und zweifellos einen Teil seines Erfolgs ausmachte. Nun hatte er ihn allerdings in diese ausweglose Lage gebracht. Sein Verstand begann hektisch zu arbeiten und kämpfte gegen die Nachwirkungen des Betäubungsmittels an. Langsam kam das Rad wieder in Schwung. Er verbannte die Furcht und versuchte, sich auf die Fakten zu konzentrieren.

Ich muss nachdenken … auf Zeit spielen, sie verwirren. Man wird bald nach mir suchen, ich muss nur lange genug durchhalten.

Wieder kroch Angst in ihm hoch, setzte sich in seiner Kehle fest und raubte ihm die Luft zum Atmen; er röchelte. In diesem Moment schob sich ein Gesicht in sein Blickfeld. »Nickilein, du bist wach, endlich! Ich dachte schon, ich hätte zu viel in den Kaffee getan.« Ihre Lippen verzogen sich zu einem Grinsen. »Hast du bemerkt, worauf du liegst? Unlängst hast du dich doch so für unser Multifunktionsbett interessiert, nun erlebst du es selbst – hautnah. Ich habe dir die Hose ausgezogen, du brauchst sie nicht mehr. Ich war überrascht, dass du rasiert bist, hier …« Mit ihren langen Fingern umfasste Carina seinen Penis samt der Hoden. »Das fühlt sich gut an.« Ihre Fingernägel fuhren über seine Eichel.

»Carina!« Carls Stimme klang alarmiert.

Sie wandte sich zu ihm um. »Darf ich nicht ein wenig mit ihm spielen?«

Nun trat auch Carl heran. »Wenn du mit einem Schwanz spielen willst, dann mit meinem.« Er griff nach ihrer Hand, zog sie von Nicks Genitalien weg und legte sie auf seine Hose.

»Das ist nicht nur deine Show, Carl. Ich will auch naschen.« Sie leckte sich über die Lippen. »Wäre doch interessant zu erfahren, ob ich ihn zum Stehen bringe.«

»Mit deiner verdrehten Art hast du es damals nicht geschafft und wirst es auch heute nicht schaffen.« Wie selbstverständlich spie Nick die Worte aus.

Verdammt! Was rede ich da?! Hinauszögern, nicht wütend machen. Ich Idiot, ich verdammter Idiot!

Ihre Hand sauste vor und schloss sich abermals um seinen Penis, nur dass sie jetzt so fest zudrückte, wie sie konnte.

Nick gab einem dumpfen Ton von sich und presste seinen Hinterkopf gegen die Liege. Als sie ihren Griff endlich lockerte, atmete er unhörbar aus. »Carl! Carina! Was soll das?«

Als Carina antwortete, klang ihre Stimme neutral und sachlich: »Wir verbinden das Unvermeidliche und Notwendige mit dem Angenehmen!«

Hinauszögern! Zeit gewinnen!

»Was meinst du mit dem Angenehmen?«

Ein kehliges Lachen drang an sein Ohr. »Ach, Nickilein. Stell keine Fragen, auf die du bereits die Antwort weißt.«

Hinauszögern! Rede mit ihr! Spiel auf Zeit!

»Da irrst du dich gewaltig! Ich habe zwar eine ungefähre Vorstellung, bin jedoch weit davon entfernt, zu wissen, was eigentlich los ist und was als Nächstes passiert.«

»Bist du neugierig?«, ihre Stimme klang lockend.

»Das bin ich.«

»Carl, was sagst du, hat er es verdient, *alles* zu erfahren?«

»Auch dieser Teil zählt zum Vergnügen, Carina Mia! Natürlich soll er es erfahren. Alles, bis ins kleinste Detail.« Carl zog sich einen Drehsessel heran und setzte sich. »Wo soll ich beginnen, Nick?«

»Ganz am Anfang.«

Zeit! Ich habe Zeit gewonnen!

»Wir kennen uns schon so lange, Nick, von Carinas Leiden muss ich dir nicht extra erzählen. Bedauerlicherweise hat es sich im Laufe der Jahre nicht gebessert, ganz im Gegenteil, ihre Libido ist auf einen Punkt abgesunken, der Intimitäten in keiner Form mehr zuließ. Ich habe alles ausprobiert, jede Variante, alle noch so abwegigen Ideen verfolgt, nichts hat gefruchtet. Aber eines Tages half mir der Zufall. Ich hatte eine Patientin vorbereitet und die Analgosedierung bereits eingeleitet, als mir der Gedanke kam. Ich weiß noch jedes Detail, als wäre es gestern gewesen …« Er seufzte genießerisch. »Es war Sommer, die Frau trug ein leichtes Leinenkleid und ein Nichts von Höschen. Es war so einfach, ihr das kleine Seidending abzustreifen. Dabei schaute ich in Carinas blitzende Augen … ein Blitzen, Nick, wie ich es noch nie zuvor bei ihr gesehen hatte, und da wusste ich: Das ist die Lösung!«

»Das heißt, ihr habt euch an Frauen in Narkose vergriffen?«

Carl murrte. »Wie du es ausdrückst, klingt es ordinär und brutal. Ich hätte mehr von dir erwartet. Diese geistlosen Hausfrauenmeinungen kannst du getrost für dich behalten. Ich rede gern mit dir, allerdings nur, wenn du adäquate Fragen stellst. Ist dir das klar?« Die Dominanz in seiner Stimme war nicht zu überhören.

Vorsicht! Ich muss umdenken, mich auf seine Ebene begeben. Ich habe keine Angst. Ich habe keine Angst. Ich habe keine Angst.

»Susanne lieferte dir einen ganz besonderen Kick. Habe ich recht?«

Ein Lächeln erhellte Carls Gesicht. »So gefällt mir das! Fragen wie diese beantworte ich gern: Natürlich bot Susi einen speziellen Kick. Du musst wissen, dass ich mit der Zeit herausfand, dass diese Spiele nicht nur für Carina die erhoffte Befreiung brachten. Auch ich bin neu zum Leben erwacht. Du ahnst nicht, welch erhabenes Gefühl es ist, voll und ganz über eine Person zu verfügen. Doch was sage ich da?! Eine Person? *Zwei* sind es, die ich dirigieren kann. Du solltest sie sehen, meine Carina, wenn ihre Leidenschaft explodiert.« Er lachte auf. »In Kürze ist es ja so weit, du wirst sie hautnah erleben.«

Ich muss herausfinden, wer die treibende Kraft ist! Wer ergreift die Initiative? Wer befielt? Wenn ich das schaffe, kann ich dort ansetzen. Ich darf nur nicht die falschen Worte benutzen: nicht »Mord« oder »töten«, nicht »Strafe«, nicht … Vorsicht! Vorsicht!

»Wenn alles so gut lief, wie konnte der Unfall mit Susanne geschehen? Es war doch ein Unfall?«

»Unfall und Fügung, Glück im Unglück, nenn es, wie du willst.« Carl warf einen Blick auf Carina, die sich mit Nicks schlaffem Penis beschäftigte. »Susanne ist aufgewacht. Das hätte nicht passieren dürfen. Aber dann hast ausgerechnet du mir die Erklärung geliefert: Drogen.« Er zuckte mit den Schultern. »Es war wohl Susannes Bestimmung, ihr Leben für Carinas Glück zu geben.«

»Spiel dich nicht so auf, Carl.« Carina stieß einen spöttischen Laut aus. »Wenn ich nicht gewesen wäre, würden Susi und die andere noch froh und munter herumlaufen. *Ich* war es, die bei Susi rasch und richtig reagiert hat, und *ich* war es, die bei Emma Langthaler alles geplant hat. Du warst nur der Handlanger, der jetzt große Töne spuckt.« Sie fauchte. »Die Sache mit ihm gefällt dir doch nur so gut, weil du ihn endlich übertrumpfen kannst.« Dabei deutete sie auf Nick.

Auf Carls Stirn hatten sich tiefe Falten gebildet. Er schnaubte und seine Stimme wurde gefährlich leise: »Ich will mich nicht mit dir streiten, Liebste. Ich denke, wir haben genug geredet. Fangen wir an!«

Als Antwort ließ sie ein kehliges Stöhnen vernehmen.

Augenblicklich glättete sich seine Stirn und seine Lippen formten ein sanftes Lächeln.

Verdammt! Es ist Carina! Sie zieht die Fäden. Schnell ... Lass dir etwas einfallen!

»Du sagtest Angenehmes und Notwendiges. Was ist denn das Notwendige?«, warf Nick eilig ein.

Carina beugte sich über ihn. »Wir haben uns eingehend mit dir und deinen früheren Fällen beschäftigt. Du bist mit Abstand der Beste! Es war nur eine Frage der Zeit, dass du uns zu nahe kommst. Dagegen mussten wir etwas unternehmen – dich stoppen!«

Carls Gesicht erschien neben dem von Carina. »Gilt es nicht als besonderer Coup, dem Meister selbst den Fehdehandschuh zuzuwerfen und ihn letzten Endes zu besiegen?!«

Was möchtest du von mir hören? Wie toll du bist? Wie verrückt du bist? Wie ich dich zur Strecke bringe, wenn ich von hier freikomme?

»Willst du wissen, was wir mit dir vorhaben?« Carina klang richtiggehend verschmitzt.

»Ja«, flüsterte Nick.

Mit einem Nicken in Carls Richtung verschwand sie. Obwohl Nick sie nicht sehen konnte, halfen ihm ihre seltsam hallenden Schritte bei der Orientierung. Er wusste genau, wann sie zurückkehrte.

Abermals beugte sie sich über ihn. »Sieh einmal, Nickilein, was ich dir mitgebracht habe!« Betont langsam hob sie ihre Hand und präsentierte triumphierend ein Skalpell.

Nick hielt den Atem an. Der Anblick der glänzenden Klinge ließ ihn wieder um Fassung ringen und einen Moment lang meinte er, nicht mehr standhalten zu können. Seine Muskeln begannen zu zucken und eine Gänsehaut überzog jeden Millimeter seines Körpers. Ein ersticktes Röcheln drang über seine Lippen.

Halt! Ich muss mich konzentrieren und darf keine Panik aufkommen lassen. Alles wäre dann vorbei. Vorbei! Vorbei!

Nahezu liebevoll setzte Carina die Schneide des Skalpells oberhalb seines Brustbeins auf die Haut. Sie drückte zu und fuhr ein kleines Stück in Richtung Nabel. Ein Schwall Blut schoss aus der Wunde hervor.

Nick stöhnte, schrie aber nicht.

»Ein kleiner Vorgeschmack, mein lieber Nick!« Carina schnurrte wie eine Katze. »Zuallererst werde ich deinen hübschen Körper gebrauchen. Auch Carl ist schon ganz neugierig. Er wird an dir vollenden, was er bei mir begonnen hat. Ich bin gespannt, wie es ihm gefällt, er hat noch nie einen Mann ausprobiert.«

»Wie willst du mich gebrauchen? Glaubst du tatsächlich, dass du meinen Penis zum Stehen bringst?« Nick wusste nicht, wie er es geschafft hatte, diese kalt berechnenden Worte hervorzubringen. Es musste der blanke Hass sein, der ihn derart stärkte.

Schmor in der Hölle, verfluchtes Weib! Und nimm deinen kranken Liebhaber mit!

Mit einem unzufriedenen Murren richtete Carina die Klinge wieder nach unten und schnitt quer über seinen Bauch.

Jetzt schrie Nick auf.

»Was denkst du, Nick Stein? Dass ich unfähig bin, zu planen? Ich habe an alles gedacht.« Sie hob die andere Hand und zeigte ihm eine Spritze. »Schwellkörperinjektion, mein Lieber. Ich habe eine gewaltige Dosis für dich vorbereitet. Man sagt, eine zu große Menge wäre sehr schmerzhaft und es könnte zu Verletzungen der Harnröhre und der Nerven kommen. Aber keine Sorge, Spätfolgen sind für dich ohnehin nicht mehr relevant.«

»Und warum zerschneidest du mich?«, presste Nick hervor.

»Aus zwei Gründen. Zum einen, weil es mir Spaß macht, und zum anderen soll deine Leiche nicht mit Susi und Emma Langthaler in Verbindung gebracht werden. Ich nehme an, du hast viele böse Feinde: Mörder, Vergewaltiger, Einbrecher, Entführer. Gewiss wird der Verdacht auf einen von ihnen fallen. Nicht alle sitzen im Gefängnis.«

Ich muss etwas unternehmen! Jetzt! Schür ihre Angst! Lass sie zweifeln!

»Ihr werdet nicht durchkommen. Das Blut am zweiten Opfer, es stammt mit Sicherheit von einem von euch beiden. Bald sind die Analysen fertig … Was, glaubt ihr, geschieht mit Vergewaltigern, Frauen- und Polizistenmördern?«

Carina kreischte förmlich auf. »Denkst du etwa, wir hätten unser kleines Missgeschick nicht mitbekommen und dir unvorbereitet eine Blutabnahme angeboten? Du unterschätzt uns wirklich. Carl, erklär es ihm.«

Ohne Umschweife griff Carl nach Carinas Arm und drehte ihn so, dass Nick die Innenseite mit den Venen betrachten konnte. »Ich habe ein biegsames Plastikröhrchen mit dem Blut einer vollkommen integren Person gefüllt, die kurz zuvor einen Termin bei mir gehabt hatte, und dieses Röhrchen in Carinas Vene eingeführt«, erklärte er voller Stolz. »Dem Arzt, der uns das Blut abgenommen hat, ist es nicht aufgefallen; was kein Wunder ist. Ich habe exakt gearbeitet und die vom Emla-Pflaster hervorgerufene Hautrötung hat die winzigen verräterischen Stellen überdeckt. Man hätte schon sehr genau hinsehen müssen, um es zu erkennen.«

Versonnen strich Carina über den Schnitt auf Nicks Bauch. »Du kannst dir nicht vorstellen, wie leichtgläubig die Menschen sind. Carl musste nur ein wenig Angst vor Einstichen im Oberlippenbereich schüren, die Vorteile einer Analgosedierung hervorheben und eine Blutkontrolle vorschlagen. Sogar die Bürgermeisterin von Mödling ist nicht davor gefeit, einem Arzt blind zu vertrauen.«

»Elisabeth Frey?« Nick stöhnte auf. Sein Hals war ausgetrocknet und kurz dachte er, keinen Ton mehr hervorbringen zu können. Mehrmals hustete er und fuhr schließlich mit kratziger Stimme fort: »Ihr habt mich angerufen. Es kostet meine Kollegen fünf Minuten, um eure Nummer herauszufinden.«

»Schon wieder unterschätzt du uns und hältst uns offensichtlich zudem für dumm. Eigentlich hatte ich vor, dir ein wenig Gleitcreme zu spendieren, diesen kleinen Vorteil hast du mit deiner dämlichen Äußerung verwirkt.« Carina hob die Hand mit der Spritze. »Wir haben natürlich ein Prepaid-Handy benutzt. Carl, zeig mir jetzt, wo ich hineinstechen muss.«

26

»Okay, solange niemand vom Sonderkommando hier ist, übernehme ich.« Franz Mayerhofer sah Monika und Peter eindringlich in die Augen. »Bringt alle in den Besprechungsraum. Wir funktionieren ihn zur einstweiligen Einsatzzentrale um. Ich brauche den Flipchart-Ständer und sämtliche Unterlagen.«

Sofort machten sich Monika und Peter an die Arbeit. Mit knappen Worten verteilten sie die Aufgaben und trommelten alle Beteiligten zusammen.

Indessen trafen zwei Kollegen im Besprechungsraum die nötigen Vorbereitungen. Kurz darauf war alles fertig: Die Stühle standen in Theaterformation. Auf einem Beistelltisch lagen die Akten von Susanne Rippel und Emma Langthaler. Im Ablagefach des Flipcharts warteten verschiedenfarbige Stifte darauf, benutzt zu werden.

Franz Mayerhofer hielt sich betont aufrecht. »Ich bitte um Ruhe!« Er hüstelte und begann mit ruhiger Stimme zu sprechen: »Frau Doktor Feres, vielen Dank, dass Sie hier sind. Bitte wiederholen Sie für uns, was Sie mir soeben erzählt haben.« Er nahm den schwarzen Stift zur Hand.

Luisas Schultern strafften sich. »Nick und ich hatten uns um siebzehn Uhr dreißig in Perchtoldsdorf im Lokal *Eventlounge* zu einem rein privaten Treffen verabredet. Wir plauderten miteinander, etwa zehn Minuten lang, dann läutete sein Handy.« Sie schluckte und blickte verzagt in die Runde. Samantha, die neben ihr saß, drückte ihr mitfühlend die Hand. Luisa nickte und redete weiter: »Er nahm das Telefonat an und nannte seinen Namen, sein Gesprächspartner antwortete irgendetwas, worauf Nick erwiderte, dass er in fünfzehn Minuten bei ihm wäre. Ich fragte ihn, ob wieder etwas Schlimmes vorgefallen sei – wir hatten zuvor über die beiden Morde gesprochen –, doch er verneinte und erklärte mir, dass jemand, der mit dem Fall zu tun hätte, im Besitz wichtiger Informationen wäre. Wir scherzten kurz und verabschiedeten uns. Er eilte davon und ich blieb.« Wie um Vergebung bittend, hob sie die Hände. »Das war leider alles.«

»Ihre genaue Schilderung hilft uns weiter. Danke, Frau Doktor Feres.« Franz Mayerhofer hob den Stift und schrieb die Worte *Eventlounge, 15 Minuten* und *wichtige Information* auf das Flipchart. »Samantha, Sie sind dran.«

Sam erhob sich. »Das zweite Opfer, Emma Langthaler, war vier Jahre lang bei der EVER AG tätig. Sie und Fritz Dunkel standen ohne Zweifel in Kontakt. Das Verhältnis des Verdächtigen zum ersten Opfer, das ebenfalls bei der EVER AG gearbeitet hat, ist hinlänglich bekannt.«

»Danke, Samantha.« Der Revierleiter griff nach dem blauen Stift. »Gesetzt den Fall, Nick Stein wurde von Fritz Dunkel angerufen und ein Treffen in dessen Haus vereinbart, passt die Zeitangabe mit fünfzehn Minuten.« Er notierte den Namen und die private Adresse des Ehepaars und kreiste den Namen *Dunkel* ein. »Monika! Peter!«

Die beiden standen auf. »Wir haben der Arbeitsstätte von Emma Langthaler einen Besuch abgestattet. Während ich mich mit der Besitzerin der Parfumerie unterhielt, hat sich Monika umgesehen. Dabei sind ihr auf einer Fotowand Bilder von Werner Schneider aufgefallen. Das bedeutet: Auch er hat beide Opfer gekannt. Mit Susanne Rippel verband ihn ein aktives Verhältnis und wie wir von der Inhaberin erfuhren, war er an Emma Langthaler interessiert. Eine echte Liaison kann nicht bestätigt werden.«

»Danke.« Einen Moment lang hielt Franz Mayerhofer inne, dann schrieb er mit grünem Stift *Werner Schneider* und *Tina Krammer* sowie die Adresse von Werner Schneiders Liebesnest an die Tafel. Er überlegte. »Die Entfernung von Perchtoldsdorf zu dieser Adresse beträgt zwar nur fünfzehn Kilometer, ich habe vorher extra nachgesehen, realistisch betrachtet ist sie aber kaum in fünfzehn Minuten zu bewältigen.«

Sam hob die Hand. »Wenn Nick fünfzehn Minuten sagt, dann meint er es auch. Er ist ein Genauigkeitsfanatiker und macht immer exakte Angaben.«

Verzagt zuckte Luisa Feres mit den Schultern. »Vielleicht hat er auch in ungefähr fünfzehn Minuten gesagt. Ich weiß den genauen Wortlaut leider nicht mehr.«

»Ob fünfzehn Minuten oder ungefähr fünfzehn Minuten ändert an der Sachlage nichts. Machen Sie sich keine Gedanken, Frau Feres. Die Faustregel lautet: Ein Kilometer pro Minute; zumindest in der Theorie hätte er es schaffen können. Ich will kein Risiko eingehen und werde jede Möglichkeit einbeziehen.« Damit war das Thema für Franz Mayerhofer erledigt. Suchend blickte er in die Runde. »Herr Doktor Hofer?«

Der Angesprochene blieb sitzen. »Ich fasse mich kurz. Das Blut der Verdächtigen Carina Singer ergab einen unerwarteten Treffer in der Datenbank: Elisabeth Frey, die Frau des Bürgermeisters von Mödling. Wir müssen davon ausgehen, dass das Blut bei der Abnahme heimlich vertauscht wurde. Wie Carina Singer und Carl Wallenberg das geschafft haben, liegt im Dunklen.«

Franz Mayerhofer nickte. »Ich habe zwischenzeitlich mit dem Bürgermeister und seiner Frau telefoniert. Sie bestätigt die leidige Angelegenheit aus den Siebzigerjahren und setzte mich davon in Kenntnis, dass sie kürzlich einen Termin bei Doktor Wallenberg hatte. Dabei wurde ihr Blut abgenommen.«

Unvermittelt sprang Monika auf. »Singer und Wallenberg müssen die Täter sein, kein Zweifel! Worauf warten wir!«

»Sachte, sachte. Die Sondereinheit wird jeden Augenblick hier eintreffen. Wir warten auf sie.« Franz Mayerhofer hob beschwichtigend die Hände.

»Die Sondereinheit *ist* eingetroffen.« Niemand hatte die schwarz gekleidete Gestalt bemerkt, die den Raum lautlos betreten hatte. Zielstrebig schritt der Mann nach vorn und wandte sich an die Gruppe. »Nennen Sie mich Frank.« Er streckte dem Leiter des Reviers die Hand entgegen. »Was haben Sie hier?« Dabei wies er auf das Flipchart.

Franz Mayerhofer reagierte prompt. »Konkret hatte Nick Stein drei verdächtige Paare auf seiner Liste: Fritz Dunkel nebst Gattin, Werner Schneider und Tina Krammer sowie Doktor Carl Wallenberg und Carina Singer.« Er griff nach dem roten Stift und kritzelte die noch offenen Daten auf das Papier. »Der Hauptverdacht liegt hier.« Energisch tippte er auf seinen neuen Eintrag. »Trotzdem würde ich die beiden anderen nicht ausschließen.«

Frank betrachtete die Aufzeichnungen. »Ich habe ausreichend Männer bei mir. Wir teilen uns in zwei Gruppen. Ich übernehme die Hauptverdächtigen. Eine dritte schicke ich direkt von Wien aus zur Adresse von Werner Schneider.«

»Was ergaben die Telefonaufzeichnungen? Und konnte Nicks Handy nicht geortet werden?«, erkundigte sich Samantha. Sie war es gewohnt, mit Männern wie Frank zu kommunizieren.

»Fehlanzeige: Prepaid. Und sein Handy ist abgeschaltet.«

»Bei uns allen war es noch an«, stellte Sam nachdenklich fest.

»Frank! Wir wollen mit Ihnen kommen.« Peters Stimme klang entschieden. Gleichzeitig hatten er und Monika sich wieder erhoben.

»Ich auch!« Robert Hofer stand ebenfalls auf.

Frank knurrte genervt. »Fahren Sie uns hinterher und warten Sie im Auto, bis wir Ihnen ein Zeichen geben.« Er vollführte eine strikte Handbewegung. »Halten Sie sich einfach im Hintergrund, ohne in unsere Aktionen einzugreifen.«

Monika, Peter und Robert Hofer nickten. Gemeinsam verließen sie den Raum.

»Und wenn Nick an keinem der drei Orte zu finden ist?«, wandte sich Monika an den Leiter der Sondereinheit. Trotz der prekären Situation funkelten ihre Augen, als sie den Mann im Kampfanzug betrachtete.

»Dann suchen wir weiter.« Er klang sachlich, doch um seinen Mund zeigte sich ein verräterisches Zucken. Monika war eben eine attraktive Frau.

Während sie in Richtung Ausgang gingen, zog Frank sein Handy und erteilte Anweisungen. Bevor er sich endgültig zu seinen Männern begab, drehte er sich zu Monika um. »Machen Sie sich keine Sorgen. Wir sind die Besten und werden ihn finden. Krankenwagen und Hubschrauber stehen bereit.«

Monika schenkte Frank ein Lächeln und folgte Peter und Robert Hofer zum Polizeiauto. Der Rechtsmediziner hievte sich freiwillig auf den Rücksitz und Monika überließ Peter das Steuer. Von ihrem Platz aus beobachteten sie, wie Frank seine Männer um sich versammelte.

Nicks Augenlider flatterten. Immer wieder verlor er das Bewusstsein und fiel in einen ohnmachtsähnlichen Zustand. Die Erlösung von den unsäglichen Schmerzen währte jedoch stets nur für kurze Zeit. Zunächst hatte er seine Verletzungen noch einzelnen Körperstellen zuordnen können, mittlerweile schien sein Leib allerdings aus einer einzigen blutenden Wunde zu bestehen. Hartnäckig versuchte er sich in den wachen Momenten zu konzentrieren, doch seine Wahrnehmungsfähigkeit nahm zusehends ab und ließ ihn stückweise in ein tiefes schwarzes Loch hinabgleiten. Aber noch brannte seine Flamme und er bemühte sich, sie nicht verlöschen zu lassen.

Eine Frauenstimme unterbrach seine konfusen Gedanken. »Können wir weitermachen, Nickilein? Ich bin bereit und so motiviert wie nie zuvor.« Verschwommen sah er, wie sie sich umwandte. »Fangen wir an! Er wirkt schwach.«

»Ich habe dir doch gesagt, dass du aufhören sollst, zu schneiden. Er hat viel zu viel Blut verloren. Sieh dir das Zimmer an! Bis wir das alles gereinigt und desinfiziert haben, vergeht ...«

Nick war nicht in der Lage, deutlich zu erfassen, was er hörte. Nur langsam kehrte die Erinnerung an Namen und das Geschehen zurück.

Carl! Carl! Carl! Das Skalpell in ihrer Hand – in Carinas Hand! Ich bin derjenige, von dem sie sprechen. Sie haben mich aufgeschnitten! Ich habe viel Blut verloren! Und warum schmerzt mein Penis? Sie wird doch nicht ...?

Mit einem keuchenden Laut versuchte er, den Kopf zu heben. Er schaffte es gerade ein paar Zentimeter, die jedoch genügten, um seinen hoch aufgerichteten Penis zu erkennen.

Die Spritze! Schwellkörper ... Schwellkörperinjektion!

Ein erstickter Schrei drang über seine Lippen. Entkräftet ließ er den Kopf wieder auf die Liege zurückfallen. Schon seit Längerem hatte er jegliches Zeitgefühl verloren und vermochte nicht einzuschätzen, was sie alles mit ihm angestellt hatten. Verzagt schloss er die Augen.

Sie werden mich töten ...

Plötzlich spürte er einen Druck in der Magengegend und die Schmerzen nahmen schlagartig zu. Er hob die Augenlider. Carina war auf ihn geklettert, grätschte die Beine und ließ sich auf seine Männlichkeit niedersinken. Von der Taille abwärts war sie nackt. Langsam hob und senkte sie sich. Nick hätte am liebsten aufgeschrien, doch dafür reichten seine Kräfte nicht mehr.

»Carl! Es ist so weit!« Carinas schneidende Stimme riss ihn wieder aus seiner Trance.

Nein! Nein! Nein!

Er vernahm Schritte; etwas berührte seinen Oberschenkel. Einen Moment lang die Hoffnungslosigkeit der Situation missachtend, aktivierte er seine allerletzten Reserven und bäumte sich auf, dann fiel sein Körper in sich zusammen.

In diesem Augenblick ertönte ein krachendes Geräusch; es folgte ein Knall und Holz splitterte. Rufe drangen wie aus weiter Ferne an Nicks Ohr, allerdings war er mittlerweile zu entrückt, um begreifen zu können, was rund um ihn geschah.

Vom gewaltsamen Öffnen der Eingangstür bis zu Nicks Befreiung vergingen nur wenige Minuten. Kaum hatten Carl und Carina realisiert, was vor sich ging, drangen die Männer bereits in den Raum ein und sondierten die Lage. Zuerst zogen sie den erstarrten Carl zur Seite, danach rissen sie Carina von Nick herunter. Als die Männer ihr Handschellen anlegen wollten, stieß sie einen spitzen Schrei aus und begann, wie eine wild gewordene Furie um sich zu schlagen. Die Beamten rangen sie mit wenigen Handgriffen nieder.

Frank begab sich auf der Stelle zu Nick, der kein Lebenszeichen von sich gab. »Er atmet kaum noch. Holt mir diesen Arzt … Robert Hofer. Schnell!«

Die Rettung würde in wenigen Minuten vor Ort sein, doch hier zählte jede Sekunde.

27

Als trüge die Sonne Trauer, hielt sie sich hinter einem dunklen Wolkenkleid verborgen. Ein paar Schneeflocken tanzten durch die Luft, während ein kalter Wind wehte.

Im Raum brannte kein Licht. Samantha saß in sich zusammengesunken auf einem Sessel. Seit Tagen hatte sie kaum geschlafen, nichts Richtiges gegessen und auch viel zu wenig getrunken. Sie fühlte sich ausgezehrt und war mittlerweile völlig erschöpft. Doch sie würde durchhalten. Das war sie Nick nach all den Jahren der Freundschaft und der Zusammenarbeit schuldig.

Leise wurde die Tür geöffnet. Ein Mann trat an Sams Seite. »Wie geht es ihm?«

Samantha blickte zu Robert Hofer hoch. »Besser. Er schläft die ganz Zeit, aber der Arzt meint, das sei normal. Sein Körper muss sich erholen.«

»Nicht nur sein Körper, auch sein Geist. Neben seinen Verletzungen und dem enormen Blutverlust gilt es, ein psychisches Martyrium zu verarbeiten.«

»Wenn Sie nicht zur Stelle gewesen wären, säße ich jetzt vor einem Sarg. Nick hat Ihnen sein Leben zu verdanken.« Sie ergriff die Hand des Rechtsmediziners und drückte sie.

Wortlos zog sich Robert einen Sessel heran und setzte sich neben Samantha. Nach einer ganzen Weile sah er sie verhalten von der Seite an. »Spielen Sie eigentlich Golf?«

»Handicap zwölf.«

»Ebenso.«

Unmerklich rückte er seinen Stuhl ein wenig näher.

Es klopfte.

»Herein.« Vorsichtig richtete Nick sich auf. Die Schmerzen waren zwar noch immer allgegenwärtig, hatten sich mit den Medikamenten jedoch auf ein erträgliches Maß reduziert.

Zögerlich wurde die Tür geöffnet. So geräuschlos wie möglich betrat Peter das Krankenzimmer und schaute sich um. Bei Nicks Anblick war es mit seiner Beherrschung allerdings vorbei. Er eilte auf das Bett zu. »Ich bin so froh, dich zu sehen! Die Sorge um dein Wohlergehen hat uns alle beinahe um den Verstand gebracht«, beherzt fasste er nach Nicks Hand. »Viele Grüße von Monika. Sie hat heute Dienst, wird dich aber morgen besuchen.«

»Wie geht es ihr?« Nicks Stimme war so leise und brüchig, dass Peter zusammenfuhr. Nick entging die Reaktion des Polizisten nicht. Er wusste genau, wie er klang und welches Bild er abgab.

»Die Frage lautet wohl eher: Wie geht es *dir*! Monika hat sich in der Zwischenzeit gefangen und geht mit einem Mann von der Sondereinheit aus, die dich gerettet hat. Frank heißt er, ein knallharter Typ. Um sie muss man sich keine Sorgen machen.« Fürsorglich strich Peter über die Bettdecke.

Nick ließ seinen Kopf zurück auf das Kissen sinken. »Gut, dass sie sich mit jemandem trifft.«

»Das meine ich auch«, entgegnete Peter und präsentierte eine vielsagende Miene.

Im Hintergrund erklang abermals das kratzende Geräusch der Tür. Ein Fremder, um die vierzig, in einem eleganten Anzug, das dunkle Haar perfekt gestylt, betrat den Raum. Mit einem Blick auf Peter fragte er: »Entschuldigung, ich möchte nicht stören. Soll ich draußen warten?«

Peter hob die Hand und winkte den Mann heran. »Bitte bleib.« Er wandte sich wieder an Nick. »Ich möchte dir schon seit Längerem Michael, meinen Lebenspartner, vorstellen.« Gespannt beobachtete er Nicks Gesicht.

»Ich hätte viel Geld darauf gewettet.« Nick versuchte ein schmerzverzerrtes Lachen, in das Peter erleichtert einstimmte. Sein Geheimnis war gelüftet, es gab keinen Grund, weitere Worte darüber zu verlieren.

»Körperlich sind Sie vollständig genesen. Wenn Sie aber nicht endlich mit mir über das Erlebte sprechen, werden Narben zurückbleiben, die kein Messer verursacht hat.«

Nick stieß einen abfälligen Laut aus. »Ich wurde gefoltert und von einer Frau vergewaltigt. Dem sexuellen Übergriff durch einen Mann konnte ich um Haaresbreite entgehen. Hätte das Sonderkommando die Arztpraxis nur einige Minuten später gestürmt ...« Er hielt inne. »Beinahe wäre ich verblutet und habe wochenlang im Krankenhaus gelegen. Zum jetzigen Zeitpunkt weiß ich nicht einmal, ob ich meinen Beruf weiter ausüben werde.« Wieder pausierte er. »Sie müssen mir nicht helfen, die Geschehnisse an die Oberfläche zu holen. Ich bin Rechtspsychologe und weiß sehr gut, was mit mir geschehen ist und was ich aufzuarbeiten habe.«

»Sie zählen Dinge auf, die am Schluss geschehen sind. Wir müssen am Anfang beginnen. Was empfinden Sie, wenn Sie den Spruch hören?«

»Welchen Spruch?«

»Rippel – Trippel – Trappel – Kugelrund.«

»Hören Sie auf damit!«

Der Psychologe seufzte. »Sie sind Rechtspsychologe? Und wissen, was gerade in Ihnen vorgeht? Dann sollten Sie sich bewusst sein, in welcher Phase Sie feststecken und warum ich nicht aufhöre, Ihnen zuzusetzen.«

»Ja-a, lei-der.« Nick zog die beiden Worte in die Länge.

»Wie geht es Ihrer Freundin?«, wechselte der Psychologe spontan das Thema.

Auf Nicks Gesicht erschien ein sanfter Ausdruck. »Gut, sehr gut sogar … Luisa hilft mir, in ihrer Gegenwart bin ich fast wieder der Alte.«

Danksagung

Ähnlichkeiten mit lebenden oder verstorbenen Personen sind rein zufällig und nicht beabsichtigt. – Genauso verhält es sich mit den Figuren in diesem Buch! Sehr wohl beabsichtigt und keineswegs rein zufällig sind hingegen diverse Schauplätze. Dafür, dass ich sie verwenden durfte, möchte ich mich bei den Besitzern ganz herzlich bedanken:

Carl Breyer – Hotel Babenbergerhof in Mödling. Nicht nur ein sehr schönes Hotel, sondern auch ein idealer Ort, um bei einem Kaffee in Feng-Shui-Atmosphäre zu entspannen oder ein schickes Abendessen im Restaurant zu genießen.

Petra Metzger – Lebzelterei Metzger in Perchtoldsdorf. Was soll ich sagen! Es ist genauso, wie im Buch beschrieben: warm, duftend und einfach köstlich. Und das angeschlossene Kaffeehaus ist mehr als einladend.

Tom Pachner – Echtzeit living-room in Mödling. Nachdem ich auch frühere Projekte erleben durfte, ist die Echtzeit für mich die perfektionierte Mitte! Ein gastronomisches Gesamtkonzept, vom Frühstück und dem mittlerweile berühmten Brunch bis zum nächtlichen Cocktail.

Maria Rupp – e.vent l.ounge in Perchtoldsdorf. Mut und guten Geschmack kann man nicht kaufen. Hat man beides und dazu das richtige Feeling, entsteht etwas Fantastisches wie die e.vent l.ounge.

Wenn Sie einmal in der Gegend sind, schauen Sie doch bei dem einen oder anderen vorbei. Es lohnt sich – wirklich!

Viele Menschen haben mich bei der Entstehung dieses Buches unterstützt. Auch ihnen sage ich ganz herzlich Danke! Neben meiner lieben Familie möchte ich folgende Damen und Herren namentlich erwähnen:

Prim. Dr. Herwig Feik, Leiter der Abteilung Anästhesiologie und Intensivmedizin im Krankenhaus Tulln sowie private Narkosebetreuung. Die Zusammenarbeit war super! Schnell, unkompliziert und herrlich einfach. Und danke auch dir, Christine!

Julie Fitz, native English teacher living in Vienna. Now I know the very small elegant differences between some words. *Shit* is not the same as *fuck* and *silly* is not the same as *stupid*. So be careful! And I learned what an *old fart* is.

Tanja Fritz, Klostergasthaus Thallern in Gumpoldskirchen. Vielen Dank für die Wahl des geeigneten Tröpfchens, liebe Tanja! Nick Stein war höchst zufrieden. Ich persönlich freue mich schon auf den Rotgipfler, den ich beim nächsten Besuch auf jeden Fall verkosten werde!

Dr. Susanne Natiesta, Ärztin für Allgemeinmedizin und kosmetische Medizin in der eigenen Ordination in Wien. Du hast darauf geachtet, dass rund um das Thema Falte alles passt und meinen Recherche-Selbsttest sehr liebevoll und vorsichtig durchgeführt!

Sumaya Saghy-Abou-Harb, selbstständige Make-up-Artistin und Stylistin unter anderem im ORF-Funkhaus. Deine detaillierte Erklärung zum Thema Maskenbau war wunderbar! Am liebsten hätte ich jede Einzelheit in das Buch aufgenommen. Und deine Erzählungen waren eine Quelle der Inspiration! Vielen Dank, liebe Summy!

Naturgemäß werden in einem Roman nur bestimmte Elemente eines großen Ganzen herausgepickt. Dass sich die Polizeiarbeit im wahren Leben vielschichtiger und langatmiger gestaltet, ist wohl für niemanden ein Geheimnis. Um einen annähernden Einblick zu erhalten, was sich bei einer solchen Ermittlung wirklich abspielt, darf ich nun das Wort an einen Fachmann übergeben: Max Edelbacher!

Routine bei Mordermittlungen

Wie Sie vielleicht wissen, bin ich nicht nur der ehemalige Leiter des Wiener Sicherheitsbüros (der zentralen Kriminaldienststelle vor der Polizeireform), Gastdozent an verschiedenen Universitäten auf der ganzen Welt und TV-Krimidarsteller, sondern selbst Autor – und zwar von Fachbüchern im Bereich der Kriminalistik.

Während ich also ausschließlich den Spuren realer Fälle folge, entführte mich das Buch *Faltenfrei* in die packende Welt des Kriminalromans. Was heißt Krimi?! – Atemberaubender Thriller vielmehr. Knallhart, direkt und facettenreich, voller sprühender Figuren, die lebendiger nicht sein könnten.

Wie Gerlinde in ihrer Danksagung bereits anmerkte, gestalten sich Mordermittlungen in Wirklichkeit natürlich viel langatmiger. Die polizeiliche Reaktion bei der Auffindung einer Leiche muss nach den Kriterien: 1. Auffindung an einem öffentlichen Ort oder 2. an einem Wohnort unterschieden werden. Ist jemand unterwegs auf der Straße, in einem Verkehrsmittel, im Gang eines Hauses oder im Spital verstorben, muss eine Kommissionierung der Leiche erfolgen. In der Regel werden zuerst die Rettung und die Polizei informiert. Vor allem das Rettungs-Team versucht ja, lebenserhaltende Maßnahmen einzusetzen.

Wird jemand in seiner Wohnung tot aufgefunden, gibt in der Regel der die Totenbeschau durchführende Arzt eine Todesursache auf dem Leichenschein an. Sehr oft handelt es sich dabei um den Hausarzt, der den Toten oder die Tote behandelte und kannte.

Wird die Leiche am Wohnort aufgefunden, nachdem etwa Angehörige die Rettung, Feuerwehr oder Polizei verständigten, weil ihnen der Zutritt zur Wohnung nicht möglich war, müssen vor allem die Sperrverhältnisse untersucht werden. Dabei stellt sich immer die Frage, ob ein Fremder Zugang zur Wohnung hatte, ob Fremdverschulden vorliegen könnte oder ob die Sperrverhältnisse unbedenklich sind und eher eine natürliche Todesursache wahrscheinlich ist.

Der zweite Ermittlungsschritt betrifft die Leiche selbst. Es ist zu untersuchen, in welchem Zustand und in welcher Situation man diese auffindet. Auch hier ist das Ziel der Untersuchung die Beantwortung der Frage, ob ein natürlicher Tod, Eigenverschulden (Selbstmord) oder Fremdverschulden todesursächlich sein können. Eine polizeiliche Kommission besteht aus einem Polizeijuristen, einem Amtsarzt und einem Kriminalbeamten.

Verdichten sich die Indizien hinsichtlich Bedenken oder Fremdverschulden, wird eine gerichtliche Obduktion angeregt, der zuständige Gerichtsmediziner beigezogen und die Leiche an das Institut für Gerichtliche Medizin überstellt. Erst nach Durchführung der gerichtlichen Obduktion, die der jeweils zuständige Staatsanwalt anordnet, kann die Leiche zur Beerdigung an die Angehörigen freigegeben werden.

Bei der Durchführung der Ermittlungen wirken Kriminalbeamte der Tatortgruppe, Kriminalbeamte eines Ermittlungsteams, der Mordgruppe und – natürlich –, sofern Hinweise auf ein Serientötungsdelikt erkennbar sind, auch ein Profiler mit. In spektakulären Fällen erscheint auch ein Staatsanwalt am Tatort. Außerdem wird bei sogenannten spektakulären Kriminalfällen die Hierarchie der Polizei verständigt; dann kann es sein, dass sich ein Leiter der Kriminalpolizei, ein Polizeidirektor oder eine andere hohe Führungskraft zum Tatort begibt.

Es gab schon Kriminalfälle, bei denen Staatsinteressen eine Rolle spielten und der Innenminister persönlich am Tatort erschien. Meist handelt es sich dann um Delikte mit einem politischen Hintergrund.

Grundsätzlich wird der reine Profiler selten und eher spät verständigt, da man im Einzelfall oft nicht erkennt, ob es sich um ein einzelnes Delikt oder um eine Serie handelt. Profiling wird als Dienstleistung zur Unterstützung des Ermittlungsteams und des Tatortteams gesehen. Weil Tatorte nach unseren Standards (mit Bildern, eventuell Videos, Skizzen, Zeichnungen und Berichten) ausführlich dokumentiert werden, ist die Überprüfung des Tatortes durch den Profiler immer möglich. Er kann anhand des vorliegenden Materials erkennen, ob der Täter durch die Auffindungssituation der Leiche möglicherweise eine Botschaft für die Außenwelt hinterlassen hat. Anders stellt sich die Situation natürlich dar, wenn man bei der Auffindung der Leiche bereits Anhaltspunkte für eine Serientat hat. Dann wird der Profiler sofort beigezogen.

Der grundsätzliche Unterschied zwischen Roman und realer Polizeiarbeit besteht oft in der Teamarbeit. Der Profiler arbeitet mit dem Tatortteam, dem Ermittlungsteam, dem leitenden Mordermittler, dem Staatsanwalt und dem Gerichtsmediziner zusammen, einem Personenkreis von etwa 12 bis 20 Personen. Wie bei jeder Teamarbeit bilden sich, individuell nach den Beteiligten verschieden, natürlich Freundschaften und engere Kontakte heraus. Insofern weisen Roman und Wirklichkeit wieder Gemeinsamkeiten auf.

Ich wünsche Ihnen viel Vergnügen beim Lesen. Mehr Spannung ist kaum möglich!

Max Edelbacher

Bitte beachten Sie auch den folgenden Buchhinweis.